Andreas Faber

Das Ende – The Long Road Down

Auflage 2

Herausgeber: Andreas Faber

Trappenweg 14

58119 Hagen-Hohenlimburg

AndreasFaber@mail.de

Autor: Andreas Faber

Umschlaggestaltung, Illustration:
Michał Stiller, StilloDesign
Cover Quelle: Bild von akos147 auf Pixabay
Buchsatz: Evelyn Zimmermann,
EvelynZimmermann@gmx.at

Ich widme dieses Buch meinem Vater,
ohne ihn wäre das alles nicht möglich gewesen

Prolog

12. März 2015

Geheime Forschungseinrichtung S-43, Sibirien

Der Atem des einsamen Soldaten, der vor dem großen Tor Wache hielt, bildete kleine Wölkchen vor seinem Gesicht.

Er hatte den Kragen seines Mantels hoch- und die Fellmütze tief ins Gesicht gezogen. Es war kalt geworden über Nacht. Sogar noch kälter, als es für diese Gegend üblich war.

Tiefhängende Wolken kündigten von baldigem Schneefall.

Der Soldat presste einen Fluch hervor und spuckte angewidert aus.

Er hasste diese Gegend!

Und wieso war er hier? Es handelte sich um eine Bestrafung und im Grunde hatte er sogar noch Glück gehabt.

Er hatte aus den Lagern seiner Kaserne gestohlen und die Gegenstände in Moskau auf dem Schwarzmarkt verkauft.

Als man ihn auf frischer Tat ertappte, hatte er bereits befürchtet, auf der Stelle hingerichtet zu werden oder schlimmer noch, in einem Gulag zu landen.

Doch nichts dergleichen war geschehen, man hatte ihn hierher versetzt. Die geheime Forschungseinrichtung S-43, irgendwo mitten in Sibirien.

Er hatte zuvor noch nie davon gehört, doch das war auch kein Wunder. Er vermutete, dass es höchstens eine kleine Zahl von Leuten gab, die wirklich wussten, dass es diese Anlage hier gab.

Woran hier geforscht wurde, wussten die Wenigsten hier. Es gab gut ein Dutzend Wissenschaftler innerhalb der Anlage, doch er durfte keinen Kontakt mit ihnen aufbauen. Und das, wo doch diese kleine Laborassistentin wirklich genau seine Kragenweite war.

Das Ganze war ein Drecksjob und manchmal ging ihm der Gedanke durch den Kopf, dass eine sofortige Hinrichtung vielleicht doch die bessere Alternative gewesen wäre.

Das Schlimmste an dieser Einrichtung war die Stille. Die meisten Labore waren unter der Erde errichtet worden und von außen noch nicht einmal zu sehen. Die ganze Anlage bestand eigentlich nur aus der Kaserne, in der die Soldaten lebten und einem großen Hangar, in dem man das Flugzeug untergebracht hatte. Die einzige Möglichkeit, von diesem gottverlassenen Ort wegzukommen. Der Rest der Anlage war nur durch eine einzige Tür zu erreichen, die meistens verschlossen war. Nur hin und wieder kam einer der Wissenschaftler nach oben und verschwand im Büro des Kommandanten.

So eine Anlage wie diese hatte er in seinem ganzen Leben noch nicht gesehen. Anfangs war er noch sehr neugierig gewesen, worum es hier ging. Doch mittlerweile interessierte ihn das kaum noch. Er wollte einfach nur weg von hier.

Zumal es in den letzten Tagen immer seltsamer geworden war.

Ein paar der Soldaten waren verschwunden. Angeblich hatte man sie abkommandiert, doch das Flugzeug hatte den Hangar seit Wochen nicht mehr verlassen. Und eine Straße zur Anlage gab es nicht.

Er hätte nicht einmal gewusst, ob es eine Stadt oder ein Dorf in der Nähe gegeben hätte. Vermutlich nicht.

Anlagen wie diese wurden in Gebieten errichtet, die sehr weit von der Zivilisation entfernt waren.

Die anderen Soldaten wurden langsam unruhig. Man munkelte, dass die Verschwundenen für Experimente in die unterirdischen Anlagen gebracht worden waren.

Er glaubte das jedoch nicht. Vermutlich waren sie desertiert und einfach nur abgehauen. Er selbst hatte auch schon mehr als einmal darüber nachgedacht.

Und dennoch ...

Die Atmosphäre hatte sich verändert.

Es hatte von Anfang an keine gute Stimmung unter den Soldaten geherrscht. Die meisten waren aus ähnlichen Gründen hier wie er selbst. Doch in den letzten paar Tagen hatte sich das Miteinander noch weiter abgekühlt. Man begegnete sich mit immer mehr Misstrauen.

Am schlimmsten war es während des Essens in der Kantine. Man saß zusammen und aß, doch es wurde nicht ein einziges Wort gesprochen. Eine unheimliche Situation, wie er fand.

Erst gestern hatte es einen Zwischenfall in der Kantine gegeben, noch jetzt schauderte es ihm, wenn er daran dachte.

Zwei Soldaten hatten auf einmal angefangen, sich zu prügeln. Er selbst hatte nur einen Tisch von den beiden entfernt gesessen. Er konnte schwören, dass sie nicht einmal miteinander geredet hatten. In der einen Sekunde hatten sie sich noch gegenüber gesessen und ihr Essen in sich reingestopft, in der Nächsten sprangen sie mit einem Mal auf und schlugen wie die Berserker aufeinander ein.

Anfangs hatten alle nur zugesehen, dann war einer der beiden zu Boden gegangen und der andere hatte sich wie ein wildes Tier auf ihn gestürzt. In diesem Moment war der Kommandant in die Kantine gestürmt, begleitet von seinen beiden Gorillas. Zwei große schweigsame Soldaten, die dem Kommandanten auf Schritt und Tritt folgten. Sie hatten die beiden getrennt.

Die zwei Gorillas hatten Elektroschocker dabei. Diese hatten sie schon öfter eingesetzt.

Normalerweise setzten diese Geräte einen Mann binnen weniger Augenblicke außer Gefecht, doch diesmal nicht. Es dauerte einige Minuten, bis die beiden Kämpfer endlich zusammensackten.

Sie waren sofort weggebracht worden. Keiner hatte gesehen, was man mit ihnen gemacht hatte und es interessierte auch niemanden.

Die restlichen Soldaten hatten ihr Essen fortgesetzt und anschließend wieder ihren Dienst angetreten. Beinahe so, als wäre nicht passiert.

Seit diesem Vorfall versuchte er, als Letzter zum Essen zu erscheinen.

Auch den Dienst am Tor hatte er freiwillig gewählt. Hier draußen war er alleine und konnte in Ruhe seinen Gedanken nachgehen. Es war ein Kompromiss, denn eigentlich hasste er diesen Dienst.

Erneut spuckte er aus und blickte zu den Bergen hoch, die das Lager in einem Halbkreis umringten.

Oft hatte er sich gefragt, wie so eine Landschaft entstanden sein könnte. Er vermutete, dass hier ein Asteroid eingeschlagen war. Das kam ja immer wieder vor. Im Februar des letzten Jahres hatte er von einem solchen Vorfall in den Nachrichten gehört.

Dimitri, einer der älteren Soldaten, mit dem er in der Anfangszeit öfter geredet hatte, hatte ihm von einem Vorfall in Tunguska erzählt, was angeblich gar nicht so weit von dieser Einrichtung entfernt sein sollte. Doch davon hatte er nichts wissen wollen. Er stand nicht auf diesen paranormalen Quatsch. Und als der alte Dimitri dann noch von Außerirdischen angefangen hatte, hatte er komplett abgeblockt und den Kontakt zu dem alten Spinner abgebrochen.

Mittlerweile war Dimitri weg. Er war einer der Ersten gewesen, die verschwunden waren.

Eine einzelne Schneeflocke landete auf dem Ärmel seines Mantels.

Erneut fluchte er laut auf. Nun würde es noch schlimmer werden.

Wenn das Wetter nun schlechter wurde, dann konnte man diesen Ort auch nicht mehr mit dem Flugzeug verlassen. Dann würden sie hier festsitzen.

Er fragte sich manchmal, ob sie überhaupt genügend Vorräte hier hatten. Immerhin hatte man schon seit Wochen keinen Nachschub mehr geholt.

Doch das war eigentlich auch egal.

Er hasste diesen Ort. Er hasste die Berge und die wenigen Bäume, die es hier gab. Ja, er hasste sogar diesen verfluchten Zaun, an dem er nun seit Stunden Dienst hatte.

Apropos, sollte seine Ablösung nicht schon längst hier sein?

Wie lange stand er überhaupt schon hier?

Er wusste es nicht genau.

Wie auf ein Stichwort fing sein Magen an zu knurren. Das konnte nur bedeuten, dass er schon sehr, sehr lange hier draußen war.

Er zog seine linke Hand aus der Tasche des Mantels, um auf die Uhr zu schauen.

Sein Blick blieb jedoch auf seinen Händen haften. Er trug keine Handschuhe. Wieso trug er keine? Es war Vorschrift welche zu tragen, wenn man außerhalb der Gebäude Dienst hatte.

Und wieso waren seine Finger dunkelblau und an den Fingerspitzen beinahe schwarz?

Er versuchte sie zu bewegen, doch es gelang ihm nicht.

Verdutzt starrte er seine Finger an.

Tief in den Resten seines Verstandes wusste er, was das zu bedeuten hatte. Seine Finger waren erfroren. Und dieser kleine Teil wusste auch, wie lange er schon hier draußen stand. Er hatte seinen Dienst gestern nach dem Essen angetreten. Das bedeute, dass er seit beinahe 24 Stunden hier draußen in der Kälte stand.

Doch diese Erkenntnis drang nicht mehr wirklich bis zu ihm durch.

Er spuckte aus und stopfte die abgestorbenen Finger wieder in die Tasche seines Mantels.

Er hasste diesen Ort. Er hasste die anderen Soldaten und den Kommandanten und auch die kleine Laborassistentin, die eigentlich genau sein Fall gewesen war.

Vielleicht sollte er sie einfach alle umbringen.

Dieser Gedanke war nicht das erste Mal in seinem Kopf erschienen. Und war es anfangs noch so gewesen, als würde jemand anderes zu ihm reden, war die Stimme mittlerweile ganz klar seine eigene.

Ihm fiel das Gewehr ein, das er über seiner Schulter trug.

In diesem Moment zitterte die Erde für einen kurzen Augenblick.

Er fing an zu blinzeln.

Und erneut zitterte der Boden unter seinen Füßen. Diesmal aber viel stärker.

Er blickte verwirrt nach unten.

Langsam drehte er sich um und schaute zu den Gebäuden hinter dem Zaun, die genau in jener Sekunde in einem riesigen Feuerball verschwanden.

Er hörte nicht einmal einen Knall, denn die Druckwelle zerfetzte seine Trommelfelle binnen weniger Augenblicke.

Im Kern des Feuerballs glühte ein Licht, das heller als die Sonne selbst war.

Ein paar Sekunden blickte er mit leicht geöffnetem Mund zu dem Spektakel. Dann verbrannte die Hitze der Explosion seine Netzhäute und die Welt um ihn herum versank in Dunkelheit.

Er spürte nicht einmal mehr Schmerzen, als ihn die Flammen letztendlich erreichten.

Doch das letzte Bild, das er noch sehen konnte, hatte sich in seinen Verstand eingebrannt.

Das Licht im Kern der Explosion hatte die Farbe geändert, war zu einem düsteren und irgendwie dreckigen

Grün geworden und in der Mitte des Feuerballs … hatte er eine Gestalt gesehen.

Einen Menschen!

Das war der letzte Gedanke, der noch durch die Hirnwindungen hinter seiner Stirn raste, dann wurde er von den Flammen eingehüllt und einfach umgeknickt, wie auch die Bäume rund um die Anlage herum.

Die geheime Forschungseinrichtung S-43 hatte aufgehört zu existieren …

Tag 0

10:12 Uhr – Iserlohn, Deutschland

Andreas trank einen Schluck Cola, ehe er das Glas vorsichtig wieder abstellte. Er saß auf der Veranda eines kleinen Cafés und genoss die warmen Strahlen der Sonne.

Er hielt sein Tablet wie ein Buch in der Hand. Auf dem Display lief gerade eine Nachrichtensendung, die er neugierig verfolgte.

Es war erst kurz nach 10 Uhr morgens und um diese Zeit war hier noch nicht viel los. Im Grunde war er der einzige Gast hier draußen auf der Veranda. Die restlichen Gäste, es waren zwei junge Männer und eine junge Frau, hatten sich in das Restaurant gesetzt.

Andreas konnte das Surren der Klimaanlage bis draußen hören.

Es war ein extrem warmer Sommer. Schon seit ein paar Wochen hatte es kaum geregnet und die Temperaturen waren selten unter die 30-Grad-Marke gefallen.

Doch das störte ihn nicht wirklich. Er genoss dieses Wetter sogar.

Wie es im Sommer so üblich war, schien die Welt vollkommen in Ordnung. Alles war gut, die Sonne schien, jeder hatte gute Laune. Doch dieses Jahr schien das Ganze nicht wirklich real zu sein. Wenigstens kam es ihm so vor.

Deswegen schaute er sich auch die Nachrichtensendung an. Etwas, das er sich eigentlich schon vor langer Zeit abgewöhnt hatte.

Früher hatte er sich stets über das Weltgeschehen auf dem Laufenden gehalten. Doch irgendwann hatten die Medien aufgehört, objektiv zu berichten. Es kamen nur noch neue Katastrophen. Krieg hier, Seuchen dort, Umweltkatastrophen da und ein Amoklauf hier.

Irgendwann hatte es ihn einfach nur noch fertig gemacht, diese ganzen negativen Berichte zu sehen und zu lesen.

Doch das hatte sich vor ein paar Wochen geändert.

Es gab Berichte von einer neuen Seuche, die sich aus dem Osten immer weiter in Richtung Westen ausbreitete. Anfangs waren nur die östlichen Gebiete von Sibirien betroffen gewesen, dann hatte es auch auf China übergegriffen.

Während Russland die Ausbreitung mittlerweile angeblich in den Griff bekommen hatte, drangen aus China kaum noch Informationen nach außen.

Immer wieder erhielten die Nachrichtensender Meldungen, die sich im Grunde selbst widersprachen.

Einmal hieß es noch, die Seuche hätte bereits die Vereinigten Staaten erreicht. Dann hieß es, China hätte ein Gegenmittel entwickelt. Solche Meldungen wurden meistens recht schnell wieder dementiert. Im Grunde wusste niemand, was eigentlich genau los war. Und die TV-Sender waren voller selbsternannter Experten, von denen jeder irgendetwas anderes erzählte und doch selbst kaum eine Ahnung hatte. Und was im Internet los war, war kaum noch in Worte zu fassen.

Was Andreas aber die meisten Sorgen bereitete, war die Tatsache, dass sich die Regierung in keiner Weise zu dem Thema äußerte.

Als wolle man das Ganze totschweigen.

Es war beinahe so, als wollten die Machthaber dieser Welt die ganze Geschichte einfach unter den Tisch kehren.

Das war keine neue Taktik.

Es wurden immer wieder irgendwelche Geschichten in die Medien gestreut, um so von den eigentlichen Problemen abzulenken. Andere versuchten Krisen und Probleme einfach auszusitzen. Auch die deutsche Bundesregierung war darin sehr gut geworden.

Die Vereinigten Staaten von Amerika schienen hingegen, immer wieder irgendwo einen Krieg anzuzetteln, um damit von den Problemen im eigenen Land abzulenken.

Andreas kam es so vor, als hätte wohl jedes Land und jede Regierung seine eigene Taktik, um die eigene Handlungsunfähigkeit zu überspielen.

Doch in diesem Fall nun versagten sämtliche Versuche, die Geschehnisse durch andere Themen zu ersetzten. Auch wenn es immer wieder mal ein paar Tage ruhig wurde, irgendwann kamen wieder neue Berichte über Ausbrüche dieser rätselhaften Krankheit, von der nicht einmal wirklich bekannt war, welche Symptome sie hatte.

Klar war nur, es starben Menschen.

Doch es waren eigentlich nicht wirklich die Berichte über diese Krankheit, die Andreas so beunruhigten. Es waren kleinere Meldungen, die beinahe untergingen.

Seit einigen Wochen sammelte er Zeitungsberichte und Artikel aus dem Internet.

Angefangen bei dem Verschwinden des Papstes vor gut drei Monaten, bis hin zu den Berichten von Massenselbstmorden und Amokläufen.

Für die meisten Menschen hatten diese Meldungen offensichtlich nicht viel miteinander zu tun.

Doch Andreas sah eine Verbindung.

Worin genau diese bestand, konnte er nicht sagen. Doch es bereitete ihm Sorgen. Oft sagte er sich selbst, dass er sich da nur etwas einbildete, dennoch ließ ihn dieser Gedanke nicht mehr los.

Nicht umsonst nannten ihn seine Freunde meistens paranoid. Doch das hatte nichts damit zu tun.

Vielmehr war es sein Beruf, der ihn dort etwas sehen ließ.

Andreas war Schriftsteller. Kein Bestseller-Autor, aber er konnte davon leben.

Er liebte es, Menschen mit seinen Geschichten wenigstens für kurze Zeit aus dieser tristen und deprimierenden Welt zu entführen. Zugegeben, er schrieb Horrorgeschichten. Nicht gerade etwas, um Leute aufzumuntern, aber er liebte seine Arbeit dennoch.

Er seufzte leise und ließ das Tablet auf die Tischplatte sinken.

»Schlechte Nachrichten?«

Er blickte auf und sah in das hübsche Gesicht von Melanie, eine der Kellnerinnen des Restaurants und nicht zuletzt einer der Gründe, wieso er immer wieder hierher kam.

»Ach, wie immer.« Er lächelte.

»Noch was zu trinken?«, fragte sie ihn mit ihrem bezaubernden Lächeln, das sie zwar jedem schenkte, für ihn aber doch eine Spur strahlender war. Wenigstens bildete er sich das ein.

Andreas warf einen kurzen Blick auf die Uhr. Er hatte noch gute zwei Stunden bis zu Videokonferenz mit seinem Agenten, also konnte er sich ruhig noch einen Schluck gönnen.

»Gerne, wie immer.«

»Was auch sonst.« Sie verschwand mit einem unglaublichen Hüftschwung im Inneren des kleinen Restaurants.

Er ließ den Blick wandern. Der Rasen jenseits der Veranda fiel steil ab und endete direkt an einer stark befahrenden Hauptstraße. Wenigstens normalerweise stark befahren, denn heute war die Straße so gut wie leer.

Andreas runzelte kurz die Stirn.

Er hatte nicht wirklich viel darauf geachtet, doch er war sich sicher, dass nicht mehr als fünf Autos vorbeigefahren waren, seit er hier saß.

»Hier, eine eiskalte Cola!«

Melanie stellte zwei Gläser auf den Tisch und setzte sich dann ihm gegenüber.

Im ersten Augenblick war er etwas überrascht, sie hatte sich bisher noch nie zu ihm gesetzt.

»Heute ist doch kaum was los. Um die paar Gäste drinnen kümmert sich eh Stephan«, erklärte sie, als hätte sie seine Gedanken gelesen. »Also kann ich mir auch mal eine Pause gönnen.«

»Dann ist heute wohl mein Glückstag.« Andreas grinste und hob sein Glas.

»Na, aber sowas von.«

Sie prosteten sich zu.

»Wann kommt eigentlich dein neues Buch?«

»Gute Frage.« Damit hatte sie einen wunden Punkt erwischt.

Eigentlich hätte er schon vor zwei Wochen Abgabetermin gehabt, doch im Moment steckte er in einer echten Schaffenskrise. Darum auch die Videokonferenz mit seinem Agenten.

»Ich freu mich schon. Dein letztes Buch war richtig gut. Also eigentlich waren alle gut, aber das Letzte war wirklich ein Kracher.«

»Ein Kracher?« Er musste lachen. »So hat noch niemand meine Werke beschrieben.«

»Is' doch aber so! Ich hab mich schon lange nicht mehr so gut gegruselt.«

»Na, das freut mich doch zu hören.«

Doch das war eine Untertreibung. Es machte ihn stolz und freute ihn mehr als üblich. Es war immer schön, von einer Leserin gute Kritiken zu bekommen. Besonders von so einer Bezaubernden.

»Machst du dir eigentlich Sorgen wegen dieser Krankheit?«, fragte sie ihn nach einigen Augenblicken, in denen sie schweigend da gesessen hatten.

»Ja. Vor allem wegen dieser schwammigen Berichterstattung.«

»Ich weiß, was du meinst. Man hört immer wieder schreckliche Dinge, aber man sieht fast nie Bilder oder Aufnahmen. Niemand scheint wirklich zu wissen, was da eigentlich vor sich geht. Das macht mir irgendwie Angst.«

Andreas war überrascht über ihre Offenheit. Auch wenn er hier Stammgast war und immer wieder versuchte, mit ihr ins Gespräch zu kommen, so kannten sie sich doch nicht wirklich.

»Ich habe gestern gelesen, dass es auch hier schon Fälle gegeben haben soll«, fuhr sie leise fort. »Nicht mal weit weg von hier. In Düsseldorf.«

»Ja, das wäre logisch. In der Uni-Klinik in Düsseldorf gibt es Spezialisten und eine für solche Fälle ausgestattete Station.«

In diesem Augenblick erklang aus dem Restaurant ein lautes Krachen.

Erschrocken blickten die beiden zur Eingangstür.

Melanie war die Erste, die aufstand und zu der großen Glastür eilte, er folgte ihr sofort.

Andreas' Augen mussten sich erst an die schummrige Dunkelheit im Inneren gewöhnen, doch dann sah er, was passiert war.

Einer der beiden jungen Männer lag auf dem Boden, der zweite hockte daneben und sah seinen Freund mit erschrockenem Gesicht an. Die junge Frau mit den etwas mehr als schulterlangen schwarzen Haaren hatte sich zurückgezogen und stand beobachtend an der Wand.

Stephan, der Barkeeper, wirkte ebenfalls erschrocken und war kreideweiß im Gesicht.

»Was ist passiert?« Andreas sah auf den scheinbar bewusstlosen Gast.

Melanie hockte sich gerade ebenfalls neben ihn und fühlte seinen Puls.

»Der Kerl war furchtbar am Schwitzen und ständig am Husten. Dann kriegte er sich nicht mehr ein und ist schließlich vom Hocker gefallen.« Die junge Frau ließ ihren Blick nicht von dem Bewusstlosen. Ihre Stimme klang teilnahmslos, dennoch wirkte sie nervös.

»Hat schon jemand einen Krankenwagen gerufen?« Andreas sah einen nach dem anderen an.

Als sich niemand meldete, griff er in seine Hosentasche und zog sein Handy heraus.

Melanie erhob sich nun wieder und wich etwas von dem Mann zurück. Ihr Gesicht wirkte bleich und erschrocken.

Er hatte die Notrufnummer gewählt und hielt das Telefon ans Ohr. Doch es kam nur ein Besetztzeichen.

Irritiert sah er auf das Display, dann wählte er erneut.

Diese Nummer sollte eigentlich nicht besetzt sein.

»Er … er ist tot.« Melanies Stimme war kaum mehr als ein Flüstern.

Sie wich immer weiter von dem Mann zurück.

Der andere Typ sah sie an.

»Das ist unmöglich!«, keuchte er. »Er war heute Morgen noch völlig gesund!« Verzweifelt begann er auf den Brustkorb des Mannes einzuschlagen, als wolle er sein Herz mit aller Gewalt wieder zum Schlagen bringen.

Andreas starrte erneut auf das Display seines Handys. Wieder besetzt.

»Was zum Henker soll das denn?« Er ließ das Handy sinken und sah wieder zu dem Mann am Boden.

Doch dieser lag nun ganz und gar nicht mehr reglos da.

Der Körper hatte begonnen, wie unter Krämpfen zu zucken. Selbst sein Freund wich nun erschrocken zurück.

Melanie legte eine Hand auf ihren Mund, um einen Schrei zu unterdrücken.

In diesem Augenblick richtete sich der Mann ruckartig auf.

Der Barkeeper schrie erschrocken auf und sprang zurück. Dabei stieß er gegen das Regal hinter der Bar. Mit lautem Scheppern fielen einige Flaschen, die dort fein säuberlich aufgereiht waren, zu Boden.

Der Kopf des Mannes, der laut Melanie eben noch tot gewesen war, ruckte schlagartig zu Seite und sah nun seinen Kameraden an.

Andreas stand wie erstarrt da. Die ganze Situation wirkte völlig unwirklich. Fast wie aus einem Horrorfilm oder einem seiner Bücher.

Für einen kurzen Moment schien die Zeit im Café still zu stehen. Niemand bewegte sich, niemand sagte auch nur ein einziges Wort.

Es war beinahe so, als wagte niemand auch nur zu atmen.

Dann sprang der eben noch Tote ohne jegliche Vorwarnung auf und stürzte sich mit einem wütenden Knurren auf seinen Freund.

Dieser schaffte es nicht einmal, vor Schreck zu schreien.

Andreas sah, wie der Tote den anderen unter sich begrub. Ein entsetzliches Geräusch erklang, als der Mann dem anderen die Zähne in den Hals trieb und ein großes Stück Fleisch und Haut herausriss.

Andreas sah, was dort geschah, doch sein Verstand weigerte sich, es zu akzeptieren.

Noch immer das blutige Stück Fleisch zwischen den gefletschten Zähnen, sah sich der Tote um.

Andreas erschrak erneut, als er dem Mann in die Augen blickte. Sie hatten kaum noch Ähnlichkeit mit denen eines Menschen. Das, was normalerweise weiß sein sollte, war nun blutrot!

Und auch das Gesicht des Mannes hatte sich verändert. Es war vor Wut verzerrt und glich eher der Grimasse eines wilden Tieres, als dem Gesicht eines Mannes.

Dann erblickte er Melanie, die ihm am nächsten stand. Ohne Ansatz sprang er auf die Füße und hechtete mit einem gewaltigen Sprung auf die junge Frau zu.

Andreas wollte noch reagieren, doch die Bewegung des Mannes war viel zu schnell!

Sein Körper prallte gegen die Kellnerin, die vor Angst und Schrecken aufschrie. Sie krachten durch einen der Tische, der unter dem Gewicht der beidem Körper einfach zusammenbrach.

In diesem Moment überwand Andreas seinen Schrecken. Mit wenigen Schritten war er bei den beiden und packte den Mann an den Schultern.

Aus den Augenwinkeln konnte er sehen, dass die junge Frau, die sich bisher im Hintergrund gehalten hatte, direkt neben ihm war, um ihm zu helfen.

Der Mann wehrte sich mit aller Kraft, schlug und trat nach hinten aus. Es gelang den beiden nur schwer, nicht getroffen zu werden. Dann bekamen sie ihn schließlich zu packen.

Melanie hatte mittlerweile aufgehört zu schreien, was Andreas als kein gutes Zeichen aufnahm.

Mit einem gewaltigen Ruck rissen sie den Angreifer von der jungen Frau weg.

Durch den Schwung taumelte dieser einige Schritte zurück und stieß gegen einen weiteren Tisch.

Sofort beugte sich Andreas über Melanie, um sich nach ihrem Zustand zu erkundigen.

Sie hatte eine tiefe Bisswunde in der linken Schulter, aus der ein breiter Strom an Blut auf den Fußboden floss.

»Ach du Scheiße!«, entfuhr es ihm. Hilflos sah er auf die Kellnerin herab, unfähig etwas zu tun.

»Das kannst du laut sagen!«, sagte die andere Frau und berührte Andreas an der Schulter.

Dieser wollte die Hand unwillig wegwischen, sah dann aber doch hoch.

Erneut wurde er von Grauen ergriffen.

Der Mann, den sie eben von Melanie weggezogen hatten, war bereits wieder auf den Beinen.

Mit geduckter Haltung und schief gelegtem Kopf, sah er sich im Restaurant um.

Doch viel schlimmer war der zweite Mann. Dieser hörte gerade auf zu zucken und sprang ebenfalls schlagartig wieder auf. Sein Aussehen glich dem des Ersten. Die Augen waren rot und sein Gesicht verzerrt.

Ohne zu zögern, sprang er über die Bar und riss den Barkeeper mit sich zu Boden. Beide verschwanden hinter der breiten Theke.

Auch der erste der beiden Männer entschied sich nun, dass er dort ein leichtes Opfer finden konnte und sprang den anderen beiden hinterher.

»Wir sollten jetzt verschwinden!« Die junge Frau griff nun fester zu und zog Andreas wieder auf die Beine.

»Wir können sie doch nicht hier lassen!« Andreas deutete auf Melanie.

Die junge Frau mit den schwarzen Haaren schaute ihm einen Moment in die Augen, dann sah sie zu Melanie hinunter.

Andreas folgte ihrem Blick und sah, wie der eben noch leblose Körper anfing zu zucken.

»Der kannst du nicht mehr helfen!«, sagte die andere und zog Andreas mit sich.

Zuerst wehrte er sich noch, doch dann erkannte er, dass hier jede Hilfe zu spät kam.

Er konnte weder Melanie, noch dem Barkeeper helfen.

Mit taumelnden Schritten lief er der jungen Frau hinterher.

Sie hatten das Restaurant verlassen und standen nun auf dem Rasen vor dem Gebäude.

Von hier aus hatte man eine gute Sicht in Richtung Innenstadt.

Dichte Rauchschwaden stiegen an mehreren Stellen zum Himmel auf. Aus der Ferne waren Sirenen zu hören.

»Was zur Hölle geht hier vor sich?«, entfuhr es Andreas.

Dann fiel sein Blick auf die Straße.

Eine Gruppe Menschen kam gerade die Fahrbahn entlang gelaufen. Doch etwas an der Art und Weise, wie sie sich fortbewegten, wirkte sehr seltsam.

Eine Person kam aus einem der Häuser auf der anderen Straßenseite. Sofort schwenkte der Pulk herum und nahm direkten Kurs auf den Mann.

Dieser hastete wieder zurück ins Haus und versuchte noch, die Tür hinter sich zu schließen. Doch da war die Horde bereits heran und strömte durch die Eingangstür ins Innere.

In dem Moment kam ein Auto die Straße entlang gefahren. Es war viel zu schnell und fuhr Schlangenlinien.

Dann hörte man die Reifen quietschen und der Wagen geriet ins Schleudern.

Es krachte laut, als er gegen eine Laterne prallte, diese umknickte und der Wagen mit qualmendem Motor stehen blieb.

Die Fahrertür öffnete sich schwerfällig und eine Frau fiel ins Freie. Sie kroch einige Meter weit, dann sprang ein kleines Kind aus dem Auto und stürzte sich auf die Fahrerin.

Völlig fassungslos standen Andreas und die junge Frau nebeneinander und starrten auf die Szene hinab.

Keiner von ihnen konnte wirklich fassen, was sie dort gerade sahen.

Es kam ihnen vor, als wäre noch vor wenigen Minuten alles in Ordnung gewesen und plötzlich ging die Welt vor die Hunde.

»Los, verschwinden wir!« Es klang, als wollte ihre Stimme versagen.

Andreas konnte nur nicken.

Dann erklang hinter ihnen das leise Quietschen einer sich öffnenden Tür.

Erst jetzt wurde ihnen die Gefahr bewusst, in der sie immer noch schwebten.

Sie sahen sich kurz an, dann rannten sie los. Die junge Frau steuerte die Autos auf dem kleinen Parkplatz, direkt neben dem Restaurant, an. Doch Andreas packte sie am Arm und zog sie in eine andere Richtung. Hin zu einer kleinen Baumgruppe, die das Grundstück umschloss.

Direkt dahinter befanden sich ein kleines Industriegebiet und ein paar wenige Wohnhäuser.

Dort konnte man sich weitaus besser verstecken, als auf der Hauptstraße.

Von einem zum anderen Augenblick hatte sich die Welt vollkommen verändert, war binnen weniger Minuten in einem völligen Chaos versunken.

Doch es blieb ihnen keine Zeit den Horror, den sie gerade erlebt hatten zu verarbeiten.

Nun hieß es nur noch: überleben!

10:14 Uhr – Hagen-Hohenlimburg, Deutschland

Kommissar Mirko Reymer lenkte seinen Wagen vor ein baufälliges altes Haus. Einen Moment blieb er noch im Auto sitzen, eher er ausstieg. Er mochte diese Gegend nicht sonderlich.

Der untere Bereich der Oege. Man sagte, hier lebten die weniger erfolgreichen Menschen, um es mal mit freundlichen Worten auszudrücken.

Nur wenige hundert Meter weiter oben lebten die SEHR Erfolgreichen. Es war beinahe ein Unterschied wie Tag und Nacht.

Früher, als er noch ein einfacher Streifenpolizist gewesen war, hatte er einen Großteil seiner Dienstzeit hier verbracht. Das Viertel lag nicht weit von der Polizeistation entfernt, in der er damals gearbeitet hatte. Und kaum irgendwo in der Gegend war die Verbrechensrate höher.

Mit einem Seufzen stieß er die Tür seines Dienstwagens auf.

Er musste ein Keuchen unterdrücken. Nach dem wohl klimatisierten Inneren des Wagens war es, als würde man vor eine Wand laufen. Die Temperaturen wollten einfach nicht sinken. Der warme Sommer war nicht sein Fall. Er mochte zwar das gute Wetter, aber die Hitze konnte er nicht leiden.

Mirko krempelte die Ärmel seines Hemdes hoch, während er langsam auf den Streifenwagen zuging.

»Reymer!«, begrüßte ihn ein älterer Beamter, der sichtlich erleichtert wirkte.

»Kramer, was gibt es denn?« Die beiden kannten sich schon seit einigen Jahren.

»Schlimme Sache. Anscheinend kam es zu einer Schlägerei. Es sieht ziemlich übel aus.«

»Okay, das ist nichts Ungewöhnliches für so eine Gegend. Aber wieso habt ihr mich gerufen?« Mirko war sichtlich verwundert.

»Nun …« Kramer nahm die Mütze vom Kopf und kratze sich. Schweißperlen glänzten auf seiner Stirn. »Der Typ, um den es geht, scheint völlig ausgerastet zu sein. Er hat sich mit zwei weiteren Personen in einer Wohnung im oberen Stock eingeschlossen. Stetter und ich sind die Wohnung rein …«

Mirko sah den Älteren abwartend an.

»Und dann hat uns der Typ einfach angegriffen. Das ging alles so schnell. Wir konnten nur mit Mühe aus der Wohnung entkommen und haben die Tür blockiert.«

»Ein einziger Mann? Kramer, du wirst langsam alt.« Mirko grinste.

»Du hast ja keine Ahnung, was da oben los war. Der Typ hat Stetter gebissen!«

»Was? Gebissen?« Mirkos Blick wirkte recht ungläubig.

»Sieh doch selbst nach, wenn du mir nicht glaubst. Er wird gerade behandelt.« Kramer deutete auf den Rettungswagen, der mit eingeschaltetem Blaulicht auf der anderen Straßenseite stand.

»Schon gut. Aber was soll ich tun? Kannst du nicht Verstärkung anfordern?«

»Hab ich doch versucht. Aber so wie es aussieht, spielt gerade die ganze Stadt verrückt. Sämtliche Streifenwagen sind im Einsatz.«

Mirko erinnerte sich, dass er auf der Fahrt hierher einige Sirenen gehört hatte, den Polizeifunk hatte er ausgeschaltet. Das war zwar nicht erlaubt, aber er war ja immerhin schon auf dem Weg zu einem Einsatz gewesen.

Vermutlich das Wetter, die anhaltende Hitze schien einigen Leuten das Hirn weich zu kochen.

»Außerdem kenne ich dich. Du kannst am besten mit solchen Irren umgehen.«

Mirko wandte sich langsam in Kramers Richtung.

»Danke, das habe ich auch verstanden.« Er musste sich jedoch das Grinsen verkneifen.

In der Tat kannte er sich mit solchen Fällen aus. Seine Dienstakte hatte wegen solcher Typen auch schon die ein oder andere dunkle Stelle abbekommen.

»Okay, gibt es jemanden, mit dem ich mal reden kann? Jemanden, der den Kerl kennt?«

»Du kannst dir sicher denken, dass alle in dem Haus ganz plötzlich nicht zu Hause sind, nachdem wir hier mit dem Streifenwagen vorgefahren sind. Außer diesem Herren dort drüben.« Kramer deutete auf einen Mann, der nicht weit entfernt stand.

Mirko nickte und sah zu dem älteren Herrn hinüber. Er spielte nervös mit seinen Fingern und sah immer wieder in ihre Richtung. Der Mann trug eine Brille mit schmalem Rand und einen imposanten Schnurrbart, der wie seine Haare auch, bereits ergraut war.

Langsam ging er zu dem Zeugen rüber und versuchte dabei, so vertrauenerweckend wie nur möglich auszusehen.

»Guten Tag, Herr …?«

»Beyersfeld«, stellte sich der ältere Mann vor. Jetzt, wo Mirko ihn aus der Nähe sah, schätzte er ihn auf Mitte bis Ende 50. Er hatte tiefe Lachfalten im Gesicht, was ihm ein sehr sympathisches Aussehen verlieh.

»Freut mich, Herr Beyersfeld. Ich bin Kommissar Mirko Reymer. Können Sie mir etwas über den Mann erzählen, der meine Kollegen angegriffen hat?« Mirko zog derweil seine Dienstwaffe aus dem Holster an seiner rechten Seite und kontrollierte das Magazin. Er hoffte zwar, die Waffe nicht benutzen zu müssen, doch sicher war sicher.

»Leider nicht viel, Herr Kommissar.« Nervös blickte der Mann auf die Waffe. Das war es dann wohl mit dem vertrauensvoll. »Die Leute in dieser Gegend sind lieber für sich. Aber ich kann Ihnen sagen, dass es ziemlichen Lärm in der Wohnung gegeben hat. Die scheinen die gesamte Einrichtung zerlegt zu haben. Dann hat jemand geschrien. Ich bin sofort hoch gegangen und habe gefragt, ob ich helfen kann. Aber die haben gar nicht reagiert. Wissen Sie, ich bin Apotheker, vielleicht hätte ich ein wenig erste Hilfe leisten können, wenn jemand verletzt gewesen wäre. Dann habe ich ganz seltsame Geräusche aus der Wohnung gehört und habe sofort die Polizei gerufen.«

»Das war genau das Richtige. Was für Geräusche waren das?« Mirko steckte die Waffe wieder weg.

»Nun, das mag jetzt etwas verrückt klingen. Haben Sie schon einmal gehört, wie es klingt, wenn ein Tiger seine Beute reißt? So hat es geklungen.«

Mirko warf Kramer einen kurzen Blick zu, doch dieser zuckte nur mit den Schultern.

»Okay, ich danke Ihnen, Herr Beyersfeld. Würden Sie bitte dort rüber zum Streifenwagen gehen und dort warten. Ich möchte nicht, dass Ihnen etwas passiert.«

Der Ältere nickte nur und schlenderte gemütlich zum Streifenwagen rüber.

»Also ein Tiger?« Mirko sah Kramer zweifelnd an.

»Ich hab dir doch gesagt, der Typ hat sofort zugebissen. Also wirklich Mirko, so etwas habe ich noch nie erlebt.«

Mirko nickte nur und ging auf den Eingang des Gebäudes zu.

»Warte du hier unten. Falls jemand rauskommt, nimmst du ihn sofort fest«, forderte er den Polizisten auf, der anscheinend nichts dagegen hatte, das Gebäude nicht erneut betreten zu müssen.

Im Treppenhaus war es ziemlich dunkel und, im Vergleich zu draußen, angenehm kühl.

Jedoch stank es nach Unrat und anderen Dingen, von denen Mirko lieber gar nichts wissen wollte. Er fragte sich, wie es ein Mann wie Beyersfeld nur in so einem Loch aushielt.

Langsam stieg er die Treppen nach oben. Überall lagen Müll und Gerümpel herum.

Mit der Hand an der Waffe erreichte er die Tür, die von Kramer und Stetter blockiert worden war. Sie hatten einen alten Kleiderständer unter die Türklinke geklemmt. Nicht gerade originell, aber effizient. Mirko musste grinsen. Die beiden Polizisten waren wohl wirklich in Panik gewesen. Er wartete noch kurz, dann nahm er den Kleiderständer weg.

Niemand stürzte durch die Tür oder Ähnliches. Er atmete erleichtert auf.

Mit einer ruhigen Bewegung griff er nach dem Knauf und öffnete vorsichtig die Wohnungstür.

In der Wohnung war es sogar noch dunkler als im Treppenhaus.

Einen Moment blieb er in der Tür stehen und wartete, bis sich seine Augen an das schwache Licht gewöhnt hatten, dann trat er ein.

Der Gestank war hier noch grässlicher und es verschlug ihm kurz den Atem.

Ein Korridor erstreckte sich vor ihm. Am Ende lag ein Durchgang zu einem Raum, der vermutlich das Wohnzimmer war. Rechts und links zweigten zwei Türen ab.

Die Dunkelheit machte ihn nervös, aber er wagte es nicht, das Licht einzuschalten. Die Vorschriften in so einem Fall sahen vor, dass man sich lautstark als Polizei zu erkennen gab. Doch das hielt er in dieser Situation für keine gute Idee. Nach dem, was er bisher gehört hatte, war es wohl besser, wenn er so spät wie möglich bemerkt werden würde.

Außerdem war er noch nie ein Polizist der Sorte gewesen, der es mit den Vorschriften allzu genau nahm.

Er ging Schritt für Schritt durch den Korridor, darauf bedacht, keine unnötigen Geräusche zu verursachen.

Plötzlich erschien eine Gestalt im Durchgang am Ende des Korridors.

Mirko erstarrte.

Die Gestalt war schlurfend und wankend durch das Zimmer gegangen und im Durchgang stehen geblieben. Mit hängenden Schultern drehte sie sich nun langsam zu ihm herum.

Es handelte sich der Statur nach um einen Mann, vermutlich der Angreifer.

»Ich bin Polizist!«, sagte Mirko nun laut und deutlich. »Ich möchte Ihnen raten, sich friedlich zu verhalten und sich flach auf den Boden zu legen!«

Der Mann am Ende reagierte nicht.

»Haben Sie mich verstanden?« Langsam hob Mirko seine Waffe. »Sehen Sie, ich bin bewaffnet, aber ich möchte meine Waffe wirklich ungern benutzen. Sie ahnen ja gar nicht, was das für einen Papierkram nach sich zieht. Also bitte, legen Sie sich flach auf den Boden und wir regeln die Sache!«

Immer noch keinerlei Reaktion. Nur der Kopf des Mannes ruckte nun hin und her, als würde er … Witterung aufnehmen?

Mirko fiel die Beschreibung des alten Apothekers wieder ein.

Ein ungutes Gefühl setzte sich in seinem Magen fest. Was, wenn er es hier mit einem Fall von Tollwut zu tun hatte? Konnte diese überhaupt solche Auswirkungen auf Menschen haben?

Er wusste es nicht genau, doch es war ihm auch egal, denn der Mann setzte sich in diesem Augenblick in Bewegung.

Zuerst setzte er nur unsicher einen Fuß vor den anderen, doch dann begann er zu rennen.

Mit langen Schritten setzte er auf Mirko zu.

Dieser vergaß umgehend alle Vorschriften. Nun galt es nur noch, die eigene Haut zu schützen. Denn eines war klar, der Kerl kam nicht aus freundlichen Gründen wie ein Irrer auf ihn zu.

Mirko riss die Dienstwaffe hoch und drückte ab!

Der Schuss klang überlaut in der bisherigen Stille.

Der Lauf des Mannes wurde gestoppt und er taumelte ein Stück zurück. Mirko hatte gut getroffen. Die Kugel hatte die rechte Schulter des Mannes erwischt.

Doch er ging nicht zu Boden.

Ganz im Gegenteil, er schüttelte sich einmal, dann setzte er seinen Lauf fort.

Diesmal drang ein wütendes Knurren aus dem Mund des Mannes.

»Was zur ...?«, entfuhr es Mirko fassungslos. Der Kerl musste doch auf Drogen sein, anders ließ sich das nicht erklären.

Er zögerte nicht länger und drückte erneut ab.

Einmal!

Zweimal!

Doch erneut verzögerte das den Angriff nur.

Mirko holte einmal tief Luft. Was nun kam, tat er nicht gerne.

Ein weiteres Mal zog er den Abzug durch. Die Kugel fuhr dem Kerl direkt in die Brust! Genau dort, wo beim Menschen das Herz saß. Doch erneut taumelte der Angreifer nur kurz.

Nur noch wenige Meter und er hätte ihn erreicht. Mirko zog die Pistole höher und drückte nochmal ab, nur noch reagierend und nicht auf die Konsequenzen bedacht.

Diese Kugel traf die Stirn des Mannes und trat, begleitet von einer roten Wolke, am Hinterkopf wieder aus.

Nun hielt er endlich an. Einen Augenblick stand der Kerl einfach nur da. Das Knurren war verstummt. Dann kippte er beinahe in Zeitlupe nach hinten und fiel wie ein nasser Sack in sich zusammen.

»Was zum Teufel ...?«, fluchte Mirko, als er langsam die Waffe sinken ließ.

Doch es blieb keine Zeit zum Durchatmen. Zwei weitere Männer kamen aus den Türen rechts und links. Sie sahen mit demselben lauernden Blick zu ihm herüber.

Diesmal reagierte Mirko jedoch schneller. Mit zwei raschen Schritten war er wieder im Treppenhaus. Er schlug die Tür mit aller Kraft zu und stemmte den Kleiderständer wieder unter den Türknauf.

Genau im richtigen Moment.

Mit schweren Schlägen hämmerten die beiden Männer von innen gegen das Holz.

Der ganze Rahmen knarzte.

Mirko wartete nicht länger, sondern eilte mit schnellen Schritten die Treppen hinab und hinaus auf die Straße.

»Verdammt, was ist da oben passiert?« Kramer kam ihm hastig entgegen.

Mirko winkte ab und ging an dem Polizisten vorbei. Nun gönnte er sich ein paar tiefe Atemzüge.

»Ruf die Zentrale an. Wir brauchen dringend Verstärkung! Diese Typen sind auf irgendeiner Droge. So etwas habe ich noch nie gesehen«, keuchte er heiser und sah den älteren Polizisten an.

Dieser griff sofort an das Funkgerät an seiner Brust.

Er wollte gerade den Knopf drücken, als auf einmal ein lauter Schrei zu hören war.

Mirko fuhr herum. Der Schrei kam aus dem Rettungswagen!

Mittlerweile hatten sich einige Schaulustige auf der Straße eingefunden.

»Verschwinden Sie hier! Gehen Sie wieder in Ihre Wohnungen und schließen Sie die Türen ab!«, fauchte Mirko die Leute an und hob seine Waffe erneut.

Vorsichtig näherten sie sich dem Rettungswagen, Kramer ging direkt neben ihm und hatte ebenfalls die Dienstwaffe im Anschlag.

Sie mussten den Rettungswagen halb umrunden, um von hinten hinein sehen zu können.

»Großer Gott!«, schrie Kramer neben Mirko auf.

Stetter, Kramers Partner, hielt die Rettungsassistentin, welche sich verzweifelt wehrte, fest umklammert. Er hatte seine Zähne tief in den Hals der Frau getrieben und biss gerade ein großes Stück Fleisch aus ihr heraus.

Dann schaute er zu den beiden Polizisten.

Achtlos ließ er die Rettungskraft fallen und sprang aus dem Fahrzeug.

Mirko wusste nicht recht, was hier geschah, doch er wusste, dass er auf keinen Fall zögern durfte.

Er hob die Waffe und drückte ab!

Diesmal hatte er direkt auf den Kopf gezielt und die Kugel traf ihr Ziel ganz genau.

Das war anscheinend das wirksamste Mittel, um diese Typen aufzuhalten, was auch immer mit ihnen los war.

Doch wieso war Stetter nun ebenfalls so durchgedreht? Kam das von dem Biss?

»Ach du Scheiße. Du hast ihn erschossen?!«, entfuhr es Kramer.

Mirko drehte sich langsam zu dem anderen um. Er wollte etwas sagen, als über ihnen mit einem Mal Glas zersplitterte.

Die beiden fuhren herum.

Einer der beiden Typen aus der Wohnung hatte es anscheinend aufgegeben, gegen die Tür anzurennen und war einfach aus dem Fenster gesprungen. Die Schaulustigen auf der Straße schrien erschrocken auf und wichen zurück.

Doch der Kerl, der gerade aus dem Fenster gestürzt war, blieb nicht liegen.

Mit einem entsetzlich verdrehten Arm und offensichtlich gebrochenem Bein kam er wieder auf die Füße und stürzte sich auf die nächste Person vor ihm.

Mit Grauen beobachtete Mirko, wie der Kerl seine Zähne in den Passanten rammte. Wie ein Raubtier, das seine Beute riss!

Doch er hielt sich nicht lange damit auf. Die Menschen um ihn herum waren vor Schreck wie gelähmt und nicht in der Lage, ihm auszuweichen.

Mirko hob seine Waffe erneut, doch er hatte einfach kein freies Schussfeld.

Jetzt begannen die Menschen in Panik davonzulaufen. Jeder in eine andere Richtung.

Mirko fluchte laut.

Aus den Augenwinkeln sah er, wie Kramer neben ihm zu Boden gerissen wurde.

Erschrocken drehte er sich zur Seite.

Die Rettungsassistentin war wieder aufgestanden und hatte sich nun von hinten auf den Polizisten gestürzt. Wie ein wildes Tier hatte sie sich in seinen Nacken verbissen.

Das war selbst für Mirko zu viel. Er blieb wie angewurzelt stehen und starrte auf die bizarre Szene.

In dem Moment hob die Frau den Kopf und sah ihn mit blutverschmiertem Gesicht an.

Auch ihre Augen waren blutrot und sie fletschte wütend die Zähne.

Aus der Hocke heraus sprang sie hoch und prallte gegen Mirko, dessen Starre sich einen Augenblick zu spät löste.

Doch irgendwie gelang es ihm noch im Fall, seinen Arm unter ihren Kiefer zu pressen und sie damit von sich wegzudrücken, was ihm erstaunlich schwerfiel. Die an sich zierliche Frau entwickelte ungeahnte Kräfte.

Der immer wieder zuschnappende Kiefer näherte sich Stück für Stück seinem Hals.

Verzweifelte tastete er nach seiner Waffe, die ihm beim Sturz aus der Hand gefallen war.

Genau in diesem Moment krachte es scheppernd.

Holzsplitter fielen in Mirkos Gesicht und er schloss instinktiv die Augen.

Der Druck der Angreiferin ließ nun endlich nach.

Er mobilisierte alle seine Kräfte, stemmte ihren Körper von sich runter und rollte sich zur Seite.

Sofort war er wieder auf den Beinen. Nun sah er auch seine Waffe am Boden liegen. Er hob sie, so schnell er konnte, auf. Erst jetzt gönnte er sich einen Moment, um sich umzusehen.

Der Körper der Frau lag reglos am Boden. Ihr Hinterkopf war im wahrsten Sinne des Wortes zerschmettert worden.

Der alte Apotheker Beyersfeld stand neben ihr und hielt die Reste eines massiven Holzstuhls in den Händen. Wusste der Teufel, wo der den auf einmal her hatte, doch er hatte Mirko damit das Leben gerettet.

»Steht die nochmal auf?«, fragte der Ältere mit völlig zitternder Stimme.

Eine Augenblick stand er einfach so da, dann ließ er die Überreste des Stuhls angewidert fallen.

»Nein, ich denke, die steht nicht mehr auf. Danke!« Mirko war außer Atem.

Nun sah er sich weiter um. Um sie herum spielten sich Szenen wie aus einem Horrorfilm ab.

Es waren nicht mehr nur die Typen aus der Wohnung, die wahllos Passanten angriffen. Jeder, der von diesen Wahnsinnigen getötet wurde, stand kurze Zeit später wieder auf, um selbst zu rasenden Bestie zu werden.

Mirko hob seine Waffe, wusste aber nicht, wohin er zuerst schießen sollte.

Da packte ihn der Ältere am Arm und zog ihn weg.

»Junge, wenn du nicht auch zu so einem Ding werden willst, sollten wir nun schleunigst die Beine in die Hand nehmen und von hier verschwinden.«

Mirko blinzelte, doch die ruhige Stimme des älteren Mannes holte ihn ein Stück weit in die Realität zurück.

Er nickte nur.

Die beiden warfen einen letzten Blick auf die grausamen Szenen, die sich gerade vor ihnen abspielten.

Dabei mussten sie feststellen, dass Mirkos Dienstfahrzeug nicht mehr zu erreichen war. Die Gefahr, auf dem Weg zum Auto von den Wahnsinnigen gefasst zu werden, war einfach zu groß. Also liefen sie los. Einfach nur weg von diesem ganzen Horror.

Intermezzo

24. August 2016 – 10:00 Uhr, Radio MK (Radiosender aus Iserlohn)

»Wir unterbrechen unsere laufende Sendung wegen einer dringenden Meldung! Die Polizeidirektion Iserlohn warnt aktuell vor einem hohen Aufkommen roher und brutaler Gewalt. Vielerorts ist es zu Ausschreitungen gekommen. Sämtliche Einsatzkräfte sind bereits im Stadtgebiet im Einsatz und versuchen, die Lage in den Griff zu bekommen. Des Weiteren wurden mehrere Brände in der Stadt gemeldet. Die Behörden rufen die Bevölkerung dazu auf, in ihren Häusern zu bleiben und nicht auf die Straße zu gehen! Wir wiederholen, bleiben Sie in Ihren Häusern und gehen Sie nicht auf die Straße, bis die zuständigen Behörden Entwarnung geben!«

24. August 2016 – 10:00 Uhr, Tagesschau Sondersendung

»Wir entschuldigen die Unterbrechung unseres laufenden Programms. Neuesten Berichten zufolge kam es in mehreren deutschen Städten im Laufe des Vormittags zu Ausbrüchen einer bisher unbekannten Infektionskrankheit. Die bislang bekannten Symptome ähneln im Anfangsstadium einer einfachen Erkältung oder leichten Grippe. Wie uns jedoch vom Gesundheitsministerium mitgeteilt wurde, werden die Symptome rasant schlimmer und enden zum Teil tödlich.

Sollten Sie sich krank fühlen, kontaktieren Sie Ihr nächstes Krankenhaus und warten Sie zu Hause auf Hilfe. Wie wir außerdem erfahren haben, scheint sich diese rätselhafte Infektionskrankheit innerhalb der letzten drei Stunden rasant ausgebreitet zu haben.

Wir bitten sämtliche Zuschauer, die sich gesund fühlen und keinerlei Anzeichen einer Krankheit aufweisen, in ihren Wohnungen und Häusern zu bleiben und den Kontakt zu anderen Menschen zu meiden. Wir bleiben für Sie auf dem Laufenden und werden das aktuelle Programm sofort unterbrechen, sobald uns Neuigkeiten zu diesem Thema vorliegen.

Und nun weiterhin gute Unterhaltung mit *Sturm der Liebe.*«

24. August 2016 – 11:45 Uhr, Newstime Sondersendung.

»Aus aktuellem Anlass unterbrechen wir das laufende Programm für eine Sondersendung. Laut neuesten Berichten, die uns soeben erreicht haben, hat das Bundesverteidigungsministerium gerade den Befehl zum Ausrücken aller verfügbaren Bundeswehreinheiten gegeben. Die Bundeswehr wurde beauftragt, die lokalen Einsatzkräfte der Polizei zu unterstützen. Offenbar sind die Ausschreitungen und gewalttätigen Übergriffe auf Polizei und Rettungskräfte in der letzten halben Stunde so stark angestiegen, dass die Polizei kurz davor ist, die Kontrolle zu verlieren.

In mehreren deutschen Großstädten wurde bereits der Notstand ausgerufen.

Inoffizielle Quellen berichten, dass es bundesweit bereits viele Tote gegeben hat. Uns erreichten bisher mehrere unterschiedliche Augenzeugenberichte. Doch es ist davon auszugehen, dass die Ausschreitungen direkt mit dem Ausbruch der bisher unbekannten Infektionskrankheit zu tun haben. Von Regierungskreisen gibt es bisher keine offiziellen Stellungnahmen. Jedoch wurde uns gerade mitgeteilt, dass soeben der Bundestag zu einer Sondersitzung zusammengekommen ist. Die Bundeswehr ist rund um das Reichstagsgebäude in Stellung gegangen.

Die Geschwindigkeit, mit der sich die Gewalt und die Infektionskrankheit ausbreiten, ist äußerst besorgniserregend. Experten vermuten, dass in den nächsten Stunden ein bundesweiter Notstand ausgerufen wird und raten dazu, in Ihren Häusern und Wohnungen zu bleiben und diese notfalls auch zu verbarrikadieren.«

Überleben

12:24 Uhr – Iserlohn, Deutschland

Seit mehr als einer Stunde hockten die rund 100 Schüler und Lehrer in der stickigen Sporthalle und warteten.

Die meisten Berufsschüler waren sofort abgehauen, als verkündet wurde, dass der Unterricht unterbrochen wurde. Die Anweisungen ihrer Lehrer, sich nicht vom Schulgelände zu entfernen, hatte sie gar nicht interessiert.

Der Rest wartete auf eine Erklärung. So langsam machte sich Unruhe breit und die Stimmung war kurz davor, überzukochen.

Die wenigen Lehrer, die sich mit den Schülern hier befanden, wirkten vollkommen überfordert und sehr besorgt.

Dennis hielt sich in einer Ecke der Halle auf und beobachtete die anderen Schüler. Er war schon immer ein Einzelgänger gewesen und mochte große Menschenmengen nicht sonderlich. Ganz im Gegenteil, sie machten ihm sogar Angst. Deshalb drückte er sich nun in eine Ecke, um sich selbst einen kleinen Bereich an Privatsphäre zu schaffen, auch wenn das schwerfiel.

Die meisten anderen aus seiner Klasse gehörten zu denen, die sich bereits verdrückt hatten. Das machte ihm aber nichts aus, denn er kam mit keinem von ihnen gut aus.

Niemand hatte ihnen bisher gesagt, was da draußen los war, deswegen schaute er nun verstohlen auf sein Smartphone. Eigentlich waren sie im gesamten Schulgebäude verboten, doch Dennis trennte sich nie von seinen Spielsachen.

»Ey, Lusche«

Dennis verdrehte die Augen. Patrick hatte sich aus der Menge geschält und kam auf ihn zu.

Ausgerechnet Patrick …

»Ich heiße Lasch.«

»Na, sag ich doch!« Patrick grinste. Dieses dümmliche Grinsen, das Dennis ihm am liebsten schon öfter aus dem Gesicht geschlagen hätte.

»Dachte, du wärst auch abgehauen.« Dennis versuchte, das Handy wegzustecken, ohne dass der andere etwas davon bemerkte.

»Nee, das lass ich mir doch nicht entgehen. Hast du schon was gehört?« Er lehnte sich neben Dennis an die Wand und sah sich um.

»Nein, die Lehrer sagen rein gar nichts.«

»Es gehen Gerüchte rum. Angeblich soll es eine Art Krankheit geben, die sich schnell ausbreitet. Deswegen sind wir alle hier. Andere reden von einem Terroranschlag.«

Irrte sich Dennis, oder konnte er Sorge in Patricks Stimme erkennen?

»Was sagt denn das Internet?«

Dennis zögerte. Er kannte Patrick nun schon seit etwa zwei Jahren. In dieser Zeit hatte er kaum eine Gelegenheit ausgelassen, ihn zu schikanieren. Weswegen Dennis sich definitiv eine bessere Gesellschaft vorstellen konnte.

Sollte er ihm wirklich erzählen, was er eben gelesen hatte?

»Man … erzähl schon!«

Etwas an seiner Art war anders als sonst. Dennis war sich nicht sicher, doch es schien fast so, als ob der große Kerl Angst hatte.

Patrick war beinahe zwei Köpfe größer als er und ziemlich muskulös. Allein die Tatsache, dass dieser bullige Schlägertyp vor etwas Angst haben sollte, machte ihm selber Sorgen.

»Ziemlich dasselbe«, sagte er schließlich und wich der Frage aus.

Mehr wollte er dem anderen nicht erzählen, denn das, was er gerade gelesen hatte, klang nicht gut. Da war das, was Patrick eben erzählt hatte, gar nichts gegen.

»Scheiße!«, fluchte Patrick leise und schob die Hände tief in seine Hosentaschen.

Unruhig verlagerte er sein Gewicht vom einen auf den anderen Fuß und sah sich dabei immer wieder nervös um.

Dennis war sprachlos. So hatte er den Großkotz noch nie erlebt. Er hätte sich nun rächen können für all die Quälereien, die er in den letzten zwei Jahren erdulden musste. Doch irgendwie tat ihm der große Kerl nun sogar ein bisschen leid.

»Alles halb so wild. Die geben bestimmt bald Entwarnung«, sagte er stattdessen.

»Ich weiß nicht, Mann.« Patrick schüttelte den Kopf. »Hast du die Nachrichten gehört in den letzten Wochen? Diese Seuche in Russland und China … das macht mir echt Sorgen. Was, wenn es nun auch hier losgeht?«

Darauf wusste Dennis keine Antwort. Er hob kurz sein Cappi und strich sich durch die Haare. Dann setzte er die Mütze wieder auf.

Plötzlich kamen zwei Lehrer in die Sporthalle und gingen mit schnellen Schritten zu ihren Kollegen.

Dennis konnte von seiner Position aus nicht hören, was sie sagten, doch sie wirkten nervös.

Vielleicht hatte Patrick ja doch recht und sie hatten allen Grund, sich Sorgen zu machen.

»Hört mal alle zu!« Herr Brücher stellte sich auf eine der Bänke und versuchte die Aufmerksamkeit der Schüler auf sich zu ziehen. »Hey, seid doch mal ruhig!«

Es dauerte eine ganze Weile, bis sich der Lärm in der Sporthalle gelegt hatte und alle zu dem Lehrer sahen.

»Okay, also hört mal zu. Draußen stehen vier Busse. Die Busse werden euch zu einer Sammelstelle bringen, an der wir dann warten werden, bis sich die Lage wieder beruhigt hat.«

Dennis und Patrick sahen sich kurz an.

»Was soll sich beruhigt haben?«, rief jemand aus der Menge heraus.

Herr Brücher räusperte sich kurz und sah zu einem seiner Kollegen.

»Es ist wohl zu einigen gewalttätigen Ausschreitungen in der Stadt gekommen. Wir wissen nicht genau was los ist, nur dass uns die Behörden aufgefordert haben, euch zu der Sammelstelle zu bringen.«

Erneut brandete lautes Gerede auf.

»Was ist mit unseren Familien? Wir wollen zu unseren Familien!«, rief eine weitere Stimme aus der Menge.

»Ich versichere euch, eure Angehörigen sind auch dort. Es wird alles gut werden. Wir müssen nur ruhig bleiben und abwarten. Ich möchte euch nun bitten, langsam zu den Bussen zu gehen. Je geordneter wir vorgehen, desto schneller seid ihr wieder bei euren Familien.«

Dennis wurde nachdenklich. Eine Sammelstelle also.

Im Internet hatten sie bereits von Sicherheitszonen geredet.

Erstaunlicherweise hatten es alle Schüler und Lehrer geschafft, ruhig in die Busse zu steigen.

Dennis war als Letzter dazu gekommen.

Patrick setzte sich neben ihn.

Er wusste nicht genau, ob er sich darüber freuen sollte oder nicht. Patrick war ein Schlägertyp, einer von der Sorte, die andere verprügelten, nur weil ihm ihre Jacke nicht gefiel.

Doch im Moment lernte er eine andere Seite dieses Jungen kennen. Dennoch traute er ihm nicht recht über den Weg.

»Glaubst du, deine Eltern sind auch in dieser Sammelstelle?« Patrick sah ihn an.

»Ich bin Waise.« Dennis blickte aus dem Fenster.

»Oh, das wusste ich nicht.« Es entstand eine Pause.

Der Bus fuhr fast nur durch Nebenstraßen. Dennis fiel sofort auf, dass sie die Hauptstraßen mieden.

Niemand hatte ihnen gesagt, wo genau die Sammelstelle sein sollte. Doch es machte den Eindruck, als würden sie versuchen, die Innenstadt zu umfahren.

Erneut fragte sich Patrick, was wirklich vor sich ging. Im Internet kamen immer mehr Meldungen, doch sie waren meist seltsam und sehr verwirrend. Außerdem waren anscheinend einige Server mehr als ausgelastet. Es dauerte sehr lange, bis man auf eine Seite kam. Mittlerweile hatte er es aufgegeben, nach Neuigkeiten zu suchen.

Auf einmal blieb der Bus stehen.

Dennis verrenkte sich, beim Versuch etwas zu erkennen, fast den Hals. Aber von seiner Position aus war es hoffnungslos.

»Was ist los?« Patrick erhob sich von seinem Sitzplatz.

»Keine Ahnung.« Dennis klang alarmiert.

Herr Brücher, der ebenfalls in den letzten Bus eingestiegen war, erhob sich ebenfalls von seinem Sitz und ging nach vorn, um mit dem Fahrer zu sprechen.

Langsam fingen die Schüler an zu murmeln und leise miteinander zu reden. Bisher hatte eine eisige Stille im Bus geherrscht. Es schien, als ob jeder seinen eigenen Gedanken nachgegangen war. Nun wurde es unruhig. Die Ersten folgten Patricks Beispiel und standen auf.

Dennis blieb sitzen und versuchte weiterhin etwas zu erkennen.

»Bleibt ruhig!«, rief Herr Brücher und wandte sich wieder dem Busfahrer zu.

Sie waren im letzten Bus des kleinen Konvois. Drei weitere Busse waren vor ihnen.

Soweit Dennis es erkennen konnte, waren auch die anderen Fahrzeuge stehen geblieben.

Mit einem Mal erstarrte Herr Brücher förmlich. Dann klopfte er dem Busfahrer wie wild auf die Schulter und rief ihm etwas zu. Dennis konnte kein Wort verstehen.

Die Unruhe im Bus hatte sich nun richtig hochgeschaukelt. Irgendwo in der hinteren Reihe fing ein Mädchen an zu schluchzen. Mehrere der größeren Jungs versuchten weiter nach vorne zum Fahrer zu gelangen. Alle schienen durcheinander zu reden und versuchten sich dabei mit der Lautstärke zu übertreffen.

Dennis wurde in seinen Sitz gedrückt, als der Bus schlagartig anfuhr und stark beschleunigte.

Neben sich hörte er einen erstickten Schrei und sah aus den Augenwinkeln, wie Patrick das Gleichgewicht verlor.

Instinktiv packte Dennis zu und bekam das Hemd des anderen zu fassen. Bei dem Versuch, den viel schwereren Jungen zu halten, wurde ihm beinahe der Arm ausgekugelt.

Es schien kurz so, als hätte er nicht genügend Kraft, um ihn zu halten. Doch dann sackte Patrick endlich auf den Sitz zurück und klammerte sich fest.

Der Bus neigte sich stark zur Seite, als der Fahrer versuchte, an den anderen Bussen vorbeizufahren. Es krachte und schepperte laut, dann kam das Fahrzeug zurück in die Spur. Sie waren beinahe an den anderen drei vorbei und der Fahrer beschleunigte nun weiter.

Dennis versuchte sich irgendwie festzuhalten, dennoch wurde er in seinem Sitz wild hin und her geworfen.

Trotz des Chaos gelang es ihm, einen kurzen Blick in den anderen Bus zu werfen.

Was er dort sah, war kaum zu glauben.

Es sah aus, als würden sich die anderen Schüler prügeln! Und das nicht gerade zimperlich.

Sie waren schon fast vorbei, als auf einmal eine rote Flüssigkeit gegen eines der Fenster spritzte.

»FUCK!«, schrie Patrick mit einem Mal auf.

Er hatte anscheinend dasselbe gesehen, wie er.

Die wilde Fahrt ging unvermindert weiter und die, die noch auf ihren Sitzen saßen, hatten große Mühe, sich dort zu halten. Der Rest hielt sich krampfhaft irgendwo fest.

Das Mädchen von der hinteren Bank schrie mittlerweile.

In diesem Moment neigte sich der Bus erneut stark zur Seite. Einen furchtbaren Augenblick lang hing er in der Schwebe. Alles geschah wie in Zeitlupe.

Dennis hielt die Luft an.

Dann kippte der Bus um und landete scheppernd auf der Seite. Funken stoben auf, während er noch mehrere Meter über den Boden rutschte.

Metall kreischte und man konnte überall zersplitterndes Glas hören, dann wurde Dennis aus seinem Sitz geschleudert und schlug mit dem Kopf gegen eine Haltestange.

Schreie begleiteten ihn, während sein Verstand langsam in die Dunkelheit abglitt.

12:28 Uhr – Hagen-Hohenlimburg, Deutschland

Im Krankenhaus Elsey herrschte große Aufregung. In den letzten paar Stunden waren zahlreiche Menschen eingeliefert worden. Weitaus mehr, als das kleine Krankenhaus bewältigen konnte.

Dennoch gaben sich alle anwesenden Kräfte große Mühe, den Betrieb aufrechtzuerhalten.

Am Anfang waren es nur Kranke gewesen. Die Symptome ähnelten denen einer starken Grippe. Alle waren überrascht, wie viele es auf einmal waren. Dann wurde ihnen mitgeteilt, dass es sich um eine Epidemie handelte.

Doch seit einiger Zeit kamen auch immer mehr Verletzte an.

Die meisten von ihnen wiesen Bisswunden auf. Und zwar von Menschen.

Viele Ärzte und Pflegekräfte wussten noch gar nicht, was da draußen eigentlich los war, da die Krankenhausleitung sämtliche Kanäle nach draußen gekappt hatte.

Es gab kein Internet und keine Fernseher mehr. Ebenso wurden fast alle Radios eingesammelt. Irgendetwas sollte den Angestellten verschwiegen werden.

Als die Ersten anfingen darüber zu sprechen, dass sie einfach verschwinden wollten, waren Soldaten gekommen.

Zuerst hatten sie das Gebäude von außen abgeriegelt. Anschließend hatten sie begonnen, das Krankenhaus Station für Station zu durchsuchen. Niemand sprach mit den Angestellten und keiner hatte bisher eine Erklärung abgegeben, was hier gerade passierte.

»Das Ganze gefällt mir nicht.« Schwester Nathalie zog an ihrer Zigarette.

»Mir auch nicht.« Anissa schob ihre Hände in die Hosentaschen. Die beiden Schwestern hatten den kleinen Abstellraum auf der Station kurzerhand zum Raucherzimmer umfunktioniert, da sie nicht mehr nach draußen durften.

Anissa selbst rauchte zwar nicht, doch sie hatte ihre Freundin begleitet. Im Augenblick wollte die zierliche Krankenschwester nicht alleine sein.

Die leicht übergewichtige Schwester Nathalie drückte die Zigarette in einem Plastikbecher aus.

»Wieso wird hier alles so abgeriegelt? Ich meine, niemand von uns ist bisher krank geworden. Also kann diese angebliche Epidemie doch gar nicht so ansteckend sein, oder?«

Anissa zuckte nur mit den Schultern.

»Und diese ganzen Verletzten. Kommt mir vor, als wenn da draußen Krieg ist. Ich meine, sowas hab ich noch nicht erlebt. Ehrlich nicht.« Nathalie schüttelte den Kopf.

»Wir sollten wieder rausgehen.« Anissas Stimme klang leise und zaghaft.

»Ja sollten wir wohl. Doch solange diese Gewehraffen durchs Krankenhaus laufen, können wir eh nicht viel tun.«

Schweigend standen die beiden in dem kleinen Abstellraum.

»Ach was soll's.« Mit einem Schulterzucken öffnete Nathalie die Tür und ging wieder auf den Gang hinaus. Anissa folgte ihr eilig.

Sofort drang das Stöhnen der Patienten wieder zu ihnen durch. Anissa arbeitete nun schon über fünf Jahre als Krankenschwester, doch so etwas hatte sie selbst noch nie erlebt. Mit der alltäglichen Arbeit einer Pflegekraft kam sie sehr gut zurecht, doch diese Situation zerrte stark an ihren Nerven. Ihren Kollegen ging es da aber nicht anders.

Immer wieder wurden Betten mit neuen Patienten durch die Gänge geschoben, auf der Suche nach einem Zimmer, in dem noch etwas Platz war.

Einer der Ärzte winkte Anissa zu sich.

Sie zögerte nicht lange und folgte dem Arzt. Auch Nathalie war bereits wieder bei der Arbeit.

Etwas sagte ihr, dass dies wohl ein sehr langer Tag werden würde.

Anissa stand kurz vor einem Nervenzusammenbruch. Die ersten Patienten waren mittlerweile verstorben. Gerüchten zufolge hatte es auf den anderen Stationen ebenfalls Tote gegeben.

Doch am merkwürdigsten war die Tatsache, dass die Patienten direkt nachdem sie verstarben, eiligst von Soldaten abgeholt wurden. Die Leichen wurden alle direkt zu den Aufzügen gebracht. Niemand wusste, was dann mit ihnen geschah.

Verstörender war allerdings die Tatsache, dass die Soldaten jedes Mal ihre Waffen im Anschlag hatten, wenn sie das Zimmer eines verstorbenen Patienten betraten.

Nathalie hatte schon mehrfach versucht, von einem der Ärzte eine Antwort zu bekommen, doch sie wurde immer wieder unwirsch abgewiesen. Die Soldaten redeten erst gar nicht mit ihr.

Anissa war sich sicher, dass viele kurz vor dem Zusammenbruch standen. Alle waren bereits an ihren Belastungsgrenzen angelangt. Die viele Arbeit war wahrscheinlich alles, was sie noch von einem Nervenzusammenbruch abhielt.

»Anissa!« Nathalie packte die jüngere Schwester am Arm und zog sie in den kleinen Abstellraum.

Diese konnte einen erschrockenen Aufschrei gerade noch unterdrücken.

Kaum hatten sie die Tür hinter sich geschlossen, zündete Nathalie sich eine Zigarette an.

»Was ist denn los? Du hast mich zu Tode erschreckt!«

»Hör mir zu! Ein paar Schwestern und Ärzte haben vor abzuhauen. Was auch immer hier los ist. Wir müssen auch hier weg!«

Anissa sah die ältere Schwester verständnislos an.

»Du willst wirklich abhauen?«

»Ja klar. Und noch ein paar andere. Ich will, dass du mitkommst.«

»Aber was ist mit den Patienten? Wir können sie doch nicht hier alleine lassen!« Anissa sah sich unschlüssig um.

»Vergiss die Patienten! Gott noch eins. Siehst du denn nicht, was hier los ist? Sie sterben. Alle! Egal ob die Kranken oder die Verletzten. Wir können denen nicht helfen.«

»Aber wir können sie nicht alleine lassen!«, begehrte die Jüngere erneut auf.

Nathalie sah sie verwundert an.

»Du willst wirklich hierbleiben?« Sie schüttelte den Kopf. »Was glaubst du, wieso sie die Toten sofort wegschaffen? Was immer sie haben, es muss hochansteckend sein. Es ist ein Wunder, dass wir noch nicht krank sind. Auf Station 3 wurde eine Schwester von einem der Patienten gebissen. Sie wurde sofort weggesperrt und der Patient wurde von den Soldaten erschossen. Hörst du? Erschossen!«

Anissa schüttelte ungläubig den Kopf. Das konnte nicht wahr sein! Wieso sollten die Soldaten jemanden einfach so erschießen?

»Du kennst doch Peter vom Empfang, oder?«

Anissa nickte.

»Ich habe vorhin kurz mit ihm geredet. Er sagte, sie bringen die Toten in den Keller und sperren sie dort ein. Angeblich sollen sie nicht tot bleiben.«

»Du bist doch verrückt! Was soll das denn heißen?« Anissas Stimme klang schrill und eine Spur zu laut, um wirklich entschlossen zu klingen.

Nathalie seufzte und ließ die Schultern hängen.

»Anissa, ich mag dich wirklich. Aber mach, was du willst. Ich werde jedenfalls mit den anderen verschwinden. Ich habe Familie, Anissa. Mein Sohn braucht mich!«

Die Jüngere schwieg.

»Kommst du nun mit?«

Anissa antwortete nicht sofort. Sie wollte nichts lieber, als von hier zu verschwinden und das Ganze hier hinter sich lassen. Doch das würde allem widersprechen, was sie gelernt und in den letzten paar Jahren gelebt hatte. Die Menschen brauchten doch ihre Hilfe.

In diesem Augenblick hallten Schüsse über den Gang.

Anissa und Nathalie zuckten erschrocken zusammen. Das war auf ihrer Station gewesen.

Hastig öffnete Nathalie die Tür des Abstellraums und spähte nach draußen.

Weitere Schüsse erklangen und ein paar Kolleginnen rannten an der Tür vorbei.

»Komm!«, rief Nathalie und zerrte Anissa hinter sich her.

Anissa bekam nicht wirklich mit, was um sie herum geschah. Ihre Freundin war um einiges kräftiger als sie und zog sie einfach mit sich.

Die Frauen hörten weitere Schüsse, dann laute Schreie. Doch das wollte sie alles nicht mehr hören!

Sie wollte nicht wissen, was passierte oder was der alte Peter vom Empfang erzählte. Anissa wollte auch nicht wissen, wieso Menschen mit leichten Verletzungen sterben mussten.

Die Schwestern und Ärzte rannten blindlings in Richtung der Aufzüge. Doch dort hatte sich bereits eine Gruppe Soldaten versammelt.

Nathalie handelte kurz entschlossen und zog die Tür zum Treppenhaus auf. Sie achtete gar nicht auf Anissa und riss sie einfach mit sich.

So schnell sie konnten, eilten sie die Stufen hinunter. Beinahe wären sie gestürzt, doch wie durch ein Wunder kamen sie unbeschadet unten an.

Nur noch den Gang entlang, vorbei an der Anmeldung, dann hatten sie es geschafft!

Eine weitere Schwester war ihnen ins Treppenhaus gefolgt. Sie drängte an ihnen vorbei und stieß Anissa dabei fast um.

Die beiden kamen kurz nach ihr auf dem Flur an. Der Empfang war bereits in Sichtweite.

Wie aus dem Nichts kam einer der Patienten aus einem Zimmer. Er sah sich kurz um, dann stieß er ein tiefes Knurren aus.

Nathalie verschlug es den Atem und sie starrte den Mann an.

Seine Augen waren stark gerötet und das Gesicht verzerrt.

Dann bemerkte er die Schwestern und rannte los.

Mit entsetzten Blicken sahen die beiden, wie sich der Mann auf die Schwester vor ihnen stürzte.

Mit einem wütenden Knurren verbiss er sich, wie ein wildes Tier, in ihrer Kehle.

Für Anissa brach in diesem Moment eine Welt zusammen. Das durfte doch nicht wahr sein. Das konnte gerade nicht passiert sein!

Nathalie überwand die Panik schneller als Anissa und lief los. Wieder riss sie die junge Frau einfach mit sich.

Sie erreichten die Eingangshalle und die große Glasfront lag nun direkt vor ihnen.

Offensichtlich waren sie nicht die Ersten.

Eine weitere Gruppe von Schwestern und Ärzten hatte sich vor dem Ausgang versammelt.

Sie trommelten mit den Fäusten gegen das Glas.

Hatte man sie hier etwa eingesperrt?

Schreie und wütende Rufe drangen zu den beiden durch.

Noch im Gang blieb Nathalie stehen und sah sich hektisch um.

Immer mehr Patienten kamen aus den Zimmern und strömten auf den Gang. Die Tür zum Treppenhaus erzitterte unter einem gewaltigen Schlag.

Plötzlich erklangen Schüsse und das Splittern von Glas war zu hören!

Ungläubig sah sich Nathalie weiter um. Die Soldaten hatten das Feuer eröffnet! Sie feuerten auf die Ärzte und Schwestern, die nur versucht hatten, sich in Sicherheit zu bringen!

Dann fiel ihr Blick auf Anissa und ihre Gedanken wurden völlig ruhig und klar.

Nathalie hatte ihr ganzes Leben in Krankenhäusern wie diesem gearbeitet. Sie hatte viele Krankheiten miterlebt, doch das was hier heute passierte, sprengte jeden Rahmen.

Sie ahnte genau, was das bedeutete. Diese Krankheit, die sich so extrem schnell ausbreitete, war keine normale Grippe. Die bewaffneten Männer sprachen Bände.

Die Krankenschwester hatte genug Fantasie um sich auszumalen, was das alles bedeuten und was auf sie alle zukommen würde.

Und noch etwas wurde ihr klar: Sie würde es nicht schaffen.

Es gab ein Geheimnis, das nicht einmal ihr Sohn kannte. Sie hatte Lungenkrebs. Die Ärzte gaben ihr noch maximal ein Jahr.

Sie hatte bisher nicht den richtigen Augenblick gefunden, darüber zu sprechen und jetzt war es zu spät.

Selbst wenn sie noch mehr Hoffnung auf ein langes Leben gehabt hätte, war sie körperlich nicht mehr in der Lage, zu flüchten oder zu kämpfen. Und sollte die medizinische Versorgung überall so zusammenbrechen wie hier, gab es auch kaum Hoffnung für sie.

Tränen füllten ihre Augen, als sie die zitternde junge Frau ansah, die bis zuletzt hatte bleiben wollen, um den Menschen zu helfen.

Mit einem entschlossenen Ruck riss sie die Tür eines Lagerraumes auf, der direkt hinter Anissa lag und stieß die junge Frau hinein.

Entsetzt sah diese ihre Freundin an.

»Finde meinen Sohn!«, sagte Nathalie leise, während Tränen ihr Gesicht herab rannen.

Dann knallte sie die Tür des Raumes zu.

Langsam wandte sie sich wieder dem Gang zu. Die Patienten hatten von der anderen Schwester abgelassen und die Tür hing nur noch lose in den Angeln. Gut ein Dutzend dieser wilden Menschen kamen nun auf sie zugerannt.

Ohne Eile drehte sie sich um und ging zum Eingangsbereich. Die Halle war voller Leichen, überall war Blut und vor der zerstörten Glasfront standen die Soldaten mit ihren Maschinengewehren und zielten auf sie.

Wie es sich wohl anfühlt, erschossen zu werden?

Vermutlich besser, als bei lebendigem Leib von diesen Wilden gefressen zu werden.

An nichts anderes dachte sie mehr, als sie den ersten Schuss hörte.

15:38 Uhr – Iserlohn, Deutschland

»Okay, irgendeine Idee, was zum Teufel hier los ist?« Die junge Frau hockte hinter einem Fenster auf dem Boden und spähte nach draußen.

Andreas und sie hatten es rechtzeitig geschafft, von dem kleinen Restaurant wegzukommen.

Wie sie gehofft hatten, war es in dem etwas abseits gelegenen Stadtteil ruhiger. Dennoch streiften auch hier ein paar dieser seltsamen Kreaturen umher, die einst mal Menschen gewesen waren.

Wer wusste schon, was sie jetzt waren.

Schnell waren die junge Frau und Andreas zu dem Entschluss gekommen, sich zu verstecken und abzuwarten, bis das alles vorbei war. Sie hatten ein Wohnhaus gefunden, dessen Eingangstür offen stand und waren vorsichtig hineingegangen.

Zu ihrem Glück war das Haus leer, doch einige Räume waren verwüstet und sie hatten Flecken an den Wänden und auf den Böden gefunden. Vermutlich war es Blut, auch wenn das keiner der beiden offen aussprechen wollte.

Das Wichtigste war jedoch, dass sie hier erst einmal sicher waren.

Es konnte ja nicht lange dauern, bis Polizei oder vielleicht sogar die Bundeswehr die Sache in den Griff bekam.

Wenigstens redeten sie sich das ein, auch wenn Andreas nicht wirklich daran glaubte.

Er musste ständig an die widersprüchlichen Berichte aus den Medien denken.

»Ich habe keine Ahnung«, antwortete er schließlich mit einiger Verspätung. »Ich denke, das Ganze hat etwas mit dieser Epidemie zu tun, die bereits in Asien wütet.«

Sie sah ihn an.

»Und die macht Menschen zu wilden Bestien?«

Er zuckte nur mit den Schultern. Gerne hätte er ihr eine bessere Antwort gegeben, doch er hatte leider keine. Noch vor wenigen Stunden hatte er ganz entspannt in seinem

Lieblingsrestaurant gesessen, nun hockte er in einem fremden Haus und versteckte sich.

Die junge Frau erhob sich und ging rüber in die Küche des Hauses.

»Was hast du vor?«

»Ich will gucken, was die Leute hier so im Kühlschrank haben«, antwortete sie, ohne sich umzudrehen.

»Hey, du kannst doch nicht einfach so die Sachen von den Leuten nehmen!« Andreas stand auf und folgte ihr.

Die beiden hatten die letzten Stunden beinahe komplett schweigend verbracht. Jeder hatte sich seinen eigenen Gedanken hingegeben.

Ohne ihm eine weitere Antwort zu geben, hatte sie den großen Kühlschrank erreicht und dessen Tür geöffnet.

Andreas blieb stehen. Außen an der der Tür waren Magneten, Bilder, Fotos und kleine Notizen angebracht worden.

Eines der Fotos zeigte vermutlich die Familie, die hier wohnte. Der Mann wirkte recht durchschnittlich. Mitte vierzig, Wohlstandsbauch und leicht zurückgehendes Haar. Die Frau war etwas kleiner und sehr schlank. Die beiden Kinder waren wirklich putzig, zwei Jungs. Alle strahlten bis über beide Ohren. Wann und wo auch immer dieses Foto gemacht worden war, die Familie war an diesem Tag glücklich gewesen.

Was war wohl aus den Leuten geworden? Waren sie abgehauen, als das Ganze losging? Waren sie vielleicht gar nicht da gewesen? Oder waren sie vielleicht … nein, weiter wollte er gar nicht denken. Auch weil er wieder an die dunklen Flecken in den Räumen denken musste.

»Auch'n Bier?« Die junge Frau sah ihn fragend an.

»Nein danke.« Er hatte einen Kloß im Hals.

»Cola?« Sie ließ nicht locker.

Er wollte gerade erneut ablehnen, doch sein Mund fühlte sich trocken an und sein Hals war rau.

Er nickte und nahm die Dose, die sie ihm reichte.

Mit einem Knall schlug sie die Kühlschranktür wieder zu.

»Sag mal, wie heißt du eigentlich?«, fragte sie ihn.

»Andreas Keller, und du?« Er öffnete die Dose, das leise Zischen der entweichenden Kohlensäure klang herrlich.

»Nora Wulf.« Sie sah sich weiter um.

»Wir sollten uns überlegen, was wir als Nächstes tun. Ich meine, es kann auch sein, dass keine Hilfe kommt.«

Sie antwortete nicht, sondern betrat das große Wohnzimmer.

Es wirkte gemütlich und war modern eingerichtet. An einer Wand stand ein großer Fernseher auf einer Kommode, in der Ecke war ein Kamin. Weiche Teppiche lagen auf dem Boden und die Couch wirkte sehr bequem.

Nora ließ sich gerade auf das Sofa fallen, das frei im Raum stand, als Andreas ebenfalls in das Wohnzimmer kam.

Völlig selbstverständlich griff Nora zur Fernbedienung, die auf dem Tisch lag und schaltete das Gerät ein.

Er wollte gerade protestieren, doch dann wurde seine Aufmerksamkeit auf die TV-Bilder gelenkt.

Er blieb hinter der Couch stehen.

Nora hatte eine Nachrichtensendung erwischt. Am unteren Bildrand liefen ständig die neuesten Meldungen durchs Bild. Keine von ihnen war wirklich positiv.

Ein Reporter, der gerade in die Kamera sprach, wirkte blass und sein Blick flackerte.

Er berichtete allem Anschein nach live aus Berlin, wo ganze Hundertschaften von Polizisten und Soldaten dabei waren, Sicherheitszonen einzurichten.

»Wie uns soeben versichert wurde, werden solche Sicherheitszonen vielerorts in der Bundesrepublik eingerichtet. Die zuständigen Behörden bitten die Bevölkerung, nach Möglichkeit, die regionalen Sicherheitszonen aufzusuchen. Bitte bleiben Sie in den eingerichteten Sicherheitszonen, bis die gegenwärtige Lage unter Kontrolle ist.«

Nora schaltete um.

Auch auf dem nächsten Sender kam eine Nachrichten-Sondersendung.

Eine Reporterin stand in der Eingangshalle einer großen Klinik. Schwer bewaffnete Einsatzkräfte sicherten die Eingänge des Krankenhauses, während immer wieder Verletzte auf Tragen, Liegen und Rollstühlen durchs Bild gefahren wurden.

Andreas und Nora warfen sich einen kurzen Blick zu.

»So viel zur Frage, ob Hilfe kommt«, sagte sie leise und trank von ihrem Bier.

»Scheint so, als wenn alle genug mit sich selbst zu tun hätten.« Andreas trat an das große Wohnzimmerfenster und sah nach draußen.

Irgendwann schaltete Nora den Fernseher aus.

»Was machen wir jetzt?«

Andreas dachte lange über die Frage nach.

»Hast du Familie?« Langsam drehte er sich zu ihr um.

»Niemand, der mir sonderlich am Herzen liegen würde.« Sie zuckte mit den Schultern und trank den Rest des Biers, ehe sie die Dose in der Hand zerdrückte und achtlos wegwarf. »Und du?«

Er schüttelte den Kopf.

Er hatte niemanden. Seine Eltern waren schon eine ganze Weile tot und eine Frau hatte er nie gehabt. Auch Kinder hatte er keine. Er war bisher nie über kurze Beziehungen und Affären hinaus gekommen. Seine Arbeit hatte ihn immer zu sehr in Anspruch genommen. Das hatte er schon oft bereut.

Jetzt jedoch sah er das anders. Er hatte schon genug damit zu tun, sich um sich selbst zu sorgen. Da war er froh, dass er keine Familie hatte.

»Nachdem wir das nun auch geklärt haben, noch einmal … Was machen wir jetzt?« Nora sah ihn an und wartete auf eine Antwort von ihm.

»Ich denke, wir haben nur zwei Möglichkeiten. Entweder wir bleiben hier und versuchen das auszusitzen. Mit den Sachen im Kühlschrank sollten wir ein paar Tage über die Runden kommen. Oder wir versuchen herauszufinden, wo die nächste Sicherheitszone ist, und gehen dorthin.«

»Hm, klingt beides unglaublich scheiße.«

Da musste er ihr schon recht geben. Hier ihm Haus waren sie zwar fürs Erste sicher. Doch wie lange würde das so bleiben? Wenn diese Biester keine Opfer mehr auf den Straßen fanden, würden sie vielleicht anfangen, die Häuser zu durchsuchen. Dann saßen sie hier in der Falle.

Wenn sie zu einer Sicherheitszone gehen wollten, mussten sie jedoch raus. Und da waren diese Viecher auf jeden Fall.

»Hast du bessere Ideen?«

Nora schüttelte nur den Kopf.

Verdammt, er wusste doch selbst nicht, was sie jetzt tun sollten. So wie es aussah, ging gerade die ganze Welt vor die Hunde.

»Also, was nun?«

Mit einem Mal brandete Wut in ihm auf.

»Woher soll ich das wissen? Ich erlebe den Weltuntergang auch zum ersten Mal, tut mir leid!« Seine Stimme wurde immer lauter. »Was weiß ich denn, was wir tun sollten?«

Sie sah ihn schweigend an.

Das machte ihn noch wütender.

Er nahm eine Lampe, die neben dem Fenster auf einem kleinen Tisch stand und warf sie gegen die Wand. Er hatte Melanies Gesicht noch immer klar vor Augen, wie sie ihm mit ihrem strahlenden Lächeln seine Cola servierte. Dann musste er miterleben, wie sie angefallen wurde. Er sah das Foto der Familie, die hier im Haus lebte und wie der Mann, der aus seinem Haus kam, von der wilden Horde überfallen wurde. Dann das kleine Kind, das seine eigene Mutter angegriffen hatte, nachdem ihr Auto gegen den Laternenmast gekracht war.

Wie sollte er diese Bilder je wieder loswerden?

Was auch immer bis zum Ende dieses Tages noch passieren würde, Andreas würde nie wieder derselbe sein. Auch wenn alles wieder gut werden würde, wie sollte er jetzt noch sein Leben normal weiterführen?

»Bist du jetzt fertig?« Noras Stimme klang ruhig.

Blinzelnd sah er sie an.

»Hör zu, mit geht's nicht anders, okay? Ich würde hier am liebsten alles zerlegen vor Wut. Aber das bringt uns nun auch nicht weiter. Da draußen geht gerade 'ne richtig große Scheiße ab. Viele Menschen sind heute schon gestorben und ich fürchte, es kommen noch ein paar dazu. Aber weißt du, was viel wichtiger ist?« Sie sah ihn ruhig an.

Er schüttelte den Kopf.

»Wir sind noch am Leben.«

Es dauerte einen Moment, bis ihre Worte wirklich zu ihm durchdrangen.

Verdammt, sie hatte recht. Auch wenn gerade alles den Bach runterzugehen schien, sie waren noch da und es ging ihnen gut.

»Tut mir leid«, sagte er leise und ließ sich in den Sessel fallen.

»Ach, kein Ding.«

Ein kurzes Schweigen machte sich breit.

»Hey, ich will ja nicht nerven. Auch auf die Gefahr hin, dass du gleich wieder 'n Ausraster kriegst. Aber was machen wir jetzt?«

Er vergrub sein Gesicht in den Händen und atmete mehrmals tief ein und aus. Dann sah er sie an.

»Wir suchen eine Sicherheitszone auf.«

»Na, das nenn ich doch mal 'n Wort.« Nora erhob sich gleich. »Ich guck mal, ob es hier irgendwo ein paar Rucksäcke gibt. Wer weiß, wie lange wir nach der Sicherheitszone suchen müssen. Da würde ich gerne etwas zu futtern und zu trinken mitnehmen.« Sie verließ das Wohnzimmer und ließ Andreas allein zurück.

Er fragte sich nur, wie sie überhaupt herausfinden sollten, wo so eine Zone war. Sein Blick fiel auf den Fernseher.

Nein. Es gab gar keinen örtlichen TV-Sender und auf den anderen Kanälen würden sicher nur Informationen über die Großstädte und Ballungsräume gesendet.

Das Internet fiel auch weg, er hatte keinen Computer oder Laptop gefunden, als sie das Haus durchsucht hatten. Sein Smartphone hatte keinen Empfang mehr. Selbst telefonieren klappte nicht mehr, also schied auch das aus.

Dann dachte er wieder an den Kühlschrank und das Foto. Daneben, auf der Anrichte, hatte doch ein kleines Radio gestanden!

Er stand auf und eilte in die Küche.

Mit zittrigen Fingern schaltete er das Gerät ein und suchte die Frequenz des örtlichen Radiosenders.

»... wiederholen: Suchen Sie die nächstgelegene Sicherheitszone auf. Die Behörden haben den Notstand ausgerufen. Die Zustände auf den Straßen verschlimmern sich immer weiter. Wie es im Augenblick aussieht, haben wir es nicht mehr nur mit willkürlichen Gewaltausbrüchen zu tun! Vor wenigen Minuten konnte ich aus dem Fenster des Studios beobachten, wie eine Gruppe Menschen wie wilde Tiere durch die Straße streifte und alles anfiel, was ihnen in den Weg kam.«

»Verdammt noch mal, nun sag schon, wo diese Zonen sind!«, fluchte Andreas leise.

»Ich … ich kann Ihnen kaum beschreiben, was hier gerade vor sich geht. Es scheint, als wäre die Hölle auf Erden ausgebrochen. Ich werde für Sie weiter senden, bis wir das Ganze überstanden haben. Ich werde Sie laufend mit den neusten Informationen versorgen. Die Tür meines Studios habe ich bereits verbarrikadiert. Hier kommt so schnell keiner mehr rein. Ich bin der Letzte, der noch hier ist.«

Eine Pause entstand.

Andreas stand vor der Anrichte und starrte das Radio an.

»Noch einmal: Einheiten von Bundeswehr und Polizei haben die örtliche Sicherheitszone an der Alexanderhöhe in Iserlohn eingerichtet. Sollten Sie aber in den Randbezirken der Stadt wohnen, bleiben Sie bitte in ihren Häusern und verbarrikadieren Sie alle Zugänge. Der Rest wird gebeten, schnellstmöglich die Sicherheitszone aufzusuchen, sofern es Ihnen möglich sein sollte. Seien Sie vorsichtig und gehen Sie diesen Irren aus dem Weg!«

Auf einmal war ein lautes Krachen und Scheppern im Radio zu hören.

Andreas zuckte leicht zurück.

Erneut krachte es. Das Splittern von Holz war zu hören.

»Großer Gott!« Die Stimme des Moderators klang schrill. »Sie sind hier! Ich wiederhole noch einmal: Sicherheitszone … Alexanderhöhe! Verlassen Sie die Stadt, solange Sie noch können!«

Wieder waren Geräusche von berstendem Holz zu hören. Dann drang ein wütendes Knurren und Fauchen aus dem Lautsprecher. Der Moderator schrie. Es schepperte und krachte noch einmal furchtbar laut.

Dann verstummten die Schreie des Mannes und man konnte nur noch ein Rauschen aus dem Radio hören.

Entsetzt starrte Andreas auf das Radio vor sich.

»Oh Scheiße«, flüsterte Nora hinter ihm.

Trotz allem, was sie heute schon mit eigenen Augen gesehen hatten, erschütterte ihn das eben Gehörte bis ins Mark. Es war wirklich schlimm. Als wäre mit dem Mann die letzte Hoffnung gestorben.

Langsam drehte er sich zu Nora um. Sie hielt zwei große Rucksäcke in der Hand.

Er schaute in ihr Gesicht und konnte deutlich die Angst in ihren Augen erkennen. Ihm wurde klar, dass er nicht allein in dieser Situation war. Nicht nur für ihn ging gerade alles zu Ende, sondern auch für Nora. Und wahrscheinlich auch für viele Weitere, die noch dort draußen waren.

Es dauerte eine ganze Weile, bis er wieder zu Worten fand.

»Los … wir packen alles ein, was wir gebrauchen können. Essen, Trinken und Klamotten. Lass uns nachsehen, was es hier für Sachen gibt. Wir sind nicht gerade optimal für so eine Situation angezogen.«

Andreas trug eine kurze Jeans, ein T-Shirt und flache Sommerschuhe mit dünner Sohle. Nora trug ein leichtes Sommerkleid und Sandalen.

Sie nickte, während sie sich sofort an die Arbeit machte und den Kühlschrank öffnete. Er eilte durchs Haus und fand schließlich das Schlafzimmer der Eltern.

Das Bett war ordentlich gemacht. Rechts und links davon standen zwei kleine Nachttische, auf denen ein Wecker und zwei kleine Nachttischleuchten standen. Gegenüber befand sich ein riesiger Kleiderschrank mit verspiegelter Front.

Andreas schob die Schranktüren auf. Sämtliche Kleidungsstücke schienen noch an ihrem Platz zu sein. Das bedeutete, die Familie hatte offensichtlich nichts mitgenommen. Auch im restlichen Haus schien alles an seinem Platz gewesen zu sein. Wenn man auf der Flucht war und in aller Eile die wichtigsten Sachen zusammen packte, sah das sicher anders aus.

Seine Vermutung wurde langsam zur Gewissheit. Die Leute waren wohl gar nicht geflüchtet.

Er verscheuchte den Gedanken wieder und sah sich die Kleidung an.

Sie hatten offenbar mehr Glück, als er erhofft hatte. Das Paar musste in etwa dieselben Kleidergrößen gehabt haben wie er und Nora.

Er fand eine lange Jeanshose und neu aussehende Sportschuhe, die er gleich anzog. Für Nora hatte er auch etwas gefunden. Er nahm die Sachen mit in die Küche.

Die beiden Rucksäcke standen auf dem Küchentisch, doch von seiner Begleitung fehlte jeder Spur.

Er hielt den Atem an und lauschte.

»Hier, das sollten wir auch mitnehmen.«

»Boah … Scheiße!«, fluchte er laut, als sie mit einem Mal aus dem Wohnzimmer kam.

»Sorry, ich wollte dich nicht erschrecken.« Sie konnte sich das Grinsen jedoch nicht verkneifen.

»Hast du aber.«

Sie reichte ihm einen Schürhaken, den sie aus dem Wohnzimmer geholt hatte.

»Nur, falls uns so ein Ding zu nahe kommt«, sagte sie.

Er nickte und nahm den Haken an sich. Erstaunlich, wie schnell man sie nicht mehr als Menschen, sondern nur noch als Dinge oder Tiere ansah. Doch die, die dort draußen anscheinend Jagd auf sie machten, waren wirklich keine Menschen mehr. Die blutroten Augen des Mannes, der im Restaurant wieder aufgestanden war, hatte er noch immer deutlich vor sich. Und das waren ganz sicher nicht die Augen eines Menschen gewesen. So etwas hatte er in seinem Leben noch nie gesehen.

Sie nickte und ging wieder ins Wohnzimmer, um sich dort umzuziehen.

Andreas wartete in der Küche und durchsuchte die Schubladen. Schnell fand er ein paar große Küchenmesser, die er auf dem Tisch ausbreitete. Die konnte man sicher noch mal gebrauchen.

»Ey, was anderes hast du nicht gefunden?« Nora kam wieder in die Küche.

Anstelle des leichten Sommerkleides trug sie nun eine ziemlich eng anliegende Stoffhose, ein rotes Trägershirt und dazu ein Paar kniehohe Lederstiefel.

»Ich habe nichts anderes gefunden, das für so eine Situation geeignet wäre.« Er zuckte mit den Schultern.

»Na wer's glaubt ...«

Andreas nahm einen der beiden Rucksäcke und wartete, bis Nora den anderen nahm.

»Gut. Wir sollten, denke ich, versuchen, möglichst in Deckung zu bleiben. Es wird bald dunkel. Das könnte vielleicht ein Vorteil für uns sein.« Andreas blickte aus einem der Fenster auf die Straße raus.

»Alles klar. Es gibt da noch etwas. Ich komme eigentlich aus Düsseldorf. Ich habe absolut keine Ahnung, wo diese Alexanderhöhe überhaupt ist. Also bleib bloß in meiner Nähe, verstanden?«

Andreas nickte.

Er kannte die Alexanderhöhe gut. Es war eine parkähnliche Anlage. Es gab eine große Halle in der Mitte und viele kleine Geschäfte drumherum. Er erinnerte sich noch an den Spielplatz.

»Geht klar. Bist du bereit?«

Sie nickte und zog noch einmal die Riemen des Rucksacks zurecht. Dann gingen sie zur Haustür.

»Oh warte mal, ich hab noch was vergessen!« Andreas drehte sich noch einmal um und eilte zurück in die Küche.

Er nahm das Familienfoto vom Kühlschrank und schob es in seine Hosentasche.

16:43 Uhr – Hagen-Hohenlimburg, Deutschland

Mirko hockte hinter einem großen Transporter und musterte die Umgebung sorgfältig. Auf dem Parkplatz vor dem Polizeirevier standen zahlreiche Autos. Einige von ihnen waren in einer Reihe vor dem Eingang aufgestellt worden. Sie sollten anscheinend als eine Art Barriere dienen.

Weswegen war offensichtlich. Gut ein halbes Dutzend dieser Irren tummelten sich zwischen den Autos. Langsam und träge schlichen sie umher. Immer wieder blieben sie stehen und hoben den Kopf, als würden sie lauschen oder irgendetwas wittern.

Es herrschte fast Totenstille. Bis auf das leise Rauschen der Lenne war kaum etwas zu hören.

Langsam schob sich Mirko wieder zurück und lief geduckt zu einer Apotheke, gegenüber von dem Transporter.

Herr Beyersfeld oder Hans-Günther, wartete bereits auf ihn.

»Und?«

»Das sieht nicht gut aus. Da schleichen einige von diesen Dingern auf dem Parkplatz rum.«

Der Ältere seufzte.

Sie hatten lange gebraucht, um bis hierher zu kommen. In einigen Straßen hatte es nur so von diesen Kreaturen gewimmelt und sie hatten sich oft verstecken oder einen anderen Weg suchen müssen. Mirko hatte noch immer keine Ahnung, was eigentlich passiert war.

Von jetzt auf gleich hatte sich die Welt scheinbar in ein riesiges Irrenhaus verwandelt.

Nicht, dass es vorher anders gewesen wäre, aber nun war sie noch ein großes Stück schlimmer geworden.

Überall hatten sie Anzeichen von Kämpfen entdeckt. Verlassene Autos, eingeschlagene Fenster und zerstörte Haus- und Eingangstüren. Außerdem Blut, sehr viel Blut. Doch was sie nicht gesehen hatten, waren Leichen. Dafür aber viel zu viele von diesen Irren.

Noch immer weigerte sich Mirko, sie nicht als Menschen zu bezeichnen, auch wenn es ihm sehr schwerfiel. Er hatte noch deutlich den Gesichtsausdruck der Rettungsassistentin vor Augen, als diese sich auf ihn gestürzt hatte.

Beinahe schon automatisch zog er seine Dienstwaffe und überprüfte das Magazin.

»Wollen Sie sich den Weg etwa freischießen?«, fragte Beyersfeld.

»Nicht wirklich. Ich fürchte, der Lärm würde noch mehr von diesen Dingern anlocken. Und nennen Sie mich bitte Mirko.« Er lächelte den alten Mann an, auch wenn das Lächeln heute nicht ganz so echt wirkte, wie beabsichtigt.

»Nur, wenn du mich HGB nennst.«

»HGB?« Mirko runzelte die Stirn.

»Na ja, so nennen mich meine Freunde. Hans-Günther Beyersfeld halt. Oder sagen wir besser, so haben sie mich immer genannt.«

Mirko nickte.

Der alte Mann tat ihm wirklich leid. Die ganze Sache war schon für ihn sehr schlimm. Wie musste es dann für ihn sein? Dennoch hielt er sich bisher erstaunlich gut.

»Okay, HGB. Ich denke, wir müssen uns irgendeine Art Ablenkungsmanöver einfallen lassen, um die Dinger da wegzulocken.«

»Denkst du, da ist noch jemand drin?«

»Ich hab keinen Schimmer. Aber selbst wenn nicht: Da drin gibt es Waffen und Munition. Und vielleicht finden wir sogar noch etwas, was uns weiterhelfen kann. Irgendwo müssen die ganzen Menschen ja hin sein. Vielleicht gibt es Aufzeichnungen über speziell geschützte Bereiche.«

HGB nickte nur leicht. Sie hofften immer noch, dass viele Menschen entkommen waren und sich irgendwo sammelten. Die Alternative wäre weitaus schlimmer gewesen. Doch darüber wollten sie nicht wirklich nachdenken.

Auf dem Weg hierher hatten sie einen Polizeihubschrauber gesehen, der über die Stadt hinweggeflogen war. Sie hatten noch versucht, auf sich aufmerksam zu machen, doch da war er bereits weitergeflogen. Dafür hatten sie ein paar dieser Irren angelockt und waren nur mit Mühe entkommen.

Und nun hockten sie hier.

Mirko schlich sich zum Schaufenster der Apotheke und sah nach draußen. Die Straße entlang lagen noch einige andere Geschäfte. Kurz kam ihm die Idee, eines der Schaufenster einzuschlagen und auf eine Alarmanlage zu hoffen. Doch heute war Mittwoch und die Läden hatten alle geöffnet, als es losging. Vermutlich war keine der Alarmanlagen eingeschaltet.

Aber vielleicht an einem der Autos.

Suchend schaute er sich um. Die Wagen auf dem Parkplatz kamen nicht infrage. Selbst wenn er bei einem von ihnen die Alarmanlage auslösen konnte, würde das nichts bringen. Dann entdeckte er etwa hundert Meter entfernt einen Mercedes. Jemand war in die Fußgängerzone hineingefahren und hatte den Wagen einfach dort stehen lassen. Der Weg dorthin schien frei zu sein.

Er huschte zurück zu HGB.

»Okay, ich habe eine Idee«, sagte er leise und sah HGB an. »Ich sorge für ein bisschen Ablenkung. Wenn das funktioniert und der Parkplatz frei ist, läufst du zur Polizeistation rüber. Ich versuche ebenfalls, so schnell wie möglich dahin zu kommen.«

Der Ältere nickte.

Noch einmal holte Mirko tief Luft, dann ging er zum Ausgang der Apotheke.

»Mirko!«, rief HGB ihm leise nach.

»Was ist?«

»Sei vorsichtig!«

»Na, aber immer doch.« Mirko grinste, auch wenn ihm wirklich nicht danach war.

Dann huschte er erneut ins Freie.

Geduckt lief er los. Er versuchte, so gut es ging, irgendwo Deckung zu finden. Doch das war gar nicht so einfach. Jeden Moment rechnete er damit, einem dieser Biester direkt in die Arme zu laufen. Doch wie durch ein Wunder gelang es ihm unbemerkt, zu dem Auto zu gelangen.

Noch einmal sah er sich um. Nichts zu sehen. Er war allein.

Vorsichtig versuchte er die Tür des Wagens zu öffnen, es war nicht abgeschlossen.

Mirko fluchte.

Wenn der Wagen nicht abgeschlossen war, war die Alarmanlage nicht aktiv. Nun musste er sich schleunigst einen Plan B einfallen lassen.

Erneut sah er sich um und ihm kam eine neue Idee. Das würde zwar nicht so viel Lärm verursachen, aber vielleicht würde das reichen.

Er zog sich auf den Fahrersitz und beugte sich unter das Lenkrad.

Bei den neueren Autos war es nicht mehr ganz so einfach, sie kurzzuschließen, wie früher. Doch auch so ein Auto ließ sich ohne Schlüssel starten. Man musste halt nur wissen wie, und Mirko wusste es.

Die Minuten zogen sich dahin.

Irgendwann sprang der Motor schließlich an. Mirko hätte vor Freude laut lachen können.

Er verkniff es sich jedoch im letzten Augenblick und schaute sich stattdessen ein weiteres Mal um.

Der Start des Motors hatte offensichtlich keine Aufmerksamkeit auf sich gezogen. Das war gut.

Er setzte sich nun richtig auf den Sitz und löste die Handbremse. Er hatte Glück, es war ein Schaltwagen. Das machte es etwas einfacher.

Er trat auf die Kupplung und gab ordentlich Gas. Der Motor heulte auf. Das würde die Dinger mit Sicherheit auf ihn aufmerksam machen. Mirko atmete noch einmal tief durch. Dann ließ er die Kupplung kommen. Der Wagen machte einen Satz nach vorne und raste auf das Schaufenster, direkt gegenüber, zu.

Kurz vor dem Aufprall sprang Mirko schließlich raus.

Die Welt verschwand in einem Wirbel, als er über die Pflastersteine rollte. Er versuchte, sich so klein wie möglich zu machen, dennoch zog er sich zahlreiche Schrammen zu.

Dann hörte er Glas bersten. Es krachte und schepperte ohrenbetäubend, als der Wagen durch das Schaufenster direkt in den Laden raste.

Der Lärm musste reichen, um die Dinger vom Parkplatz wegzulocken.

Mühsam kämpfte er sich wieder auf die Beine. Diese Irren würden gleich hier auftauchen, nun musste er sich dringend in Sicherheit bringen.

HGB hatte sich hinter dem Transporter versteckt, hinter dem auch Mirko vor Kurzem gehockt hatte, um die Irren zu beobachten.

In diesem Moment hörte er den Lärm. Er wusste nicht genau, was Mirko gemacht hatte, doch es hatte Erfolg.

Die Kreaturen, die eben noch so träge und langsam über den Parkplatz geschlichen waren, blieben mit einem Mal stehen und legten zeitgleich ihre Köpfe schief. Es sah aus, als würden sie lauschen. Für einen Augenblick glaubte HGB, dass sie nicht auf den Trick reinfallen würden. Doch da hob einer von ihnen seinen Kopf wieder und stieß ein tiefes Grollen aus.

Nun kam Bewegung in die Gruppe. Von einer Sekunde auf die andere, gingen sie los.

HGB atmete noch einmal durch, dann verließ er seine Deckung und lief, so schnell er es in seinem Alter noch konnte, los.

Er sah weder nach rechts noch nach links.

Es kam ihm wie eine halbe Ewigkeit vor, bis er endlich die Tür der Polizeistation erreichte.

Er umfasste den Griff und zog …

Die Tür schwang sofort auf!

Erleichtert atmete er auf und huschte hinein.

Der Eingangsbereich war hell erleuchtet und zu seiner großen Freude leer.

Noch immer völlig außer Atem blieb er hinter der Tür stehen.

Nun musste es Mirko auch noch hierher schaffen. Besorgt blickte er durch die Glastür, der Parkplatz war noch immer leer. Angespannt flog sein Blick über den ganzen Platz.

Plötzlich tauchte eine Gestalt vor der Tür auf.

HGB erschrak und wollte von der Tür weg, doch da packte die Gestalt bereits nach dem Griff und riss ihm die Tür förmlich aus den Händen.

Er wurde einfach nach draußen gezogen, verlor das Gleichgewicht und wäre beinahe gestürzt, doch da spürte er den festen Griff von zwei Händen an seinen Schultern.

Das war es, aus und vorbei, schoss es ihm durch den Kopf.

Er wurde zurück in die Polizeistation geschoben, dann drehte sich die Gestalt um und zog die Tür wieder zu.

Erst jetzt nahm sich HGB die Zeit, die Person genauer anzusehen.

Er hätte vor Freude am liebsten laut gelacht, als er erkannte, dass es Mirko war.

»Das war knapp«, keuchte dieser.

Hastig sah er sich um. Sie brauchten etwas, um die Tür zu blockieren. Doch im Eingangsbereich war rein gar nichts, was sich dazu geeignet hätte.

»Wir müssen weiter rein. Hier kann man uns von draußen sehen. Ich weiß nicht, wie lange diese Biester sich ablenken lassen.«

HGB nickte. So langsam kam er wieder zu Atem. Der Schreck saß noch immer tief.

»Alles in Ordnung?«, fragte Mirko besorgt.

»Sicher. Ich muss nur ein wenig Luft schnappen, mein Junge.« Der Ältere grinste schief.

Mirko nickte und schaute noch einmal nach draußen. Noch war alles ruhig.

Langsam zog er seine Pistole und öffnete die Tür, die in den inneren Bereich der Wache führte.

Ein paar Schreibtische reihten sich aneinander. Vorsichtig sah sich Mirko um. Der Raum war leer.

Dennoch hielt er die Waffe weiter griffbereit. Hinter ihm betrat HGB das Großraumbüro.

Sie durchsuchten gründlich jeden Winkel und sahen unter jeden einzelnen Tisch. Doch sie fanden niemanden.

Das war zum einen gut. Doch irgendwie hatte Mirko gehofft, hier noch Menschen zu finden.

Am hinteren Ende des Büros lag noch ein weiterer Raum. Das Büro des Hauptkommissars.

Da die Wände des Raumes aus Glasscheiben bestanden, konnten sie schon von außen sehen, dass auch in diesem Büro keine Gefahr lauerte.

Mirko ging hinein und setzte sich an den großen Schreibtisch seines Vorgesetzten.

Erschöpft nahm HGB auf einem der Besucherstühle Platz.

Eine Zeit lang durchsuchte Mirko die Papiere und Akten, die wild auf dem Tisch verteilt lagen.

Die meisten waren Berichte über die Vorfälle des heutigen Tages. Keine Lektüre, um gute Laune zu verbreiten.

Doch nirgends gab es irgendwelche Hinweise, ob es noch einen sicheren Ort gab.

Durch Zufall berührte Mirko die Computermaus. Sofort leuchtete der Flachbildschirm auf.

»Na bitte. Endlich auch mal etwas Glück heute«, murmelte er.

»Hast du was gefunden?« HGB beugte sich neugierig vor.

»Noch nicht … ah da.« Mirko hatte das E-Mail Programm entdeckt.

Und gleich die erste Mail war das, was er gesucht hatte.

Eine offizielle E-Mail des LZPD, des Landesamtes für zentrale polizeiliche Dienste.

»Hier steht es. Es werden im gesamten Raum NRW gesicherte Zonen eingerichtet, in denen sich Zivilisten zurückziehen können. Diese Zonen werden von der Bundeswehr und den Beamten der Polizei geleitet und geschützt. Hiermit ergeht der Befehl an alle verfügbaren Beamten, sich in der nächstgelegenen Zone einzufinden. Im Anhang befindet sich eine vorläufige Liste aller Orte, an denen solche Sicherheitszonen eingerichtet werden.«

»Na, das klingt doch gut und erklärt vielleicht, wieso wir nirgendwo Menschen gesehen haben.« HGB wirkte erleichtert.

Doch Mirko war da weniger optimistisch. Auch wenn es den Behörden gelungen war, die Meldung schnell zu verbreiten. Wie schnell konnte sich eine ganze Stadt auf den Weg dahin machen? Und sie waren seit mehreren Stunden unterwegs gewesen, ohne etwas von einer möglichen Evakuierung zu sehen.

»Und wo müssen wir hin?«, fragte der Ältere.

»Also laut der Liste hier gibt es eine Zone in Hagen und eine in Iserlohn.«

»Also welche nehmen wir? Ist ja kein großer Unterschied.«

»Das sollten wir entscheiden, wenn wir unterwegs sind. Ich fürchte, die Straßen werden nicht alle frei sein. Wir müssen uns auch überlegen, wie wir dorthin kommen wollen. Zu Fuß oder mit einem Auto?«

Mirko druckte die Adressen der beiden Sicherheitszonen aus und schob das Blatt in seine Hemdtasche.

»So. Und nun schauen wir doch mal, ob uns die Kollegen noch was Hübsches dagelassen haben.« Mirko stand auf und verließ das Büro des Hauptkommissars wieder.

Direkt neben dem Büro führte eine Treppe in den Keller. Dort befanden sich auch der Waffenschrank und vier Arrestzellen für Kunden, die über Nacht bleiben mussten.

»Du kennst dich hier ziemlich gut aus. Hast du hier gearbeitet?«

Mirko nickte. »Direkt nach der Ausbildung habe ich hier als Streifenpolizist angefangen.«

Sie stiegen die Stufen zum Keller hinab. Mirko hielt seine Waffe wieder im Anschlag.

Der Keller wirkte düster, auch wenn die Wände mit heller Farbe gestrichen waren. Doch die Farbe konnte nicht kaschieren, um was es sich hier handelte. Diese Wände hatten schon viel Elend miterlebt. Drogenabhängige, Alkoholiker, Schläger und Gewaltverbrecher. Der Abschaum der Gesellschaft oder eher, was die Gesellschaft übrig ließ.

Mirko hatte in seinen wenigen Jahren bei der Polizei schon zu viel gesehen, um noch an eine heile Welt zu glauben. Was man am Tage sah, wenn man durch die Stadt ging, war nur der helle Deckel unserer Gesellschaft. Doch was darunter brodelte, drohte immer mehr überzukochen. Aber das hatte sich nun vermutlich auch erledigt. Was immer es war, was die Menschen so verwandelte, es machte keine Unterschiede. Es stellte alle auf eine Stufe. Unter diesen Irren gab es kein arm und reich mehr.

Mirko musste kurz grinsen. Irgendwie wirkte das Ganze biblisch. Als hätte eine höhere Macht beschlossen, mit dem ganzen Dreck aufzuräumen. Nicht dass er sehr gläubig war, doch der Gedanke hatte schon etwas für sich.

Vier Stahltüren gingen links und rechts von dem Gang weg, den sie gerade erreicht hatten. Am hinteren Ende befand sich eine weitere Stahltür, jedoch ohne das Sichtfenster, wie bei den anderen Türen. Dahinter lag die Waffenkammer.

Langsam gingen sie weiter. Ein seltsames Gefühl machte sich in Mirkos Magen breit.

Sie kamen gerade an der ersten Zelle vorbei, als auf einmal etwas von innen gegen die Stahltür schlug.

Mirko und HGB erschraken und sprangen ein ganzes Stück zurück.

Das Schlagen hielt an. Als würde sich immer wieder jemand mit voller Wucht gegen die Tür werfen. Zwischen den Schlägen war ein tiefes Knurren zu hören.

Doch es blieb nicht bei einer Quelle. Nach und nach erklangen dieselben Geräusche auch aus den anderen drei Zellen.

»Großer Gott!«, entfuhr es HGB.

Mirko war sprachlos. Es waren noch Leute in den Zellen!

Hastig trat er an die erste Tür und schob das Sichtfenster auf.

Sofort sprang ihm das Gesicht einer dieser Kreaturen entgegen.

Erneut wich er erschrocken zurück. Zum Glück war das Fenster zu klein, als dass die Kreatur ihn hätte erreichen können.

Er öffnete auch die Fenster an der zweiten, dritten und dann auch an der vierten Tür.

Überall erwartete ihn das Gleiche. Sie hatten Menschen in die Zellen gesperrt und als diese sich verwandelt hatten, hatte man sie einfach da gelassen.

Oder waren sie vielleicht noch Menschen gewesen, als die Beamten aus der Wache geflohen waren?

Mirko wollte gar nicht weiter darüber nachdenken.

Er sah HGB an, der mit kreideweißem Gesicht an der Wand neben der Treppe lehnte.

»Geh bitte nach oben.«

»Aber ...«

»Geh nach oben! Ich komme gleich nach.« Mirkos Stimme klang dunkel und ernst.

Einen Augenblick sah HGB ihn schweigend an, dann ging er langsam die Treppe hinauf. Er konnte sich denken, was Mirko vorhatte und er beneidete ihn keineswegs um diese Aufgabe.

Er hatte die oberste Stufe noch nicht erreicht, als der erste Schuss erklang. Er blieb stehen und schloss die Augen.

Dann war ein zweiter Schuss zu hören, dann ein dritter und letztendlich ein vierter.

Ohne etwas zu sagen, ging er weiter und setzte sich auf einen Stuhl.

Niemand sollte so etwas tun müssen. Doch er befürchtete, dass die Welt, wie sie jetzt war, noch viel Schlimmeres von ihnen verlangen würde.

Es dauerte noch einige Minuten, bis Mirko hochkam. Er trug eine schwarze Sporttasche über die Schulter und in der anderen Hand einen scheinbar leeren Rucksack.

Wortlos ging er an HGB vorbei.

»Irgendwo hier müsste es einen Arzneischrank geben.« Seine Stimme klang brüchig. »Wir sollten vielleicht ein paar Sachen daraus mitnehmen.«

Der Ältere stand auf und nahm Mirko den Rucksack ab.

»Darum kümmere ich mich. DAS ist wiederum mein Job!«

Geschäftig machte sich HGB ans Werk und räumte den Arzneischrank und den Verbandskasten aus.

Mirko holte währenddessen ein paar Funkgeräte aus einem Schrank.

Sie brauchten nur ein paar Minuten, dann waren sie wieder abmarschbereit.

Bevor sie den Büroraum jedoch verließen, hielt Mirko HGB noch einmal auf.

»Hör zu.« Er machte eine kurze Pause, als suche er nach den richtigen Worten.

»Sag nichts. Ich halte schon durch, keine Sorge. Glaub mir Junge, ich hab in meinem Leben auch schon einige seltsame Dinge erlebt und verzapft. Eins versichere ich dir aber. Wir stehen das hier gemeinsam durch. Und ich werde auch nicht gleich zusammenbrechen, wenn es mal anstrengend wird. Ich bin vielleicht nicht mehr ganz so fit wie du, aber so leicht kriegen mich diese Viecher nicht unter. Und falls du in dem Rucksack noch eine Waffe für mich übrig hast, ich kann damit umgehen.«

Einen Augenblick war Mirko sprachlos, dann öffnete er den Rucksack und zog eine Pistole raus. Er reichte sie seinem Begleiter und wollte ihm gerade erklären, wie der damit umgehen musste. Doch das war gar nicht nötig. Mit gekonnten Griffen nahm HGB das Magazin heraus, überprüfte es und schob es wieder zurück. Dann zog er den Ladeschlitten einmal durch und sicherte die Waffe, ehe er sie hinter seinen Gürtel schob.

»20 Jahre Schützenverein Hohenlimburg 1834 e.V., mein Junge! Ich sag doch, dass ich schon so einige seltsame Dinge im Leben getan habe«, erklärte er mit deutlichem Stolz in der Stimme.

Mirko musste grinsen.

Noch einmal sah er sich in der Polizeiwache um, die viele Jahre sein Arbeitsplatz gewesen war.

Er würde wahrscheinlich nie wieder hierherkommen.

Dann verließen sie das Gebäude. Die Irren waren noch nicht wieder zurück und so hatten sie freie Bahn. Wenigstens für kurze Zeit.

Quarantäne

18:34 – Iserlohn, Deutschland

Es kostete Dennis unglaublich viel Kraft, die Augen zu öffnen. Das Licht, das durch die Fenster auf ihn schien, brannte in seinen Augen und sein Schädel brummte.

»Na endlich!«

Beim ersten Hinsehen erkannte er die Person nicht, die sich über ihn beugte.

»Dennis? Ey… bist Du da?«

»Ja … aber schrei nicht so.« Dennis versuchte sich aufzurichten. Sofort wurde ihm schwindelig und er stöhnte.

Patrick half ihm.

»Scheiße … Alter, was ist passiert?« Dennis schob die Hände des anderen weg und schaffte es irgendwie alleine, in eine aufrechte Position zu gelangen.

Langsam gewöhnten sich seine Augen wieder an die Helligkeit und er sah sich um.

Er befand sich auf dem Fußboden einer Schnellimbissbude. Um genauer zu sein, hinter der Theke. Es roch nach Pizza und Pasta.

Wie war er nur hierhergekommen?

»Erinnerst du dich nicht mehr? Der Bus?«

Erst wollte Dennis verneinen, doch dann tauchten die Bilder vor seinem inneren Auge auf.

In den anderen Bussen war etwas Schlimmes passiert und ihr Fahrer hatte versucht, eilig wegzukommen. Bei dem riskanten Fahrmanöver musste er einen Unfall gebaut haben. Er erinnerte sich noch daran, wie der Bus langsam zu Seite kippte. Der Rest lag hinter einem dicken grauen Vorhang verborgen.

»Der Bus …«, entfuhr es ihm leise. »Wie komme ich hierher?«

»Ich hab dich hierher geschleppt. Hast dir schwer den Schädel angeschlagen«, erklärte Patrick und setzte sich neben ihn auf den Boden.

Dennis sah den anderen Jungen an, dieser wich seinem Blick jedoch aus. Wieso hatte er ihm eigentlich geholfen?

»Was ist mit den anderen?«

Patrick antworte erst nicht, sondern starrte einfach stumm vor sich auf den Boden.

»Da draußen …« Er unterbrach sich und musste kurz schlucken. »Da draußen geht irgendeine Horrorscheiße ab. Nachdem ich dich aus dem Bus gezogen und hierher gebracht habe, wollte ich zurück und nachsehen, wem ich noch alles helfen kann. Doch …«

Dennis sah ihn abwartend an, aber es schien ihm äußerst schwerzufallen, darüber zu reden.

»Na ja, da waren die … anderen.«

»Die anderen?«

»Aus den anderen Bussen. Die anderen Schüler. Aber die benahmen sich … wie wilde Tiere.«

Dennis war verwirrt. Er verstand kein einziges Wort.

»Sie haben die anderen Schüler einfach angefallen. Haben sie gebissen … Alter, die haben ganze Stücke aus denen rausgerissen!«

»Du willst mich verarschen, oder?«, fragte Dennis, nachdem er Patrick eine ganze Weile angesehen hatte.

»Nein! Bestimmt nicht!«

Dann erinnerte sich Dennis daran, was er in dem anderen Bus gesehen hatte, als sie an ihm vorbeigefahren waren.

Was wenn da wirklich etwas dran war? Aber das konnte doch nicht wahr sein …

Langsam stand er auf. Kurz sah es so aus, als wolle Patrick ihn aufhalten, aber dann ließ er es doch bleiben.

Dennis griff sich an die Stirn, noch immer brummte sein Schädel und als er auf seine Hände sah, bemerkte er Blut.

Für einen Augenblick blieb er erschrocken stehen und starrte seine Finger an.

»Keine Sorge, ist nur eine kleine Platzwunde. Sieht schlimmer aus, als es ist«, versuchte Patrick ihn zu beruhigen.

Einen Augenblick sah Dennis ihn an, dann ging er mit zittrigen Knien auf das große Schaufenster zu, um nach draußen zu sehen.

Direkt gegenüber lag der Bus auf der Seite. Die anderen standen etwas weiter die Straße runter. Der Vorderste war in ein Blumenbeet gefahren.

Jedoch waren nirgendwo Menschen zu erkennen. Es waren nicht einmal Verletzte, noch irgendwelche dieser wilden Bestien zu sehen, von denen Patrick erzählt hatte.

Kurz schaute Dennis zurück und sah, dass der Große ihm folgte. Dann öffnete er die Ladentür.

Er erschrak leicht, als die kleinen Glöckchen über der Tür läuteten.

Noch einmal zögerte er kurz, dann verließ er den Schnellimbiss.

Er war gespenstisch still. Viel zu still, um genau zu sein. Der stetige Lärm der Stadt war verstummt.

Nun erkannte er auch, wo sie waren. Sie befanden sich nicht weit vom Bahnhof entfernt. Er konnte von seiner Position aus das große Bahnhofsgebäude sehen. Ein Stück in die andere Richtung lag eine Grundschule und dahinter das evangelische Krankenhaus. Doch alles wirkte wie ausgestorben.

Er drehte sich langsam um die eigene Achse. In der Auffahrt zum Krankenhaus standen etliche Fahrzeuge, teilweise mit offenen Türen. Irgendwo aus dem Schulgebäude stieg Rauch zum Himmel.

»Wo sind die denn alle?«, fragt er leise.

»Das war das Schlimmste.« Patrick trat neben ihn. »Ein … paar haben den Unfall nicht überlebt. Und der Rest wurde von diesen Wilden … getötet.« Er schluckte erneut und machte eine kurze Pause, dann redete er leise weiter. »Doch die blieben nicht tot.«

»Was soll das denn heißen?«, fragte Dennis ungläubig.

»Na die … die standen wieder auf. Bei einigen dauerte es ein paar Minuten, bei anderen ging es ganz schnell. Aber das waren keine Menschen mehr. Die waren genau wie die Wilden.«

Dennis wollte gerade etwas erwidern, denn er glaube Patrick kein Wort.

Plötzlich war ein leises Stöhnen aus der Richtung des Busses zu hören.

»Lebt da noch jemand?«, fragte er erschrocken und lief bereits los.

»Warte!«, rief Patrick und folgte ihm.

Noch immer war Dennis bei jedem Schritt schwindelig, doch es war schon besser als noch vor wenigen Minuten.

Er umrundete den Bus und blieb wie angewurzelt stehen.

Eine junge Frau lag halb unter dem Fahrzeug. Ihr Unterkörper war von einem der Sitze eingeklemmt. Verzweifelt versuchte sie sich aus ihrer Lage zu befreien. Sie stemmte die Hände auf den Boden und drückte mit aller Kraft gegen das Gewicht des Busses. Natürlich völlig chancenlos.

»Schnell, wir müssen ihr helfen!« Dennis sah kurz zu Patrick, doch dieser blieb einfach stehen.

Dennis eilte weiter, so schnell er konnte. Er wollte gerade vor ihr in die Hocke gehen, als ihr Kopf mit einem Mal hoch ruckte.

Dennis erstarrte kurz und wich dann ein großes Stück zurück. Sein Fuß stieß gegen den Bordstein und er verlor das Gleichgewicht. Hart schlug er mit dem Hintern auf der Straße auf.

Dennis konnte seinen Blick nicht von dem Mädchen abwenden. Er kannte sie. Ein paarmal hatte er sie in der Berufsschule gesehen, doch er erinnerte sich nicht an ihren Namen.

Die junge Frau, die ihn jetzt ansah, hatte mit der Schülerin nicht mehr viel zu tun.

Ihre Augen waren schrecklich rot und das Gesicht zu war zu einer Grimasse aus Wut verzerrt. Die rechte Schulter war seltsam deformiert, als wäre ihr Schultergelenk förmlich zertrümmert worden.

Doch das schien sie gar nicht wahrzunehmen.

Sie gebärdete sich nun immer wilder, kratzte mit den Fingernägeln über den Asphalt und aus dem Stöhnen war ein wütendes Knurren geworden. Immer wieder schnappten ihre Kiefer zusammen, wie bei einem wilden Tier, das seine Beute direkt vor sich hatte.

Unfähig sich zu rühren, starrte Dennis die junge Frau an. Er bemerkte kaum, wie Patrick ihn an den Schultern packte und auf die Beine zog.

»Wir müssen hier weg!«

Es dauerte eine Weile, bis Dennis ihn verstand.

Er hatte recht gehabt. Was er im Imbiss gesagt hatte, war also die Wahrheit. Das sah er nun direkt vor sich.

»Dennis! Verdammt, wir müssen weg!«, zischte Patrick und sah sich immer wieder um.

Langsam löste er sich aus seiner Starre.

»Das Krankenhaus«, stammelte er.

»Was?« Patrick sah ihn verständnislos an.

»Wir waren auf dem Weg zu einem Ort, der sicher sein soll. Ich glaube, es war das Krankenhaus.« Dennis schüttelte sich und deutete auf die vielen Autos, die in der Zufahrt standen.

Einen Augenblick lang schien der größere Junge nachzudenken, dann nickte er.

In diesem Moment erklang hinter ihnen ein leises Stöhnen.

Erschrocken sahen sie sich um.

Ein Mann kam eben um eine der Häuserecken.

Das linke Bein zog er hinter sich her, die rechte Schulter hing schlaff herab. Seine Kleidung war blutdurchtränkt.

Noch hatte er die beiden nicht entdeckt und sie wollten es auch nicht darauf ankommen lassen.

Ohne sich noch einmal umzusehen, liefen sie los.

Die Autos blockierten die Straße zum Krankenhaus und sie mussten hin und wieder über eines der Fahrzeuge hinwegklettern. Jedes Mal beteten sie innerlich, dass keine Alarmanlage losging.

Doch wie durch ein Wunder schafften sie es, ohne Lärm zu verursachen.

Die gläsernen Eingangstüren des Krankenhauses waren zersplittert und die Rahmen hingen schief in den Angeln.

Etwa ein halbes Dutzend toter Körper lagen einfach auf dem Weg vor dem Eingang.

Jedem von ihnen war in den Kopf geschossen worden.

Entsetzt blieben die beiden stehen.

Auf einmal wirkte die Entscheidung, hierherzukommen, gar nicht mehr so klug.

Sie drehten sich um. Doch die Straße, auf der der Bus lag, war nicht mehr leer.

Mindestens fünfzehn von diesen Kreaturen schlurften um das Wrack herum.

Zurückgehen war nun auch keine Option.

Noch einmal warfen sie sich einen kurzen Blick zu, dann betraten sie vorsichtig das Krankenhaus.

Eine andere Wahl blieb ihnen auch nicht mehr.

Der Eingangsbereich des Gebäudes war hell und hätte unter anderen Umständen mit Sicherheit freundlich gewirkt. Doch jetzt sah es hier völlig anders aus.

Überall lagen Blätter, Unterlagen und Akten herum. Die Stühle, die sonst wohl an einer der Wände aufgereiht waren, lagen im ganzen Raum verstreut. Die Scheibe vor dem Empfang war eingeschlagen worden.

Es herrschte das reinste Chaos, doch das Schlimmste war eindeutig das viele Blut.

Die beiden Jungs blieben wie angewurzelt stehen, kaum dass sie durch die Tür gekommen waren.

»Scheiße!«, fluchte Patrick.

Alles hier sah nach einem heftigen Kampf aus, doch es waren weder Leichen noch Verletzte zu sehen.

»Hier ist niemand mehr.« Dennis klang enttäuscht.

Er hatte wirklich die Hoffnung gehabt, dass sie hier Hilfe finden würden. Doch die Situation sah noch viel schlimmer aus, als er angenommen hatte.

Er packte Patrick am Arm und zog ihn wieder durch den Eingang ins Freie.

Beide atmeten erleichtert auf, als sie wieder an der frischen Luft waren.

Dann schaute er noch einmal die Straße hinab. Um die Busse herum tummelte sich mittlerweile eine ganze Horde dieser Wesen, die bis vor kurzem noch Menschen gewesen waren.

Die meisten humpelten und wirkten furchtbar entstellt. Doch genau konnte Dennis das auf diese Entfernung nicht erkennen. Es schienen aber von Minute zu Minute immer mehr zu werden.

»Was machen wir denn jetzt?«, fragte Patrick.

Dennis dachte nach.

Es war seltsam, denn eigentlich hätte er Angst haben müssen. Doch im Moment fühlte er nichts dergleichen. Sein Verstand arbeitete auf Hochtouren.

»Wir müssen durch das Krankenhaus.«

Patrick sah ihn an, dann wanderte sein Blick wieder durch den Eingang in Innere.

Es gefiel ihm ganz und gar nicht, diesen Ort noch einmal betreten zu müssen, doch eine Alternative hatten sie nicht.

»Es gibt einen zweiten Ausgang, weiter oben an der Straße. Von dort kommen wir hoch in den Wald. Vielleicht sind wir dort sicherer.« Dennis wandte sich dem Eingang zu und betrat das Krankenhaus erneut.

Nun wirkte der Eingangsbereich irgendwie dunkler und düsterer als zuvor.

Es gab hier viele Räume und Winkel, in denen sich eine dieser Kreaturen verbergen konnte.

Der Weg durch das Gebäude war riskant, doch sie hatten sich selbst in diese Situation gebracht und nun mussten sie irgendwie da durch.

Dennis zögerte nicht länger. Mit jeder Minute, die sie warteten, wurde die Sache gefährlicher.

Also gingen sie los. Vorbei an der Rezeption, den Kaffee- und Getränkeautomaten und dem großen schwarzen Brett, das an der Wand hing.

Patrick blieb stehen.

»Hey, schau mal hier!« Er deutete auf ein ausgedrucktes Blatt Papier, das jemand an das Brett angeheftet hatte.

Dennis kam hinzu und las.

»Eine Sicherheitszone?« Er las weiter. »Alexanderhöhe … das ist gleich um die Ecke.«

»Da sind Bullen und Soldaten!« Patrick klang hoffnungsvoll.

Dennis dachte kurz nach. Sicherheitszonen? Das bedeutete, es war wirklich viel schlimmer, als sie angenommen hatten. Dann hatten sie die Stadt wohl evakuiert und die Bewohner, soweit es ging, dorthin gebracht.

Er sah den Großen neben sich an und bemerkte, wie nervös dieser war.

»Das klingt wirklich gut. Lass uns gehen, ich kenne den Weg dahin.« Er klopfte Patrick auf die Schulter und wunderte sich im gleichen Augenblick über sich selbst.

Noch vor kurzer Zeit hatte er diesen Kerl nicht leiden können. Und nun? Sie steckten gemeinsam in einer schwierigen Lage. Wenn sie überleben wollten, mussten sie zusammenbleiben.

Um zum zweiten Ausgang zu gelangen, mussten sie zuerst durch einen der schmalen Gänge, die sich wie Tunnel eines Ameisenhaufens durch das gesamte Krankenhaus zogen. Vorsichtig öffneten sie die Tür und spähten hindurch. Der Flur war leer, doch es zweigten einige Türen zur rechten Seite ab.

Dennis hatte ein mulmiges Gefühl. Hinter jeder dieser Türen konnte so ein Wesen darauf lauern, dass sie in seine Reichweite kamen. Sie hatten nicht einmal Waffen, mit denen sie sich hätten verteidigen können!

»Hör zu. Wenn irgendwas passiert, dann rennen wir. So schnell wir können. Am Ende des Ganges ist eine Sicherheitstür, die können wir hinter uns verschließen. Hast du verstanden?« Dennis sah Patrick an, dieser nickte.

Dann gingen sie los, sorgsam darauf achtend, keine unnötigen Geräusche zu machen.

Sie passierten die erste Tür, die Zweite und die Dritte. Nun lagen nur noch zwei weitere Türen zwischen ihnen und der Sicherheitstür.

Da ertönte ein leises Geräusch!

Im ersten Moment glaubte Dennis, er hätte sich getäuscht, doch auch Patrick blieb auf einmal stehen.

Dann hörten sie es erneut.

Wie ein leises Seufzen.

Die beiden sahen sich an. Wenn Dennis sich nicht irrte, kam das Geräusch aus der Richtung, aus der sie eben gekommen waren.

Er machte eine deutliche Geste, dass sie weitergehen sollten.

Sie kamen gerade an der vierten Tür vorbei. Nur noch wenige Meter bis zum Ende des Ganges.

In diesem Moment war ein leises Quietschen hinter ihnen zu hören.

Dennis fuhr erschrocken herum.

Eine Gestalt schob sich durch die Tür am Anfang des Ganges, durch die sie ebenfalls gerade gekommen waren. Sie hatten die Tür nicht verschließen können und wenn sie ehrlich waren, hatten sie auch gar nicht daran gedacht.

In diesem Gang gab es keine Fenster und ein paar der Neonröhren unter der Decke funktionierten nicht mehr richtig. Die Gestalt am anderen Ende des Ganges war schwer zu erkennen.

Entgegen seines eigenen Rates, blieb Dennis wie angewurzelt stehen und starrte auf die Person, die eben durch die Tür gekommen war.

Sie bewegte ihren Kopf hin und her, als würde sie lauschen. Dann stieß sie wieder ein leises Seufzen aus.

Die beiden hatten noch gehofft, dass es sich um einen Menschen handelte, doch das Seufzen belehrte sie eines Besseren. Es war eine von diesen Kreaturen.

Die Gestalt erstarrte und schien direkt in ihre Richtung zu schauen.

Dennis und Patrick hielten den Atem an.

Mit einem wütenden Knurren rannte der Kerl los.

Dennis war der Erste, der seine Starre überwand. Er rannte los und zog Patrick einfach mit sich.

Ohne sich noch einmal umzuschauen, erreichten sie die Sicherheitstür, doch hinter sich konnten sie bereits die Schritte des Wesens hören. Es kam schnell näher.

Dennis riss die Tür auf und stieß Patrick hindurch.

In diesem Augenblick spürte er Hände auf seiner Schulter!

Ein Schrei kam über seine Lippen, dann wurde er auch schon zu Boden geworfen.

Er hatte das Wesen im Rücken und versuchte verzweifelt, es abzuschütteln. Doch durch das Gewicht, das auf ihm lag, war er so gut wie bewegungsunfähig.

Ein wütender Fluch erklang über ihm und das Gewicht verschwand.

Ohne nachzudenken, sprang er wieder auf die Beine.

Patrick hatte das Wesen im Nacken gepackt und seinen Arm fest um dessen Hals gelegt.

Kurzzeitig konnte er es so festhalten, doch die Kreatur wand sich wütend hin und her. Sie warf sogar die Hände nach hinten und versuchte, ihn zu packen.

Die Blicke der beiden Jungs trafen sich.

»Los! Hau ab!«, presste Patrick hervor.

Er wollte sich opfern, um Dennis zu retten.

Doch dieser dachte nicht daran, den Großen einfach im Stich zu lassen!

Hektisch sah er sich um.

In dem Gang war nichts zu sehen, das ihm weiterhelfen würde. Doch er hatte einen kurzen Blick durch die Tür werfen können. Dort hatte er einen Werkzeugkasten gesehen.

Das Glück war auf seiner Seite. Ein großer Hammer lag in der Kiste.

Er griff danach und drehte sich wieder um.

Noch immer hielt Patrick die Kreatur fest im Griff. Es bildeten sich bereits Schweißtropfen auf seiner Stirn. Lange konnte er sie nicht mehr festhalten.

Mit einem großen Schritt war Dennis bei ihm und zögerte noch einen Augenblick.

Noch nie in seinem Leben hatte er Gewalt angewendet. Weder gegen Menschen, noch gegen Tiere. Er hatte noch nie jemanden angegriffen, und schon gar nicht mit einem Hammer.

Doch die Zeiten hatten sich wohl ein für alle Mal geändert. Und wenn er sich jetzt nicht ebenfalls änderte, würde er wohl keine Chance mehr haben, es zu bereuen.

Er hob den Hammer und ließ ihn mit aller Kraft nach unten fahren.

Er knirschte und knackte laut, als der Stahl auf den Schädel der Kreatur krachte. Blut spritzte und Dennis wandte sich angewidert ab.

»Noch mal!«, keuchte Patrick.

Dennis holte erneut aus. Wieder knackte es laut und Blut spritzte in alle Richtungen.

Die Kreatur erschlaffte und Patrick ließ sie erschöpft los. Das Wesen sackte zu Boden. Doch Dennis hatte noch nicht genug. Wütend warf er sich auf das Ding und schlug erneut zu.

Wieder und wieder!

Er hatte die Szenen der letzten Stunden vor Augen.

Er sah das Gesicht der jungen Frau, die unter dem Bus lag, die Szenen, als sie an dem anderen Bus vorbei gefahren waren und die Leichen vor dem Krankenhaus!

Irgendwann packten ihn zwei Hände an den Schultern und zogen ihn von der Kreatur weg.

»Alter! Es reicht!«, sagte Patrick bestimmend.

Im ersten Moment wollte sich Dennis losreißen und erneut auf die Kreatur stürzen. Doch dann sah er hinab auf das, was vom Schädel des Wesens übrig geblieben war.

Überrascht blickte er auf seine Hände, die voller Blut waren.

Der Hammer entglitt ihm und fiel zu Boden.

Patrick zog ihn mit sich durch die Sicherheitstür. Mit einem Knall schlug er sie hinter sich zu.

Sie standen nun in einem kleineren Gang, an dessen Ende sich nur eine einzelne Tür befand.

Tageslicht schimmerte durch das Milchglas.

Patrick versuchte, die Tür zu öffnen. Glücklicherweise war diese nicht abgeschlossen.

Er schob Dennis ins Freie. Die Luft war rein und keine Kreaturen zu sehen.

Noch immer starrte Dennis vor sich hin. Das Grauen war deutlich in seinen Augen zu erkennen.

Patrick drehte ihn zu sich und versuchte, seinen Blick einzufangen.

»Ey, bleib jetzt bloß bei mir, Alter! Ich brauch dich, hörst du? Lass mich jetzt nicht hängen!«

Dennis konnte nicht sagen, was ihn wieder zur Vernunft gebracht hatte. Ob es die Worte an sich waren oder der verzweifelte Ton in Patricks Stimme.

Er blinzelte, dann sah er den anderen an.

»Du musst uns zur Sicherheitszone bringen, hörst du? Ich kenne den Weg nicht!« Patrick sah ihn eindringlich an.

Dennis nickte nur.

»Es ... es tut mir leid«, sagte er leise.

»Was? Dass du mir das Leben gerettet hast? Also, dafür musst du dich wirklich nicht entschuldigen.« Patrick lächelte leicht, doch das war nur Fassade, das erkannte Dennis sofort.

Dennoch brachte auch er ein Lächeln zustande.

»Und du hast meins gerettet. Und jetzt lass uns von hier verschwinden.«

Ohne weitere Worte zu wechseln, marschierten sie los.

Der Stadtwald lag nicht mal hundert Meter von ihnen entfernt und die Straße war frei.

19:30 Uhr – Hagen-Hohenlimburg, Deutschland

Das Polizeirevier zu verlassen, war viel schwieriger, als Mirko und HGB gedacht hatten.

Sie wollten die Wache gerade verlassen, als sie die Kreaturen entdeckten. Gerade noch rechtzeitig konnten sie wieder in Deckung gehen.

Etwa zwanzig von ihnen zogen über den Parkplatz in Richtung Innenstadt. Und sie schienen es nicht eilig zu haben.

Den Männern lief ein kalter Schauer über den Rücken, als sie den Zug beobachteten. Wie eine bizarre Parade zogen die Kreaturen zum Teil dicht vor dem Eingang der Wache vorbei. Die meisten von ihnen waren grausam zugerichtet. Viele gebrochene Knochen und überall Blut. Einige sahen aus, als hätten sie schwere Unfälle gehabt. Bei denen, die nahe genug an ihnen vorbeizogen, konnte man deutliche Bissspuren erkennen.

Doch das Schlimmste an dem Ganzen, war die Stille. Wenn man von dem schlurfenden Gang absah, verursachten die Kreaturen kaum Geräusche.

Es dauerte eine ganze Weile, bis sich die beiden endlich ins Freie wagten.

Sie nutzten jede Deckung und schlichen vorsichtig die Hauptstraße entlang bis hin zur Brücke, die sie über die Lenne brachte.

Doch dort wurde es heikel, denn da hatten sie keinerlei Deckung mehr.

Noch einmal blieben sie im Schutze einer kleinen Mauer hocken, rechts von ihnen floss die Lenne dahin. Die

Stäbe und Fähnchen der Kanustrecke bewegten sich leicht in der Strömung und im Wind. Einen Moment sahen sie einfach nur zum Ufer hinab. Jeder ging kurz seinen eigenen Gedanken nach. Doch eines war beiden klar. So schnell würde dort niemand mehr mit einem Kanu oder Boot fahren.

»Ok, wohin gehen wir jetzt?« HGB sah den Jüngeren fragend an. »Nach Hagen oder Iserlohn?«

Mirko brauchte eine Weile, bis er antwortete. Diese Frage hatte er sich selber schon gestellt.

»Mein erster Gedanke wäre Hagen gewesen.« Nachdenklich blickte er weiter auf das Ufer hinab.

»Doch ich weiß nicht, ob der Weg dahin frei ist. Wenn es viele aus der Stadt raus versucht haben, könnten die Autobahn und die Straßen ziemlich verstopft sein. Außerdem ist Hagen viel größer. Es sind mehr Menschen zur Zone unterwegs und die Gefahr ist natürlich umso größer.«

»Aber umso sicherer könnte es dort auch sein«, warf HGB ein. »Eine große Gruppe verspricht doch mehr Sicherheit, oder nicht?«

Mirko sah ihn skeptisch an.

Doch im Grunde war es erst einmal wichtig, dass sie aus der Stadt raus- und von den Hauptstraßen runterkamen. Wenn sie auf weitere Gruppen dieser Kreaturen stießen, würden sie Probleme kriegen.

Und dann war da immer noch die Brücke, die sie überqueren mussten.

Mirko spähte vorsichtig über das Mauerstück. Auf der Brücke standen drei Autos, sonst schien sie jedoch frei zu sein. Von seiner Position aus konnte er keine der Kreaturen sehen. Das musste aber nichts heißen.

»Schauen wir erst mal, dass wir ans andere Ufer kommen. Dann sehen wir weiter«, schlug er vor und kam vorsichtig hinter seiner Deckung vor.

Noch einmal sicherte er sich zu allen Seiten hin ab, dann ging er los. Es machte nun keinen Sinn mehr, geduckt zu laufen, denn auf der Brücke gab es, bis auf die drei Autos, keinerlei Deckung. Auch das niedrige Brückengeländer konnte sie kaum vor Blicken schützen.

Mit der Hand an seiner Waffe ging Mirko langsam weiter.

»Kannst du eigentlich schwimmen?«, fragte er HGB, der nun neben ihm auf die Brücke zuging.

»Ja kann ich, wieso?«

»Nur für den Fall, dass wir in die Zange genommen werden.« Mirko deutete auf den Fluss.

»Oh!« Mehr sagte der Ältere nicht dazu.

Sie wagten es kaum, schneller zu gehen, da sie Angst hatten, unnötige Geräusche zu verursachen.

Auch wenn der Bereich vor und hinter der Brücke gut einsehbar und nicht die kleinste Spur von den Kreaturen zu sehen war, lag die Bedrohung lag wie eine bleierne Decke über den beiden.

Keiner von ihnen wusste so recht mit dieser Situation umzugehen. An jeder Ecke könnten diese Dinger lauern, die sie jederzeit angreifen konnten.

Hinzu kam noch die Stille in der Stadt. Das machte die ganze Situation so unwirklich.

Keine Autos, keine Menschen, nur das Rauschen der Lenne und des Windes.

Mirko hatte ein komisches Gefühl im Magen. Und das schon, seitdem sie die Wache verlassen hatten. Als würde alles in ihm nur darauf warten, dass gleich etwas Schlimmes geschah. Er kannte dieses Gefühl sehr gut.

Als Polizist war er schon öfter in Situationen geraten, die sehr schwer einzuschätzen waren und gefährlich werden konnten. Er hatte sich stets auf dieses Kribbeln im Bauch verlassen können.

Doch so schlimm wie heute, war es bisher noch nie gewesen.

Sie hatten gerade die Hälfte der Brücke hinter sich gebracht, als sie auf einmal einen Schrei hörten.

Er klang dumpf, war aber in der Stille deutlich zu hören.

Wie erstarrt blieben beide stehen.

Zuerst nahmen sie an, dass es eine dieser Kreaturen gewesen war. Doch dann wiederholte sich der Schrei. Es war definitiv ein Hilferuf!

Mit aufkommender Sorge sah sich Mirko um. Die Schreie konnten diese Wesen anlocken, auch wenn um sie herum noch alles ruhig war.

Und wieder ein Schrei.

Er kam von der anderen Seite der Brücke. Irgendwo dort, wo die Straße links zwischen Häusern verschwand.

Mirko warf HGB einen kurzen Blick zu, dann lief er los. Der Ältere folgte deutlich langsamer. Nun war jede Sorge vergessen. So schnell er konnte, rannte er in die Richtung, aus der er den Ursprung der Schreie vermutete.

Er musste versuchen, der Person zu helfen. Doch viel wichtiger war es, zu verhindern, dass sie weiter schrie und so vielleicht Dinge anlockte, die sie nicht gebrauchen konnten.

Er erreichte das andere Ufer des Flusses und wandte sich nach links.

Es dauerte nicht lange und er entdeckte den Ursprung der Rufe.

Nicht weit die Straße hinauf stand ein Rettungswagen. Seine Front war eingedrückt und die Laterne, gegen die er gefahren war, stand schief.

Eine leichte Rauchwolke stieg vom Motor aus hoch.

Mirko blieb wie angewurzelt stehen.

Er zählte fünf Kreaturen, die um den Wagen herumstanden und gegen die Scheiben schlugen. Eine von ihnen hockte sogar auf der kaputten Motorhaube und schlug wie von Sinnen auf die bereits gesprungene Frontscheibe ein.

Erneut gellte ein Schrei durch die Stille der Stadt. Es handelte sich um eine weibliche Stimme.

Wer immer das war, sie musste sich in dem Rettungswagen befinden.

Instinktiv griff Mirko zur Waffe an seiner Seite. Doch dann zog er seine Hand wieder zurück. Er musste an die Horde denken, die vor Kurzem an der Polizeiwache vorbeigezogen war.

Wenn die Hilferufe der Frau sie nicht anlocken würden, Schüsse würden es mit Sicherheit.

Er sah sich nach einer anderen Waffe um. Zuerst fand er nichts, doch dann entdeckte er eine kleine Baustelle, nicht weit von ihm entfernt.

Er eilte zu der Stelle. Hier war ein Kanaldeckel geöffnet worden. Die schwere Metallplatte lag noch neben dem Loch. Flüchtig blickte in die Tiefe, doch schon nach wenigen Zentimetern war nur noch Dunkelheit zu sehen. Er hatte Glück. Nicht nur die Platte war nicht weggeräumt worden, sondern auch das Werkzeug zum Herausheben der Kanaldeckel lag noch hinter der Bauabsperrung herum.

Ohne lange nachzudenken, schob er den niedrigen Bauzaun zur Seite und packte die Metallstange, die am Ende gebogen war, um die Deckel greifen zu können. Sie sah fast aus wie ein Brecheisen. Kurz wog er die Waffe in der Hand. Sie war nicht zu schwer und lag gut in der Hand.

Er drehte sich wieder um und wich erschrocken zurück.

Eine der Kreaturen stand direkt vor ihm!

Doch das war nicht sein einziges Problem. Er war vor Schreck einen Schritt zurückgewichen und spürte unter seinen Hacken keinen Boden mehr.

Das Loch!

In diesem Moment sprang die Kreatur vor und wollte sich auf ihn stürzen.

Mirko blieb keine Zeit, um groß nachzudenken, er reagierte einfach nur noch.

Er stieß sich mit dem rechten Fuß ab, um zur Seite zu springen. Doch da er kaum richtig Halt fand, rutschte der Fuß einfach weg.

Dennoch reichte die Bewegung.

Zum einen brachte sie ihn von dem Loch weg, zum anderen wich er somit den zugreifenden Händen des Irren aus!

Er sah in das Gesicht der Kreatur. Die vor Wut verzerrte Grimasse, die blutroten Augen und die gefletschten Zähne. Die Augen des Wesens schienen ihn zu fixieren.

Das Gesicht verschwand wieder aus seinem Sichtfeld.

Es dauerte nicht lange, da hörte er einen dumpfen Aufschlag.

Für einen Moment stand er einfach nur da und wagte es nicht einmal Luft zu holen. Er versuchte zu verstehen, was da eben passiert war. Auch wenn er es mit eigenen Augen gesehen hatte, er konnte es kaum glauben.

Die Kreatur war einfach in den geöffneten Kanalschacht gefallen.

Fassungslos sah Mirko in das schwarze Loch zu seinen Füßen.

Er hatte den Ausdruck in den Augen des Verrückten gesehen. Ein Anblick, den er so schnell nicht vergessen würde. Sie waren wirklich keine Menschen mehr und es gab keinen Grund, nachsichtig zu sein. Noch nie hatte er so viel Hass gesehen, wie in den Augen dieser Kreatur.

Ein erneuter Schrei riss ihn aus seinen Gedanken.

Sofort vergaß er, was eben passiert war. Die Kreatur auf der Motorhaube hatte es geschafft, die Schreibe einzuschlagen.

Keine Zeit mehr zu verlieren!

Ohne einen weiteren Gedanken zu verschwenden, rannte er wieder los.

Noch im Lauf holte er kräftig aus. Er hielt die Stange fest in beiden Händen und schlug zu!

Das abgewinkelte Ende der Stange traf den Rücken der Kreatur und fuhr beinahe zu leicht in ihr Fleisch.

Mit aller Kraft stemmte sich Mirko gegen den Kühlergrill und zerrte das Wesen, welches soeben dabei gewesen war, in den Wagen zu klettern, von der Motorhaube runter.

Mit einem hässlichen Schmatzen zog er die Stange wieder aus dem Rücken heraus. Doch die Kreatur schien das nicht weiter zu stören.

Sie stemmte sich bereits wieder hoch. Doch Mirko hatte fast damit gerechnet. Noch einmal fuhr die Stange hinab.

Diesmal traf das stumpfe Ende den Schädel des Wesens. Es knirschte und knackte laut.

Der Schlag hatte voll gesessen, das Wesen sackte kraftlos in sich zusammen.

Doch für Freude war keine Zeit. Die anderen Drei waren nun auf ihn aufmerksam geworden.

Mirko schwang die Stange nach rechts oben und landete erneut einen Volltreffer. Diesmal traf er den Schädel der Kreatur von unten. Erneut knackte es laut und mit Entsetzen sah er, wie der Kopf fast von den Schultern gerissen wurde.

Langsam wich er zurück, denn die übrigen zwei Kreaturen drängten nun auf ihn ein. Die Stange vor sich hin und her schwingend, hielt er die Irren noch auf Abstand. Fragte sich nur, wie lange noch …

»Raus da! Verschwinden Sie!«, rief er der Person zu, die sich in dem Wagen befand.

Da sprang auch schon die nächste Kreatur mit weit aufgerissenem Maul auf ihn zu.

Mirko sah die grausamen Wunden auf dem Oberkörper des Dings und auch ihr Gesicht war blutbesudelt. Für einen

Augenblick fragte er sich, wie dieser Mensch wohl umgekommen war.

Schnell verwarf er den Gedanken wieder, denn dazu war nun keine Zeit.

Er packte die Stange wieder mit beiden Händen und hielt sie schützend vor sich.

Das Wesen prallte dagegen und Mirko hätte beinahe das Gleichgewicht verloren. In letzter Sekunde gelang es ihm, den rechten Fuß nach hinten zu stellen.

Lange konnte er das Kräftemessen mit dem Wesen jedoch nicht durchhalten. Hastig machte er einen Schritt zur Seite und drehte die Metallstange weg.

Dadurch verlor die Kreatur das Gleichgewicht und stürzte.

Sofort war Mirko über ihr. Zwei kräftige Schläge später lag das Wesen leblos am Boden.

Doch dadurch hatte er der letzten Kreatur den Rücken zu gewandt.

Mit einem gierigem Knurren sprang es ihn an.

Die Arme schlossen sich um seinen Brustkorb. Diese Kreaturen hatten ungeheure Kraft. Er bekam kaum noch Luft und spürte, wie seine Rippen langsam nachgaben.

Außerdem fürchtete er, dass sich gleich die Zähne des Irren in seine Schulter graben würden. Doch soweit kam es nicht. Mit der Metallstange schlug er über seine rechte Schulter. Sie stieß auf Widerstand.

Noch einmal schlug er zu. Und noch einmal. Da ließ der Griff um seinen Oberkörper endlich nach.

Mit einem Ruck riss er sich los und fuhr herum. Die Stange traf den Schädel des Wesens.

Blut und Knochensplitter spritzten durch die Luft.

Wie ein gefällter Baum fiel das Wesen einfach um.

So langsam kam er mit dieser Waffe gut zurecht, schoss es ihm durch den Kopf.

Er schnappte nach Luft und sah sich um. Das war wirklich der Letzte gewesen.

Nun wandte er sich wieder dem Rettungswagen zu.

Die Fahrertür wurde gerade zaghaft geöffnet und eine junge Frau mit blonden Haaren stieg vorsichtig aus. Sie trug die Kleidung einer Krankenschwester.

»Geht es Ihnen gut?«, keuchte Mirko, der noch immer nach Luft rang.

Mit weit aufgerissenem Mund ließ sie den Blick über die toten Kreaturen gleiten.

Sie schien die Frage gar nicht wahrgenommen zu haben.

»Hey. Geht es Ihnen gut?«, fragte er noch einmal.

Erst jetzt hob sie langsam ihren Kopf und sah ihn an.

Sie nickte.

»Gut.« Mirko rang sich zu einem aufmunternden Lächeln durch. »Mein Name ist …«

Weiter kam er nicht, denn plötzlich zersplitterte irgendwo in ihrer Nähe Glas.

Mirko schaute sofort in die Richtung, aus der das Geräusch gekommen war.

Das Haus direkt hinter dem Rettungswagen. Im ersten Stock war eines dieser Wesen durch das Fenster gebrochen und auf dem Gehweg gelandet.

Es sprang direkt wieder auf die Beine. Sein linker Fuß stand in einem abnormalen Winkel ab, dennoch schien es die Kreatur kaum aufzuhalten. Sie waren nicht nur äußerst stark und spürten keine Schmerzen mehr, ihre Körper schienen auch robuster als früher zu sein.

Doch weiter kam Mirko mit seinen Gedanken nicht, denn die Kreatur war nicht alleine. Weitere fielen nun aus dem zerbrochenen Fenster.

Die junge Krankenschwester blickte ebenfalls in die Richtung und war anscheinend vor Schreck erstarrt.

Mit einem großen Schritt war Mirko bei ihr und packte ihren Arm.

Erschrocken drehte sich sie um und wollte sich losreißen. Doch sein Griff war zu fest. Ohne Rücksicht zog er sie hinter sich her.

Er wusste nicht wohin, doch sie mussten weg. Mit einer weiteren Gruppe konnte er es einfach nicht aufnehmen.

Ohne zu überlegen, lief er in Richtung der Brücke.

Da fiel ihm HGB ein! Der Ältere war verschwunden.

Er schluckte den Fluch herunter, welchen er auf den Lippen hatte und rannte weiter.

Nur kurz warf er einen Blick zurück. Was er sah, war alles andere als gut. Die Horde holte erbarmungslos auf.

Bis zur Brücke war es nicht mehr weit. Doch was dann? Dort konnten sie den Kreaturen noch weniger entkommen als auf der Straße.

Plötzlich hörte er den Motor eines Autos aufheulen.

Die beiden kamen schlitternd zum Stehen, sie hatten die Brücke gerade erreicht.

Eines der Fahrzeuge, die dort gestanden hatten, war zum Leben erwacht.

Der Fahrer gab kurz Lichthupe, dann fuhr er mit quietschenden Reifen los.

Gerade noch rechtzeitig gelang es Mirko und der Krankenschwester, zur Seite zu hechten, da raste der Wagen auch schon an ihnen vorbei.

Mirko drehte sich um und sah, wie das Auto ungebremst in die Horde krachte, die sie verfolgt hatte. Die Kreaturen waren bereits sehr viel näher gekommen, als er angenommen hatte.

Die Reifen quietschten und Mirko konnte den Knall hören, als der Wagen die wilde Meute erwischte.

Das Heck scherte aus und der Wagen drehte sich beinahe einmal um die eigene Achse. So mähte er auch noch den Letzten um.

Ungläubig hatte Mirko das Ganze verfolgt, doch nun löste er sich aus seiner Starre und lief los.

Auch wenn das Auto die Meute voll erwischt hatte, es hatte nicht gereicht, jeden von ihnen zu erledigen. Ein paar versuchten eben, wieder aufzustehen. Doch mit gebrochenen Knochen war es auch für diese Wesen nicht so einfach.

Einen nach dem anderen erledigte Mirko sie. Es fiel ihm immer leichter.

Erst als er sicher war, auch die letzten von ihnen erwischt zu haben, wandte er sich dem Auto zu.

HGB stieg aus dem Fahrzeug und sah ihn an. Er war etwas blass um die Nase.

Mirko hob nur fragend die Arme.

»Tut mir leid, Junge. Ist ne Weile her, dass ich das letzte Mal ein Auto knacken musste!«

Mirko hob eine Augenbraue, verkniff sich aber eine Frage.

Langsam ging er zu dem Älteren rüber und legte ihm dankbar eine Hand auf die Schulter.

Der wiederum sah zu der jungen Krankenschwester hinüber, die noch immer reglos an der Stelle stand, an der Mirko sie hatte stehen lassen.

Völlig eingeschüchtert und mit vor Angst weit aufgerissenen Augen stand sie da und starrte die beiden an.

»Ich glaube, wir sollten uns erst einmal ein Versteck suchen. Diese Irren zu erledigen war doch anstrengender, als ich dachte. Ich bin heute nicht mehr in der Lage, noch weit zu laufen.« Mirko sah wieder zu HGB.

»Na frag mich mal, Junge«, sagte dieser. »Und das Mädchen wird heute auch nicht mehr weit kommen.« Er deutete auf die Krankenschwester.

Sie stand immer noch reglos an der Brücke und starrte die Leichen an.

Es schien, als wolle sie jeden Moment laut losschreien.

19:45 Uhr – Iserlohn, Deutschland

Andreas und Nora hatten gehofft, zügig voranzukommen, doch dem war leider nicht so. Überall tauchten diese Kreaturen auf. Mal in größeren Zusammenschlüssen, mal in etwas kleineren Gruppen, dann wieder nur einzelne Wesen.

Die beiden hatten sogar schon eine große Horde gesehen. Es waren bestimmt an die dreißig bis vierzig dieser Kreaturen, die sich langsam in Richtung Innenstadt bewegten.

Starr vor Schreck hatten sie sie aus etwa fünfzig Metern Entfernung beobachtet.

Andreas hatte innerlich schon mit seinem Leben abgeschlossen, doch die Horde hatte sie glücklicherweise nicht bemerkt.

Nun hockten sie still in einem Gebüsch und warteten. Eine kleine Gruppe von vier Kreaturen wanderte gerade über eine Kreuzung, direkt von ihnen.

Zu ihrer Linken lag die Feuerwache der Stadt, auf der anderen Seite der Kreuzung leuchtete die goldene Krone einer Fastfood-Kette im Sonnenlicht. Schräg gegenüber befand sich der Eingang zum Hauptfriedhof.

Das nennt man wohl Ironie, dachte Andreas, während er die toten Menschen auf der Straße wandeln sah. Tot waren diese Vier auf jeden Fall. Dem einen fehlte der rechte Arm, die anderen hatten deutlich erkennbare Knochenbrüche und einige Bisswunden. Große Stücke Fleisch waren aus ihren Körpern gerissen worden.

»Ob denen eigentlich schon jemand gesagt hat, dass die tot sind?«, flüsterte Nora leise.

Andreas antwortete nicht, konnte sich aber ein leichtes Schmunzeln nicht verkneifen.

»Mir geht dieses Versteckspiel langsam auf die Nerven!« Nora bewegte sich neben ihm, um in eine bequemere Position zu kommen. »Wenn das so weitergeht, kommen wir nie an dieser Sicherheitszone an.«

»Andere Vorschläge?« Andreas konnte seinen Blick nicht von den Kreaturen abwenden, die dort schlurfend vor sich hinwanderten.

Dieser langsame Gang und das Humpeln konnten einen schnell in die Irre führen.

Sie hatten gesehen, wie sie schlagartig ihr Verhalten änderten, wenn Beute in ihre Nähe kam.

Erst vor gut einer halben Stunde hatten sie es miterleben müssen. Sie hatten einen Mann entdeckt, der offensichtlich noch nicht zu den Verwandelten gehörte. Er war stark übergewichtig gewesen, hatte kurze graue Haare und einen grauen Bart. Er war schwankend auf der Straße gelaufen und wirkte vollkommen desorientiert. Mit jedem Schritt schnappte er verzweifelt nach Luft.

Dann hatte er den Weg der kleinen Gruppe von Kreaturen gekreuzt.

Andreas wollte dem Mann noch zu Hilfe eilen, doch Nora hatte ihn davon abgehalten.

Die Kreaturen kamen aus einer Seitenstraße gewankt und bewegten sich langsam und träge. Doch dann hatten sie den Mann entdeckt. Plötzlich fiel die Trägheit von ihnen ab und sie hatten sich auf ihn gestürzt. Selbst wenn Nora ihn nicht aufgehalten hätte, Andreas hätte dem Mann nicht mehr helfen können. Er sah noch, was da auf ihn zukam, doch er versuchte nicht einmal zu entkommen.

Er ergab sich seinem Schicksal und wartete, bis die Kreaturen ihn erreicht hatten.

Was dann geschah, hatten die beiden nicht mehr sehen wollen. Sie waren den Weg zurück geschlichen und hatten einen Umweg in Kauf genommen.

Der Mann hatte nicht einmal geschrien. Oder vielleicht hatte er es doch und Andreas hatte es ausgeblendet.

Eigentlich wollte er auf Nora wütend sein, denn er hätte den Mann vielleicht retten können.

Doch er konnte es nicht. Vermutlich hatte Nora ihm das Leben gerettet, als sie ihn aufgehalten hatte.

»Wir könnten die Vier da vielleicht erledigen. Ja, ich denke das könnten wir schaffen.« Ihre Antwort kam mit leichter Verspätung.

»Was? Du hast mich gerade noch davon abgehalten?« Nun riss Andreas seinen Blick doch von den Wesen und sah die junge Frau neben sich an.

»Ja, hast ja recht. Dennoch.«

»Vielleicht würden wir das schaffen, aber wir müssen einfach versuchen, ohne solche Zwischenfälle durchzukommen. Wo die herkommen, könnten noch mehr sein. Und der Kampflärm lockt diese dann vielleicht an.« Es war ja nicht so, dass Andreas nicht selbst darüber nachgedacht hätte.

»Und wenn wir uns ein Auto schnappen und einfach hinfahren?« Nora sah ihn an.

Andreas erwiderte den Blick einen Augenblick.

Die Straßen waren weitestgehend verstopft und es war schlimmer geworden, je näher sie der Sicherheitszone kamen. Selbst wenn es ihnen gelungen wäre ein Auto kurzzuschließen, sie wären bestimmt nicht sehr weit gekommen.

Die meisten Menschen hatten die Warnungen der Medien offensichtlich ignoriert und versucht, so schnell wie möglich aus der Stadt zu entkommen. Wie es aussah, war es einem Großteil nicht gelungen.

»Na ja, war ja auch nur ne Idee.« Nora wusste selbst, wie die Straßen aussahen und dass ihre Chancen, mit einem Auto da durchzukommen, gering waren.

Andreas schaute wieder auf die Straße vor ihnen.

Er musste wieder daran denken, wie schnell das alles gegangen war. Noch vor einigen Stunden war die Welt noch in Ordnung und nun lebten sie in der verfluchten Apokalypse.

Dass es irgendwann soweit kommen musste, war ihm schon länger klar gewesen. Die Welt hatte sich schon seit geraumer Zeit am Rande des Abgrunds bewegt. Dass sie irgendwann in den Abgrund stürzen würde, war auch nur noch eine Frage der Zeit gewesen. Kriege, Seuchen und vieles mehr. Er hatte sich schon einige Szenarien ausgemalt, wie das Ende einmal aussehen könnte.

Doch das was nun passierte, hätte er sich nicht einmal im Traum gedacht.

Er hatte auch nicht erwartet, dass es so schnell gehen könnte. Nur wenige Stunden waren nötig gewesen.

Außerdem hatte er immer gehofft, er würde es nie miterleben müssen, wenn es einmal soweit kam.

»Wie weit ist es eigentlich noch?«

»Nicht mehr so weit. Unter normalen Umständen vielleicht 20 Minuten zu Fuß.«

»Normale Umstände.« Ihre Stimme klang leicht geknickt.

Andreas seufzte leise. Er konnte sie gut verstehen. Es gefiel ihm ja selbst nicht, hier zu hocken. Doch die Kreaturen anzugreifen wäre zu gefährlich gewesen.

Noch immer hatte er die Bilder vor Augen, wie diese Wesen über die Menschen herfielen. Er wollte nicht zu den nächsten Opfern gehören. Und das schon gar nicht so kurz vor dem Ziel.

»Ok, pass auf. Wir gehen ein Stück zurück und gehen dort hinten über die Straße.« Er deutete ein gutes Stück zurück, wo die Hauptstraße auf die Autobahn führte. »Dann versuchen wir unser Glück auf dem Friedhof.«

Nora lachte kurz auf. Dann sah sie ihn fragend an.

»Ist das Dein Ernst?«

Er nickte.

»Der Friedhof? Echt jetzt? Da vorne laufen Tote rum und du willst auf den Friedhof?«

»Ich bezweifle, dass sich die Toten aus ihren Gräbern erheben werden.« Er seufzte leise. Der Gedanke gefiel ihm auch nicht wirklich. »Da wird es sicher weniger Lebende gegeben haben, die nun als Tote rumlaufen. Wenn wir Glück haben, kommen wir da ohne Probleme durch. Das könnte uns einiges an Zeit sparen.«

»Warte mal, woher willst du wissen, dass die Toten nicht auch aus ihren Gräbern steigen?«

Einen Augenblick lang sah er sie an. Die Frage war nicht einmal unberechtigt.

»Nun, bisher haben wir nur Tote gesehen, die kurz zuvor noch gelebt haben. Außerdem scheint es sich doch, den Berichten zufolge, um eine Krankheit zu handeln. Und Krankheiten befallen für gewöhnlich keine Toten.«

»Krankheiten töten für gewöhnlich auch keine Menschen, um sie dann kurz darauf wiederzubeleben. Deine Erklärung stinkt.« Nora sah ihn mit hochgezogenen Augenbrauen an.

Andreas seufzte. Sie hatte ja recht, doch er war sich sicher, dass der Weg über den Friedhof ihre beste Option war.

»Gut, wir haben zwei Möglichkeiten. Wir versuchen es durch die Stadt, wo wir sicher wissen, dass dort diese Wesen sind. Oder wir gehen über den Friedhof, wo es die Möglichkeit gibt, dass uns dort niemand fressen will.«

Sie sah rüber zu der kleinen Seitenstraße, die zum Haupteingang des Friedhofs führte. Dann wanderte ihr Blick in Richtung Stadt, wo mittlerweile an vielen Stellen dunkle Rauchschwaden in den Himmel stiegen.

Dann nickte sie zögerlich.

»Ok, versuchen wir es. Aber wenn da auch nur eine einzige Leiche aus ihrem Grab steigt, schlag ich dich windelweich. Das schwöre ich dir!«

Er sah sie an und merkte, dass sie das ernst meinte. Und irgendwie traute er ihr das auch wirklich zu.

Andreas wusste fast gar nichts von der jungen Frau. Er kannte im Grunde nur ihren Namen, mehr nicht. Doch alles andere war momentan eigentlich auch nicht weiter wichtig.

Herkunft, Beruf, das alles war weggewischt. Ihre alten Leben bedeuteten nichts mehr. Was brachte ihnen nun das Geld, das sie auf dem Bankkonto hatten? Nichts!

Was brachte es ihm, dass er ein bekannter Schriftsteller gewesen war? Auch nichts!

All das spielte nun keine Rolle mehr.

Das Einzige, das nun noch zählte, war, dass er sich auf sie verlassen konnte. Und seine innere Stimme sagte ihm, dass er das konnte. Mehr musste er nicht wissen.

Er nickte noch einmal, dann machten sie sich leise auf den Weg.

Sie erreichten den Haupteingang des Friedhofs, ohne entdeckt zu werden. Eilig huschten sie durch das gusseiserne Tor.

Es war, wie Andreas es sich erhofft hatte. Der Friedhof war menschenleer und es waren auch keine wandelnden Toten zu sehen.

»Siehst du? Keine offenen Gräber.« Andreas machte eine ausholende Geste, während sie langsam über den Friedhof gingen.

Es tat gut, sich nicht ständig verstecken zu müssen. Deswegen ließen sie sich etwas Zeit und genossen die Ruhe.

Fast hätten sie das Chaos vergessen, das da draußen herrschte.

Plötzlich blieb Nora wie angewurzelt stehen.

»Schau mal da.« Sagte sie und deutete auf eine Parkbank, die an einem der Nebengänge stand.

Dort saß ein Mann mit hängenden Schultern.

Für einen Moment standen die beiden einfach nur da und sahen zu ihm rüber. Er hatte sie bisher noch nicht bemerkt.

»Was machen wir denn jetzt?«, fragte Nora leise.

»Na, wir gehen mal nachsehen. Wenn du mich fragst, ist das kein Freak.« Andreas zuckte mit den Schultern und ging los.

Ein wenig mulmig war ihm jedoch schon zumute. Es wirkte irgendwie unheimlich, wie der Mann so still da saß und sich nicht bewegte.

Wenn Nora ihn nicht entdeckt hätte, hätte Andreas ihn vermutlich gar nicht bemerkt.

Als sie näher kamen, sah er, dass es sich um einen alten Mann handelte. Seine Haare waren grau und er trug altmodische Kleidung.

Langsam bog Andreas in den Seitenweg ein. Er wollte den Mann auf keinen Fall erschrecken, deswegen näherte er sich ihm von der Seite.

Die Wege auf dem Friedhof waren mit Kies ausgelegt und es knirschte bei jedem Schritt. Dennoch reagierte der Mann nicht.

Andreas sah sich kurz um, Nora war direkt hinter ihm.

»Hallo?« Er blieb ein paar Meter von dem Mann entfernt stehen. »Entschuldigen Sie, geht es Ihnen gut? Brauchen sie vielleicht Hilfe?« Etwas Besseres fiel ihm im Augenblick nicht ein.

Erst jetzt hob der Mann langsam den Kopf und sah in Andreas' Richtung.

»Danke, mir geht es gut.« Der alte Mann lächelte und sah die beiden an.

Erleichtert atmete Andreas auf. Der Mann war wirklich normal.

»Keine Sorge, ich bin keines dieser … Dinger«, sagte er, als hätte er ihre Gedanken gelesen.

»Sorry, aber man kann gerade nicht vorsichtig genug sein.« Nora trat nun neben Andreas.

»Das ist wohl wahr.« Der Alte nickte und richte seinen Blick wieder nach vorn.

Nora und Andreas sahen sich kurz an.

»Entschuldigen Sie die Frage, aber wollen Sie sich denn nicht in Sicherheit bringen?«, fragte Andreas.

»Ach … wo ist man denn heute noch sicher?«, sagte der alte Mann und starrte weiter geradeaus.

»Da ist eine Sicherheitszone, gar nicht weit von hier. Dort sind Soldaten und Polizisten. Wenn Sie möchten, nehmen wir Sie gerne mit.« Andreas kam etwas näher.

»Das ist wirklich sehr nett von euch.« Der Mann sah wieder zu ihnen und lächelte erneut. »Aber ich bleibe hier.«

Noch einmal warfen sich Nora und Andreas einen kurzen Blick zu. Sie zuckte mit den Schultern.

»Aber hier draußen ist es zu gefährlich und ich fürchte, Sie können nicht mehr so einfach nach Hause gehen.« Nun versuchte es Nora.

»Das weiß ich. Aber Ihr versteht nicht. Ich bleibe hier, genau hier auf dieser Bank.«

»Aber dort, wo wir hin wollen, sind noch viele andere Menschen.« Andreas versuchte in dem Gesicht des Mannes etwas zu erkennen, doch dieser sah ihn nur mit einer überwältigenden Gelassenheit an.

»Das mag ja sein, aber ich lasse meine Irmgard nicht alleine.«

Andreas schaute sich um, doch er konnte keine weitere Person sehen. Sie waren mit dem Mann allein auf dem Friedhof.

Dann deutete der alte Mann vor sich.

Ein einzelnes Grab lag direkt vor der Bank. Die beiden traten nun etwas näher, um die Inschrift auf dem Grabstein lesen zu können.

Irmgard Hartmann 10. Mai 1937 – 16. August 2004

Mit einem Mal hatte Andreas einen dicken Kloß im Hals. Er wollte etwas sagen, doch ihm fehlten die Worte.

»Sie … sie war Ihre Frau?«

»Ja, war sie. Und ich lasse sie nicht alleine.«

Erneut sah der alte Mann die beiden an und lächelte. Doch diesmal wirkte sein Lächeln seltsam.

Irgendwie traurig und glücklich zugleich.

Andreas wusste nicht, was ihn mehr bedrückte. Die Tatsache, dass dieser Mann hier am Grab seiner Frau saß und nicht weggehen wollte oder dieses Lächeln.

»Wir waren über vierzig Jahre verheiratet. Sie war meine erste große Liebe.« Der Blick des Mannes wanderte wieder zum Grab. »Und ich habe geschworen, immer für sie da zu sein. Sowohl in guten, als auch in schlechten Zeiten.«

Nora drehte sich weg und entfernte sich ein paar Schritte.

Andreas sah ihr kurz nach, doch er sagte nichts. Er ahnte, was in ihr vorging. Das, was der Mann gerade gesagt hatte, ging auch ihm ziemlich nahe.

»Wenn …« Andreas musste eine kurze Pause machen, um sich zu räuspern. »Wenn Sie es sich doch noch anders überlegen soll…«

»Ihr seid wirklich nett. Aber ich werde es mir sicher nicht anders überlegen. Doch ihr solltet euch wieder auf den Weg machen und eure Zeit nicht mit einem alten Mann wie mir verschwenden.«

»Aber …«

»Nein. Ich danke euch, dass ihr mir hier ein wenig Gesellschaft geleistet habt. Doch nun geht bitte. Ich wünsche euch alles Gute.« Der Alte erhob sich und trat an das Grab seiner Frau.

Andreas schaute noch einmal zu Nora, sie hatte sich wieder zu ihm gewandt und nickte nur leicht.

Schweigend machten sie sich wieder auf den Weg.

Nora holte schnell auf und ging schließlich neben ihm her. Andreas hielt den Kopf gesenkt. Das Gespräch hatte ihn auf eine Art und Weise berührt, die er kaum für möglich gehalten hatte.

Sie waren noch keine hundert Meter weit gegangen, als auf einmal hinter ihnen ein Schuss erklang.

Nora zuckte zusammen und wollte sich umdrehen, doch Andreas hielt sie am Arm fest und ging einfach weiter. Er hielt seinen Blick weiter gesenkt.

Als der alte Mann aufgestanden war, hatte Andreas eine Pistole hinter seinem Gürtel gesehen und gewusst, was er vorhatte.

Unter anderen Umständen hätte er versucht ihn aufzuhalten, doch nicht heute.

Der Mann hatte eine Entscheidung für sich getroffen und das hatte Andreas respektiert, auch wenn es ihm sehr schwergefallen war.

Doch nun hatte er es eilig, den Friedhof wieder zu verlassen.

20:00 Uhr – Iserlohn, Deutschland

Dennis und Patrick hatten das Waldstück ohne Probleme erreicht. Und wie sie es sich erhofft hatten, war es ruhig. Keine Kreaturen, die Jagd auf sie machten.

Dennoch blieben sie die ganze Zeit über wachsam.

Sie hatten es nicht besonders eilig, den Wald wieder zu verlassen, denn die Ruhe war sehr angenehm. Außerdem steckte Dennis noch immer das Ereignis im Krankenhaus in den Knochen. Er hatte sich selbst nicht wieder erkannt. Wie ein Irrer hatte er sich auf die Kreatur gestürzt. Er war beinahe so wie sie gewesen.

Er fragte sich die ganze Zeit, wieso er so reagiert hatte.

War es einfach die Wut auf die Situation an sich, oder hatte er einfach nur seinem Freund helfen wollen?

Er musste sich eingestehen, dass Patrick nun sein einziger Freund war. Mehr hatte er nicht.

Und das, obwohl er diesen Jungen bis vor wenigen Stunden noch verabscheut hatte. Doch von diesem Kerl war nicht mehr viel übrig geblieben.

Dennis hatte nun einen Blick hinter die Fassade des Grobians werfen können. Und das, was er dort gesehen hatte, erinnerte ihn sehr an sich selbst. Im Grunde waren die beiden gar nicht so verschieden. Nur ging jeder auf seine eigene Art und Weise mit seinem Leben und der Situation um.

Dennis hatte sich von der Welt zurückgezogen und in seine Spielereien verkrochen. Er hatte nie jemanden wirklich an sich herangelassen.

Und Patrick hatte genau den anderen Weg gewählt. Er suchte ständig nach Anerkennung. Im tiefen Glauben, er könnte nur Freunde finden, wenn er andere schlecht behandelte. Vielleicht half ihm das auch einfach nur dabei, sich selbst besser zu fühlen, das wusste er nicht so genau.

Doch heute hatte Dennis gelernt, dass es auch genau anders herum hätte laufen können. Er hätte so wie Patrick werden können. Manchmal bedurfte es dazu nur einen kurzen Augenblick und man hatte die Weiche falsch gestellt.

»Hast du deine Eltern gar nicht kennengelernt?«

Die Frage überraschte Dennis so sehr, dass er zuerst gar nicht darauf reagierte.

»Nein, habe ich nicht. Oder doch … vermutlich schon, aber ich kann mich nicht mehr daran erinnern.«

Patrick ging mit gesenktem Kopf neben ihm her.

»Was ist mit deinen Eltern?« Dennis sah den anderen an.

»Mein Vater ist schon länger tot. Meine Mutter arbeitet ziemlich viel. Sie tut alles, was sie kann, um uns über Wasser zu halten. Mein kleines Azubi-Gehalt hilft da nicht viel weiter.«

Eine Pause entstand.

»Was macht deine Mutter beruflich?« Dennis brach das Schweigen, das sich wie eine bleierne Decke ausgebreitet hatte.

»Sie ist Krankenschwester!« Der Stolz in seiner Stimme war nicht zu überhören. »Oder vermutlich … sie war es.«

»Ach, das weißt du doch gar nicht. Es geht ihr bestimmt gut.« Dennis glaubte eigentlich selbst nicht so recht daran, doch er wollte Patrick nicht noch weiter runterziehen.

Plötzlich hielt ihn der andere fest.

»Was …?«

»Ich glaube, da ist es.«

Mehr brauchte Patrick nicht zu sagen, denn nun sah Dennis es auch. Sie hatten den Rand des Stadtwaldes erreicht. Zu ihrer Rechten lag ein großes Mehrfamilienhaus und direkt geradeaus die Alexanderhöhe.

Nur noch eine Straße trennte sie vom Park, auf dem auch die große Veranstaltungshalle lag.

Hier fanden hin und wieder verschiedene Veranstaltungen statt. Einmal im Jahr wurde hier auch das große Schützenfest gefeiert. Es gab viele Rasenflächen und einen Kinderspielplatz.

Etwas weiter hinten befand sich noch das Parktheater.

Alles wurde von Hecken eingegrenzt. Direkt vor ihnen lag der Eingang, doch dieser war mit hohen Zäunen und Barrikaden dichtgemacht worden. Auf der Straße standen Militärfahrzeuge und gaben den Eingängen zusätzlich Deckung.

Doch am wichtigsten waren die schwer bewaffneten Soldaten hinter den Barrikaden. Dahinter konnten sie große Zelte erkennen, in denen sich einige Menschen bewegten.

Sie hatten es geschafft.

Langsam und erleichtert gingen sie weiter.

Direkt neben dem Weg, dem sie folgten, stand ein kleines Steinhaus. Dennis hatte mal gelesen, dass dort im Zweiten Weltkrieg Bomben und Sprengstoff gelagert worden waren.

Es war nur ein kleines Häuschen und die komplette Front war offen.

Sie gingen an dem Haus vorbei und hatten den Blick nur nach vorn gerichtet.

Das Ziel war nun so nahe.

In diesem Moment hörten sie ein leises Stöhnen, gefolgt von einem wütenden Knurren.

Wie erstarrt blieben sie stehen und sahen zurück. Das kleine Steinhaus war nicht leer gewesen!

Fünf oder sechs dieser Kreaturen kamen eben ins Freie gewankt. Sie sahen grässlich entstellt aus und waren von Kopf bis Fuß mit Blut verschmiert. Die Wesen hatten sie sofort entdeckt. Der Erste von ihnen stieß erneut ein böses Knurren aus, dann rannten sie mit einem Mal los!

Dennis und Patrick lösten sich gleichzeitig aus ihrer Schreckstarre. Sie waren unvorsichtig geworden und nun mussten sie um ihr Leben rennen.

Die Rettung direkt vor Augen, liefen sie so schnell sie konnten!

Quarantänezone, Alexanderhöhe, Iserlohn

Der Gefreite Sascha Schilling stand am Eingang der Sicherheitszone und behielt die Straße vor sich im Auge.

Die Fahrzeuge, die als weitere Barrieren aufgestellt wurden, erschwerten allerdings die Sicht. Er hatte seinen Vorgesetzten bereits darüber in Kenntnis gesetzt, doch dieser hatte davon nichts hören wollen. Immerhin war es ja auch die Idee des Kommandanten. Saschas Vorschlag, Türme zu errichten, um einen besseren Überblick zu erhalten, war abgeschmettert worden. Immerhin war Sascha auch nur ein einfacher Gefreiter. Das lag wiederum an seinem Kommandanten, denn dieser sorgte dafür, dass Sascha bei Beförderungen übergangen wurde. Allerdings musste er sich eingestehen, dass es dafür auch Gründe gab. Er hatte schon immer Probleme damit gehabt, einfach so Befehle zu befolgen. Vor allem, wenn diese dann auch noch sinnlos und idiotisch waren.

Doch all das spielte jetzt keine Rolle mehr. Momentan herrschte Weltuntergangsstimmung und auch wenn der Kommandant weiter Durchhalteparolen vom Stapel ließ, die Soldaten sahen, was gerade los war.

Die Überlebenden aus der Stadt, die sich hier versammelt hatten, sprachen eine deutliche Sprache. Ein paar Hundert waren im Laufe des Nachmittags hier angekommen. Eine erschreckend geringe Zahl, wenn man bedachte, dass Iserlohn über neunzigtausend Einwohner hatte.

Wenn es nach Sascha gegangen wäre, dann wären bereits Soldaten unterwegs gewesen, um in der Stadt nach Überlebenden zu suchen und diese Wesen zu erledigen. Doch dafür war es nun vermutlich schon zu spät. Das hätten sie tun sollen, als die ganze Scheiße angefangen hatte.

Doch der größte Witz war, dass sie bereits seit drei Tagen hier waren. In einer Nacht- und Nebelaktion hatten sie die große Halle hinter sich vollgepackt. Sie brachten Barrikaden, Zäune, Waffen, Munition, Feldbetten, Decken und Zelte hier hoch. Sie hatten alles für eine Sicherheitszone vorbereitet, lange bevor es wirklich angefangen hatte. Alles geschah unter absoluter Geheimhaltung.

Sascha hätte mehrmals kotzen können.

Die Verantwortlichen hatten offenbar schon vor einer ganzen Weile gewusst, was auf sie zukam und nichts unternommen!

Nun war ihre Aufgabe nur noch, Dreck wegräumen und die Menschen schützen, die noch am Leben waren.

Wobei er sich auch da nicht ganz sicher war. Es gab einen Bereich der Halle, der selbst für die Soldaten und Polizisten nicht zugänglich war. Dieser war komplett abgeriegelt und es standen permanent Wachen vor der Tür.

Die Leute, die diese Wachen schoben, gehörten nicht zu Saschas Einheit. Es waren weder Soldaten von der Bundeswehr, noch Polizisten.

Ihre Uniformen sahen vollkommen anders aus. Sie waren schwarz und sie trugen die ganze Zeit schwarze Sturmhauben. Sascha fragte sich, wieso sie eigentlich ihre Gesichter verbargen. Auch ihre Rangabzeichen waren seltsam. Solche hatte er noch nie gesehen.

Auf der Brust hatten sie einen weißen Kreis mit einem dunkelblauen Kreuz in der Mitte.

Auch das hatte er noch nie zuvor gesehen. Selbst die anderen Soldaten seines Trupps wussten nicht, zu wem oder welcher Behörde diese Einheiten gehörten. Fakt war jedoch, ihre Ausrüstung und Bewaffnung war vom Allerfeinsten. Das Neueste vom Neuesten.

Diese Einheiten sicherten den kompletten inneren Bereich der Sicherheitszone ab. Die Bundeswehrsoldaten und Polizisten waren zu Wachgängen an den Grenzen und Zäunen abkommandiert worden. Was im Inneren des Lagers geschah, lag außerhalb ihrer Zuständigkeiten. Er hatte bereits versucht, mit einem von ihnen ins Gespräch zu kommen, doch die Kerle waren noch verschlossener als eine Kastanie.

Das Einzige was Sascha mit Sicherheit wusste, war, dass immer wieder Menschen dorthin gebracht wurden. Bisher war jedoch kein Einziger wieder zurückgekommen. Und das hatte schon gestern begonnen.

Noch bevor die ersten Überlebenden hier eingetroffen waren, hatte man angefangen, Zivilisten in die Halle zu bringen.

Sascha hatte ein ganz mieses Gefühl. Hier lief irgendeine ganz üble Nummer ab. Doch er war nur ein Gefreiter und seine Möglichkeiten waren stark eingeschränkt.

Er kickte frustriert einen Stein weg, der vor seinem Fuß lag und beobachtete, wie er davonflog. Der Stein verschwand zwischen den Autos, da sah er die beiden Jungs, die aus dem Wald gerannt kamen.

Sie kamen den asphaltierten Weg hinab und es sah aus, als liefen sie um ihr Leben.

Direkt hinter ihnen war eine kleine Gruppe dieser Kreaturen.

»Ach du Scheiße!«, rief er. »Walter, mach das Tor auf!«, rief er seinem Kameraden zu.

»Aber das dürfen wir doch nicht!«, erwiderte dieser, auch er hatte die beiden Jungs gesehen.

»Das ist mir scheißegal! Mach das verfluchte Tor auf!« Sascha nahm sein G36-Gewehr von der Schulter und entsicherte es.

Walter zögerte noch immer. Doch dann zog er langsam das Tor auf.

Sofort waren zwei weitere Soldaten an Saschas Seite.

Irgendwo hinter ihm war lautes Gebrüll zu hören. Der Kommandant.

Doch das interessierte Sascha nicht. Er sah nur noch die beiden Jungs. Es würde knapp werden, denn die Kreaturen waren ihnen direkt auf den Fersen.

»Stellung halten!«, befahl Sascha den beiden Soldaten an seiner Seite, dann stürmte er mit dem Gewehr im Anschlag vor.

Er musste über einen PKW hinwegklettern, um schnell zu den beiden Jungs zu gelangen.

»Rein mit euch!«, rief er und ging in die Hocke.

Er nahm das Gewehr hoch und sah durch das Reflexrevier. Der leuchtende Punkt fand das erste Ziel und er drückte ab!

Der Kopf der Kreatur, die er durch das Visier sah, zerplatzte förmlich.

Es blieb jedoch keine Zeit, sich über den Treffer zu freuen.

Die beiden Jungs rannten gerade an ihm vorbei und Sascha nahm die nächste Kreatur ins Visier. Treffer!

Einen Weiteren erledigte er noch, dann musste er seine Stellung aufgeben und sich ebenfalls zurückziehen.

Noch während des Laufens schoss er nach hinten und erledigte eine weitere Kreatur.

Blieben noch zwei übrig.

Direkt hinter den beiden Jungs rannte er durch das Tor. Die beiden anderen Soldaten nahmen nun die letzten beiden Wesen unter Feuer und erledigten sie.

Sascha hörte, wie das Tor hinter ihm mit einem leisen Quietschen geschlossen wurde.

Die beiden Jungs standen vor ihm und rangen um Luft.

»Geht es euch gut?« Er sah die beiden an.

Sie nickten nur.

Er lächelte.

»Nun seid ihr in Sicherheit.«

»SCHILLIIING!!!«

Sascha zuckte zusammen. Die Stimme des Kommandanten der Zone erkannte er unter tausenden.

Er richtete sich auf und nahm Haltung an.

»Was zur Hölle soll das hier werden?!« Der Kommandant baute sich vor ihm auf, sein Gesicht war vor Wut gerötet und die Augen waren weit aufgerissen.

»Es kamen Überlebende und ich musste schnell handeln!«

»Und da dachten Sie sich, Sie spielen hier mal Rambo und gefährden die gesamte Anlage?«

»Nein! Ich hatte nur keine Zeit mehr, Sie zu informieren, Kommandant!«

Einen Augenblick sah der Kommandant ihn noch an, dann wandte er sich den beiden Jungen zu.

»Bringt die beiden in das Quarantänezelt!«, befahl er den Soldaten, die Sascha Deckung gegeben hatten.

Dann drehte er sich wieder um.

»Und Sie können froh sein, dass wir momentan jeden Mann hier brauchen. Es gab einen direkten Befehl, niemanden hereinzulassen, wenn Gefahr droht. Sie haben sich erneut meinem Befehl widersetzt, Gefreiter Schilling. Sobald die Sache hier vorüber ist, werden sie dafür zur Rechenschaft gezogen. Haben Sie mich verstanden?« Die Stimme des Kommandanten klang eher wie ein Zischen.

»Jawohl, Oberst Meyhof!«, bellte Sascha, alles Weitere verkniff er sich. Es gab sehr viel mehr, was er seinem Vorgesetzten hätte sagen wollen.

Doch er ahnte, dass er auch so schon genügend Schwierigkeiten bekommen würde.

Dennoch würde er jederzeit wieder so handeln.

Dennis und Patrick verstanden nicht wirklich, was da vor sich ging. Der Soldat, der ihnen das Leben gerettet hatte, wurde von dem anderen niedergemacht.

Dann wurden Patrick und er weggebracht. Ein Quarantänezelt, davon hatte der ältere Soldat gesprochen.

Die beiden waren zu erschöpft, um sich zu wehren. Sie wurden von den Soldaten unsanft am Arm gepackt und zu einem großen Zelt geführt, das mitten auf der weiten Rasenfläche stand.

Sie mussten durch eine Art Schleuse, die aus durchsichtigem Kunststoff bestand. Irgendeine Flüssigkeit wurde ihnen ins Gesicht gesprüht. Es roch nach Desinfektionsmittel. Dann wurden sie aufgefordert, weiter zu gehen.

In dem großen Zelt waren zahlreiche Feldbetten aufgestellt worden. Ungefähr einhundert Personen tummelten sich in diesem viel zu kleinen Zelt. Leute in Schutzanzügen schlichen um die Menschen herum. Die meisten lagen oder saßen auf den Betten. Dennis blickte immer wieder in leere und ausdruckslose Gesichter. Was immer den Menschen auch geschehen war, es musste mindestens genauso schlimm gewesen sein, wie das, was sie durchgemacht hatten.

Ein Mann im Schutzanzug kam auf sie zu und führte sie zu zwei freien Betten.

Viele Menschen konnten hier nicht mehr untergebracht werden, da es kaum noch leere Betten gab.

Weitere Männer mit Schutzanzügen kamen hinzu und nahmen ihnen Blut ab. Niemand redete.

Nach einigen Minuten ließ man sie schließlich in Ruhe.

»Also, irgendwie wäre ich lieber draußen geblieben«, murmelte Patrick.

Dennis verstand gut, was der andere meinte. Als man sie in das Zelt gebracht hatte, hatte er die bewaffneten Wachen am Eingang gesehen. Sie trugen schwarze Uniformen und Sturmhauben.

Dennis kam sich eher wie ein Gefangener vor.

Er schaute sich um. Eine junge Frau saß auf dem Bett direkt neben ihm. Sie hielt einen kleinen Jungen im Arm, der deutlich zitterte.

»Entschuldigen Sie«, sprach er die Frau vorsichtig an.

Sie wandte sich ihm zu.

»Wie lange müssen wir denn hier drin bleiben?«

»Ich weiß es nicht. Wir sind seit zwei Stunden hier. Immer wieder kommen diese Leute in den Schutzanzügen und nehmen uns Blut ab.« Sie sprach sehr leise und ihr Blick schien durch ihn hindurchzugehen.

Dennis sah wieder zu Patrick.

Das Ganze gefiel ihm überhaupt nicht. Er hatte sich unter einer Sicherheitszone schon etwas anderes vorgestellt.

Anscheinend war die Seuche, von der man in den letzten Wochen gehört hatte, nun auch hier ausgebrochen. Und er konnte verstehen, dass man auf Nummer sicher gehen musste. Dennoch wirkte das irgendwie falsch.

»Gibt es noch mehr Überlebende?«, fragt er die junge Frau erneut.

Diese zuckte nur mit den Schultern.

»Es gibt noch zwei weitere Zelte. Angeblich sind in der Parkhalle auch noch Überlebende. Doch soweit wir gehört haben, haben es nicht mehr als dreihundert, maximal vierhundert Leute lebend hierher geschafft.«

Dennis drehte sich um. Hinter ihnen lag ein Mann auf einem der Feldbetten. Er hatte lange strähnige Haare und seine Kleidung wirkte nicht gerade neu.

»Hi. Ich bin Sam. Willkommen im Knast.« Er warf ihnen ein freudloses Lächeln zu.

Die beiden stellten sich ebenfalls kurz vor.

Dann verfielen sie alle wieder in Schweigen.

In Sicherheit zu sein, hatten sie sich deutlich anders vorgestellt.

21:00 Uhr – Iserlohn, Deutschland

Andreas und Nora hatten den Friedhof über einen der Nebenausgänge wieder verlassen. Von dort aus mussten sie jedoch noch ein Stück der Hauptstraße folgen. Eine Steinwand verlief parallel zur Straße. Oberhalb der Wand verliefen die Bahngleise, die in Richtung Innenstadt führten. Da es für sie aber keine Möglichkeit gab, die Wand zu erklimmen, mussten sie an der Mauer entlang und die Unterführung nehmen.

Dem Weg neben der Hauptstraße zu folgen, war zu riskant. Zahlreiche offenbar verlassene Fahrzeuge reihten sich entlang der Straße und boten etliche Möglichkeiten für die Kreaturen, um unbemerkt auf Beute zu lauern. Doch sie hatten Glück. Bis zur Unterführung war weit und breit keines dieser Wesen zu sehen gewesen.

»Wir haben es fast geschafft.« Andreas sah Nora an.

Sie nickte nur. Seit sie den Friedhof verlassen hatten, war sie sehr still gewesen. Andreas vermutete, dass sie die Begegnung mit dem alten Mann mehr mitgenommen hatte, als sie es zugeben wollte. Ihm selbst ging es da nicht anders.

Der Mann war ein Fremder gewesen, doch sein Tod war nicht einfach zu verkraften.

Andreas fragte sich immer wieder, ob er ihn nicht doch hätte aufhalten sollen. Hätte er überhaupt das Recht dazu gehabt? Er wusste es nicht.

Hinter der Unterführung führte die Straße leicht bergauf, so dass sie letztendlich auf einer Höhe mit den Bahngleisen waren.

Von hier aus hatte man bereits einen guten Blick auf die Stadt. Zu ihrer Rechten würde bald ein Fußweg kommen, der in kleinen Serpentinen hoch zur Alexanderhöhe führte. Der Weg war steil und nicht einfach. Andreas erinnerte sich an seine Jungendzeit. Er hatte als Kind hier oben gewohnt und war den Weg oft gegangen. Im Sommer wimmelte es auf dem Weg nur so vor Marienkäfern. Es müssen Tausende gewesen sein. Der Weg war rot gewesen und er hatte kaum einen Schritt vor den anderen setzen können.

Ein Lächeln huschte über sein Gesicht, als er an damals dachte. An eine Zeit, in der die Welt noch in Ordnung gewesen war.

Es waren einige Jahre vergangen, seit er das letzte Mal hier gewesen war und die Gegend hatte sich seit seiner Kindheit stark verändert.

Das Haus, in dem er aufgewachsen war, gab es nicht mehr.

Und auch hier unten, wo die Gleise schon bald in den neugebauten Bahnhof münden würden, hatte sich alles verändert.

Doch was waren das schon für Veränderungen, im Gegensatz zu dem, was am heutigen Tag geschehen war …

Plötzlich blieb Nora stehen und packte ihn am Arm.

Fragend sah er sie an, doch sie schaute einfach an ihm vorbei in Richtung Innenstadt.

Er folgte ihrem Blick und erstarrte.

Sie hatten von hier oben eine gute Sicht auf den Bahnhof und die dahinter liegende Fußgängerzone. Auf die Entfernung waren keine Details zu erkennen. Doch was sie sahen, reichte, um ihnen das Blut in den Adern gefrieren zu lassen.

Dort unten in der Fußgängerzone, in der normalerweise viele Menschen unterwegs waren, die auf dem Weg in die Stadt waren oder gerade aus ihr kamen, wimmelte es nur so von diesen Kreaturen.

»Scheiße! Das müssen Hunderte sein.« Noras Stimme klang heiser und fassungslos.

Wie versteinert standen die beiden da und sahen auf die die unglaubliche Menge hinunter. Auf den ersten Blick hätte man vielleicht annehmen können, es wäre nur eine Menschenmenge. Doch diese Illusion bröckelte bereits nach wenigen Augenblicken. Sie bewegten sich ganz und gar nicht wie Menschen. Einige schlichen ziellos umher, andere drängten sich dicht an dicht zusammen. Ihre Köpfe ruckten immer wieder hin und her, viele schienen schwer verletzt und teilweise auch verstümmelt zu sein.

Andreas war froh, dass sie keine Details erkennen konnten, denn das was sie von hier aus sahen, war schon schlimm genug.

»Das könnte erklären, wieso wir auf dem Weg hierher nur so wenige gesehen haben.« Auch seine Stimme klang kratzig.

»Was zum Teufel machen die da? Wieso sammeln die sich da unten?«, fragte Nora.

»Ich vermute, die handeln instinktiv. Rudelverhalten, wie bei wilden Tieren. Vielleicht wittern sie auch die naheliegende Beute.« Andreas drehte sich unwillkürlich in die Richtung, in der sich die Sicherheitszone befand.

»Wir müssen da hoch und die Menschen warnen!« Nora stand neben ihm und sprach das aus, was Andreas im selben Moment dachte.

Nun hielt sie nichts mehr auf. Hastig überquerten sie die Straße und eilten den kleinen Fußweg hinauf. Er führte in einer weiten Kurve um ein altes, ziemlich heruntergekommenes Wohnhaus herum.

Andreas merkte bereits, wie ihm der Atem knapp wurde. Die Steigung war wirklich enorm.

»Keinen Schritt weiter!«

Beide erschraken und blieben stehen. Auch Nora japste bereits nach Luft.

Fast wären sie in die Barrikade und den Zaun gerannt, hätte der Soldat auf der anderen Seite sie nicht mit seinem Zuruf gestoppt.

Reflexartig hoben die beiden die Hände, denn der Soldat hatte sein Maschinengewehr auf sie gerichtet.

»Hören Sie. Wir wollen nur rein. Wir haben gehört, dass man hier Schutz finden könnte.«

Andreas versuchte den Mann etwas zu besänftigen.

Ein zweiter Soldat kam dazu und begann die beiden genau zu mustern.

»Sie scheinen nicht verletzt zu sein«, sagte er leise zu dem anderen.

»Du kennst doch die Befehle. Ich muss zuerst den Kommandanten informieren«, erwiderte dieser.

Es war ein richtiger Stiernacken mit kurz geschorenen Haaren.

»Hören Sie, das ist wirklich wichtig! Wir sind nicht verletzt und wir sind vollkommen normal. Aber wir wollen Sie warnen. Unten in der Stadt sammelt sich eine große Horde dieser … Dinger!« Nora warf einen kurzen Blick nach hinten, fast als erwarte sie bereit die ersten Kreaturen hinter sich.

Die Soldaten reagierten gar nicht darauf. Dafür entfernte sich der Zweite ein paar Schritte und begann in sein Funkgerät zu sprechen.

Stiernacken sah sie nur weiter an und hielt sein Gewehr auf sie gerichtet.

Am liebsten hätte Andreas den Mann angebrüllt, doch er ging davon aus, dass das nicht weiter helfen würde. Auch wenn er sich danach vermutlich besser gefühlt hätte, es hätte wohl das Gegenteil bewirkt und man wies sie möglicherweise ab.

So blieb ihnen nur zu warten. Er merkte, wie Nora neben ihm unruhig wurde und von einem Fuß auf den anderen wippte.

Es kam ihnen fast wie eine Ewigkeit vor. Doch schließlich kam ein weiterer Soldat an das Tor. Dieser wirkte deutlich wichtiger als die beiden Ersten.

»Sind Sie der Kommandant?«, fragte Andreas sofort.

»Richtig. Oberst Meyhof«, kam die zackige Antwort.

»Gut. Könnten Sie ihrem Soldaten bitte sagen, dass er das Gewehr runter nehmen soll, das macht mich ein wenig nervös.« Andreas versuchte zu lächeln, um die Situation etwas zu entschärfen.

Doch der Kommandant reagierte nicht einmal.

»Meine Männer sagten mir, Sie wollen uns warnen.« Oberst Meyhof sah die beiden mit starrer Miene an.

»Ja … als wir auf dem Weg hierher waren, haben wir gesehen, wie sich eine große Horde von diesen Kreaturen in der Stadt sammelt. Es sind Hunderte, wenn nicht sogar mehr.«

»Und weiter?«

»Wie und weiter? Wenn die sich auf den Weg hierher machen, sind hier alle in Gefahr! Das ist doch eine Sicherheitszone, oder nicht?«

»Ja richtig.«

»Dann … dann lassen Sie uns wenigstens rein. Wir sind Überlebende aus der Stadt, wir haben keinerlei Verletzungen und wurden bisher auch nicht angegriffen.« Noras Stimme klang gepresst.

»Tut mir leid. Aber das geht nicht. Wir haben keinen Platz mehr.« Oberst Meyhof wollte sich gerade wegdrehen.

»Hey, warten Sie!« Nun wurde Andreas doch lauter und nahm die Hände runter. Die Gewehre, die auf ihn gerichtet waren, interessierten ihn nicht mehr. Wenn man sie nicht reinließ, wäre es wahrscheinlich besser, erschossen zu werden.

»Sie können uns doch nicht einfach hier stehen lassen! Das ist eine Sicherheitszone und wir brauchen Schutz! Wenn Sie uns hier draußen lassen, können Sie uns auch gleich erschießen!«

Der Kommandant drehte sich wieder zu ihnen und sah Andreas eine Weile an.

Es wirkte, als würde er wirklich darüber nachdenken. Dann nickte er knapp zu einem der Soldaten.

Andreas wollte schon in Deckung springen, doch der Soldat ließ sein Gewehr sinken und zog das Tor auf.

Erleichtert huschten Nora und Andreas in die Anlage.

Kaum hatten sie das Tor durchquert, da wurden sie auch schon von zwei Soldaten gepackt.

»Bringt sie in das Quarantänezelt«, befahl der Oberst.

»Ey ... lass mich los!« Nora versuchte sich zu wehren, doch der Soldat war deutlich stärker als sie.

»Was soll das? Wir sind einfache Zivilisten, keine Verbrecher. Lassen Sie uns los!« Andreas wehrte sich ebenfalls. Doch sie hatten gegen die Soldaten keine Chance und gaben ihre Gegenwehr irgendwann auf.

Die Männer führten sie an dem Theater und einem längst geschlossenen, chinesischen Restaurant vorbei, das sich in einem Seitenteil der Festhalle befunden hatte.

Er sah ausschließlich schwer bewaffnete Soldaten. Einige in der bekannten Bundeswehruniform und ein paar Polizisten. Die meisten jedoch trugen eine unbekannte schwarze Uniform und Sturmhauben.

Andreas wurde das Gefühl nicht los, einen Fehler begangen zu haben. Vielleicht wäre es besser gewesen, wenn sie die Sicherheitszone nicht aufgesucht hätten.

Dann erreichten sie die Vorderseite des Parks. Einst hatte es hier einen Spielplatz und viele Grünflächen gegeben, aber davon war nichts mehr zu sehen.

Drei riesige Zelte waren hier errichtet worden. Das mussten die Quarantänezelte sein.

»Ihr wisst schon, dass wenn wir wirklich krank wären, ihr euch sicher schon infiziert hättet?« Andreas sah den Soldaten an, der ihn am Arm festhielt. Dieser reagierte aber nicht, sondern griff nun noch fester zu, wie Andreas schmerzhaft feststellen musste.

Nora und er wurden zum vordersten Zelt gebracht. Es lag am Haupteingang des Parks.

Ohne weitere Worte schob man sie in eine Schleuse aus durchsichtigem Kunststoff.

Es erwartete sie eine Nebelwolke, die sehr stark nach Desinfektionsmittel roch. Erst nachdem sich der Dunst gelegt hatte, öffnete sich die zweite Tür der Schleuse.

Zwei Männer in weißen Schutzanzügen waren bereits zur Stelle und deuteten ihnen wortlos, mitzukommen.

Unzählige Feldbetten und noch mehr Menschen befanden sich im Inneren. Die Luft in dem Zelt war stickig.

Man brachte sie zu einem freien Bett. Wenn Andreas es richtig gesehen hatte, war es so ziemlich das Letzte, das noch nicht von mindestens einem Menschen belegt war.

»Ne, echt jetzt? Ein Bett? Hallo, wir sind zu zweit!«, begehrte Nora auf.

Ohne jegliche Reaktion waren die Männer in den Schutzanzügen verschwunden. Dafür kamen sofort zwei weitere Personen und nahmen Blutproben von ihnen.

Kurze Zeit später ließ man sie dann allein. Allein mit den ganzen anderen Menschen, die einfach nur ängstlich vor sich hinstarrten.

»Na ob das mal so 'ne gute Idee war, herzukommen?«, meinte Nora leise und setzte sich auf das Feldbett.

Automatisch setzte sich Andreas neben sie.

»Nein, ich glaube, das war eine scheiß Idee.« Er sah sich um. »Wenn die Horde wirklich hierherkommen sollte, dann sind wir hier alle leichte Beute.« Er sprach recht leise, um zu vermeiden, dass die Leute um ihn herum mithörten. »Das hier ist keine Sicherheitszone, sondern eine Todesfalle!«

»Und nun? Was machen wir? Einfach warten, bis was passiert?«

»Nein, das habe ich nicht vor.« Andreas' Blick wanderte weiter umher und suchte die Wände des Zeltes ab. Auch wenn sie nur aus Leinenstoff bestanden, waren sie vermutlich sehr stabil. Es blieb vermutlich nur die Schleuse, doch da standen bewaffnete Soldaten und hielten Wache.

»Können Sie vergessen.«

Andreas fuhr erschrocken herum und sah in das Gesicht eines jungen Burschen.

»Bitte was?«

»Vergessen Sie es. Die Wachen am Tor sind nicht die einzigen. Die Zelte werden komplett überwacht. Sehen Sie mal da oben.« Der Junge deutete unter die Decke des Zeltes. »Kameras. Man kann hier keinen Schritt machen, ohne dass die es sehen.«

»Aber es muss doch irgendeinen Weg hier raus geben.« Andreas drehte sich um, sodass er dem Jungen direkt ins Gesicht sehen konnte.

Er war wirklich noch verdammt jung. Andreas schätzte ihn auf maximal achtzehn Jahre. Offensichtlich war er mit einem anderen Jungen hier, der etwa dasselbe Alter wie er hatte, aber gut ein Kopf größer und viel kräftiger war.

»Laut unserem neuem Bekannten hier nicht.« Der schmächtigere der beiden deutete auf ein weiteres Bett, auf dem ein Mann saß, der sich nun grüßend an die Stirn tippte.

»Mein Name ist Sam. Ich bin schon seit heute Morgen hier in der … nun ja … Sicherheitszone.« Er grinste schief.

»Ich bin Dennis Lasch.« Der erste Junge reichte Andreas die Hand.

»Andreas Keller.« Er ergriff die Hand des Jungen.

»Patrick.« Der Größere hob nur grüßend seine Hand.

»Ich bin Nora.« Auch sie hatte sich nun zu den anderen umgedreht.

»Es gibt also keinen Weg hier raus?«

»Das habe ich nie gesagt.« Sam grinste. »Der Herr wird uns den Weg weisen, wenn es so weit ist. Davon bin ich fest überzeugt.« Das Lächeln des Mannes strahlte Zuversicht aus.

Einige Sekunden lang starrte Andreas ihn an. Hatte er das gerade wirklich gesagt?

»Haben Sie auch echte Ideen?« Nora klang fassungslos.

»Vertraut auf den Herrn. Er hat uns hier alle gesund zusammengeführt.« Sam legte sich auf sein Bett und verschränkte die Hände hinter dem Kopf. Mit einem Grinsen sah er nun an die Decke.

Andreas sah zu Dennis. Dieser verdrehte nur die Augen.

»Also doch keine Möglichkeit, von hier zu verschwinden«, stellte Nora resignierend fest.

»Sie sollten sich vielleicht auch erst einmal etwas ausruhen«, schlug Dennis vor. »Sie sehen ziemlich erschöpft aus.«

»Danke.« Andreas musste kurz lachen. »Ihr zwei seht auch nicht besser aus.« Er deutete auf Dennis' Stirn. »Sieht fies aus. Was ist passiert?«

Erst nach einem kurzen Zögern begannen Patrick und Dennis, von ihrem Weg hierher zu berichten.

Anschließend waren Nora und Andreas an der Reihe.

»Hören Sie mal ... glauben Sie, das ist wirklich das Ende?«, fragte Patrick leise.

»Zuerst einmal, ich bin Andreas. Wir sitzen hier alle im selben Boot. Wir sollten uns ruhig duzen.«

Das quittierte Patrick ihm mit einem erfreuten Grinsen.

»Und zu deiner Frage, ich habe echt keine Ahnung. Aber wenn ich ehrlich bin, da draußen sieht es schon echt übel aus.«

Dennis sah sich kurz verstohlen um.

»Sie sagten eben etwas von einer Horde. Was meinten Sie damit?« Er machte eine kurze Pause. »Ich meine, was meintest du damit?«

»Wie wir schon gesagt haben. Wir kamen über den Friedhof und kurz bevor wir uns auf den Weg hier hoch gemacht haben, konnten wir einen Blick in Richtung der Stadt werfen.« Andreas machte nun ebenfalls eine kurze Pause und sah sich noch einmal um. Glücklicherweise schien niemand sonst Interesse an ihrem Gespräch zu haben. »Dort unten in der Fußgängerzone am Bahnhof sammeln sich diese Viecher. Es sind Hunderte. Ich befürchte, dass es nur eine Frage der Zeit ist, bis die hier hochkommen.«

Eigentlich hatte er den Jungs nichts davon erzählen wollen. Auch die Begegnung mit dem alten Mann auf dem Friedhof hatte er ihnen verschwiegen. Doch da sie eh mitbekommen hatten, wie sie über die Horde gesprochen haben, spielte es wohl auch keine Rolle mehr.

Die beiden nahmen die Nachricht relativ gelassen auf. Patrick ließ zwar die Schultern hängen, sagte aber nichts weiter. Dennis wirkte eher nachdenklich.

»Und du denkst, die kommen alle hierher?« Patrick sah Andreas an und hoffte auf eine gute Nachricht.

»Ich denke schon. Ich weiß nicht viel über diese Wesen. Die wenigen Begegnungen, die wir auf dem Weg hierher hatten, reichen nicht wirklich für eine Einschätzung. Aber ich befürchte, dass die Dinger uns hier finden werden. Ihr habt da aber vermutlich mehr Erfahrung als wir.«

Dennis nickte langsam.

»Der Freak, der uns im Krankenhaus angegriffen hat, er kann uns nicht gesehen haben. Wir waren sehr leise. Ich vermute, dass die Viecher uns riechen können.«

Diese Vermutung hatte Andreas auch schon gehabt.

»Irgendwie benehmen die sich ja auch wie wilde Tiere. Denke, das wäre dann nur natürlich.« Nora zuckte mit den Schultern.

»Na ja, natürlich würde ich das vielleicht nicht gerade nennen, aber es klingt einleuchtend.« Andreas nickte.

»Wenn das stimmt, müssen wir hier weg«, stellte Dennis gelassen fest.

»Hast du eine Idee?« Andreas sah den Jungen neugierig an.

»Noch nicht, aber ich bin im Waisenhaus aufgewachsen. Ich habe es bisher immer geschafft, irgendwo abzuhauen.«

Andreas musste leicht schmunzeln.

»Gut. Aber ich gebe euch recht. Wir brauchen erst einmal etwas Ruhe. Wir sollten uns hinlegen und versuchen, etwas zu schlafen.« Andreas sah zu Nora.

»Hallo? Ein Bett! Ich werd ganz bestimmt nicht mit dir kuscheln. Das kannst du dir ganz schnell abschminken. Reicht schon, dass ich in diesen Klamotten hier rumrennen muss!«

Erneut musste Andreas schmunzeln. Noras Worte hatten hart geklungen, doch mittlerweile hatte er die junge Frau etwas besser kennengelernt und er erkannte das freche Funkeln in ihren Augen.

»Ist ja schon gut. Dann wirst du jetzt erst einmal schlafen und ich werde mich in der Zeit ein wenig hier umsehen.« Er erhob sich.

Sofort stand Dennis ebenfalls auf. »Ich komme mit. Hab ja nach dem Busunfall schon geschlafen.«

Andreas nickte kurz. Sie gingen los und machten sich auf die Suche nach einer Fluchtmöglichkeit.

20:30 Hagen-Hohenlimburg, Deutschland

Mirko, HGB und die junge Krankenschwester hatten sich ein Versteck gesucht, das nicht weit von der Brücke entfernt lag. Es war ein altes, unbewohntes Haus, dessen Tür sie nicht lange aufgehalten hatte. Nun hockten sie im dunklen Inneren des Hauses.

Mirko stand am Fenster und sah nach draußen. In der letzten halben Stunde waren diese Kreaturen mal in kleineren, dann wieder in größeren Gruppen vorbeigezogen.

Die ganze Zeit über hatte er die Hand an der Waffe.

Alle drei schwiegen, zum einen um keine Aufmerksamkeit zu erregen und zum anderen, weil jeder von ihnen seinen eigenen Gedanken nachging.

Das Hemd, das Mirko anhatte, war schon nicht mehr so weiß, wie es noch am Morgen gewesen war. Er wusste nicht ob das, was mit den Menschen passierte, eine Krankheit war und er sich womöglich angesteckt haben könnte. Doch das spielte auch keine Rolle mehr.

Was ihn weitaus mehr beschäftigte, war die Tatsache, dass er diese Menschen getötet hatte, ohne großartig darüber nachzudenken. Schon im Polizeirevier hatte er keinen Augenblick gezögert. Er musste zugeben, dass er diese Wesen auf eine kaltblütige Art und Weise umgebracht hatte.

Doch irgendwie verspürte er keinerlei Reue oder Schuldgefühle.

Machte ihn das nun zu einem schlechten Menschen? Er wusste es nicht. Und im Grunde war es auch nicht mehr wirklich wichtig. Auch wenn er noch immer nicht begreifen konnte, wie schnell das alles gegangen war, eins war jedoch mittlerweile klar geworden. Sie befanden sich nun mitten im Überlebenskampf.

»Wir sollten uns so langsam überlegen, wie wir nun weiter vorgehen wollen.«

HGBs Stimme riss Mirko aus seinen Gedanken.

»Nach Hagen oder Iserlohn?« Der Ältere saß irgendwo hinter ihm in einer dunklen Ecke des Zimmers.

Mirko sah weiter aus dem Fenster. Die Sonne ging langsam unter und die Schatten auf der Straße wurden länger. Das Sonnenlicht reichte schon nicht mehr aus, um das Zimmer, in dem sie sich versteckt hatten, zu erhellen.

»Ich muss nach Iserlohn.« Es war das erste Mal, dass die junge Krankenschwester etwas sagte.

Mirko drehte sich überrascht um. Im Zwielicht waren nur ihre blonden Haare zu erkennen.

»Anissa, richtig?« Mirko wusste ihren Namen nur, weil sie noch das Namenschild aus dem Krankenhaus trug, dann stellte er sich und den älteren kurz vor. »Mein Name ist Mirko Reymer. Ihn kannst du HGB nennen.«

»Also, es gibt Sicherheitszonen in Hagen und in Iserlohn. Wir müssen uns genau überlegen, zu welcher wir aufbrechen wollen«, erklärte HGB der jungen Frau.

»Ich muss nach Iserlohn!«, wiederholte sie, diesmal viel entschlossener als zuvor.

»Und wieso?«, fragte HGB neugierig. »Was ist in Iserlohn?«

Anissa begann zu erzählen, was im Krankenhaus geschehen war. Wie ihre Kollegin ihr das Leben gerettet hatte und von Nathalies Sohn, den sie finden sollte.

Mirko und HGB hörten schweigend zu.

»Es tut mir leid, aber die Chancen, dass er noch lebt …« Mirko unterbrach sich. »Was ich sagen will, so wie es dort draußen aussieht …«

»Das ist mir egal. Ich muss es versuchen.« Anissas Stimme war leise und unsicher.

Mirko sah wieder aus dem Fenster, die Straßen waren im Augenblick frei.

»Na gut. Also dann nach Iserlohn«, sagte er schließlich. »Einwände?«

»Nein, keine. Auf nach Iserlohn«, antwortete HGB.

»Aber wir müssen uns darüber im Klaren sein, dass der Weg sicher nicht einfach wird. Leider können wir nicht einfach in ein Auto steigen und losfahren. Die Straßen sind bestimmt verstopft und die Motorengeräusche würden diese Kreaturen anlocken.« Mirko trat langsam von dem Fenster weg.

»Ich glaube, leicht wird so schnell nichts mehr werden.« HGB erhob sich ebenfalls und klopfte sich den Dreck von der Hose.

»Wir müssen auf jeden Fall noch mal in der Stadt vorbei. Du brauchst andere Sachen. Dein Krankenhausfummel ist nicht gerade die perfekte Wanderkleidung. Und das sind auch nicht wirklich Laufschuhe, die du da anhast.« Mirko deute mit einem Nicken auf Anissa. »Und um ehrlich zu sein … ich könnte auch ein sauberes Hemd gebrauchen. Der Laden wo ich den Mercedes reingefahren habe, war ein Klamottengeschäft. Da sollten wir etwas finden.«

»Ich weiß ja nicht wie es euch geht, aber ich habe Durst und etwas zu Essen wäre auch nicht schlecht. Da ist ein kleiner Supermarkt direkt neben dem Laden. Da sollten wir uns vielleicht noch ein bisschen Proviant mitnehmen«, schlug HGB vor.

»Ihr … ihr wollt jetzt los? Es wird doch gleich dunkel.«, fragte Anissa plötzlich, ihre Stimme zitterte ein wenig.

Mirko war bereits an der Tür, drehte sich nun aber doch noch einmal um.

»Ich habe keine Ahnung, welche Sinne diese Dinger haben, doch ich hoffe, dass wir im Dunkeln größere Chancen haben, um durchzukommen.«

Er wartete auf eine weitere Antwort, als keine kam, öffnete er die Tür und verließ das Haus.

Draußen war noch immer alles ruhig. Die Straßenlaternen sprangen soeben an. Die Stromversorgung schien noch zu funktionieren. Einen Augenblick glaubte Mirko, darin ein Zeichen zu sehen, dass vielleicht doch noch nicht alles verloren war. Doch vermutlich arbeiteten die Kraftwerke auch noch ohne Personal ein paar Tage weiter.

Auf sein Zeichen folgten ihm seine Begleiter auf die Straße.

Die Brücke war nur ein Steinwurf von ihnen entfernt, dennoch gefiel es ihm nicht, noch einmal dorthin zu gehen. Aber sie hatten keine Wahl, denn vor allem Anissa musste sich neu einkleiden und HGBs Vorschlag mit dem Proviant war auch nicht von der Hand zu weisen.

Zum Glück konnten sie die gesamte Strecke, trotz der einsetzenden Dunkelheit, gut einsehen.

Sie hielten sich dicht am Rand und versuchten die Stelle, an der HGB die Gruppe mit dem Auto erwischt hatte, zu umgehen. Dennoch meinte Mirko, bereits einen süßlichen

Verwesungsgeruch wahrnehmen zu können. In Anbetracht der immer noch sehr hohen Temperaturen war das auch nicht verwunderlich.

Sie erreichten die Fußgängerzone ohne Zwischenfälle.

»Sie haben wirklich ein Auto in den Laden gefahren?«, entfuhr es Anissa, als sie an dem Bekleidungsgeschäft ankamen.

»Ja, habe ich. Und bitte sag nicht Sie zu mir.« Mirko lächelte leicht.

»Aber … ist das nicht Sachbeschädigung oder Einbruch? Und ich habe auch kein Geld dabei. Wie wollen wir denn also Sachen für mich holen?«

Mirko blieb stehen und sah die junge Frau verwundert an.

»Also eigentlich hatte ich nicht vor, dafür zu bezahlen«, sagte er schließlich.

»Aber das ist doch Diebstahl! Wir können doch hier nichts klauen«, entfuhr es Anissa.

»In der aktuellen Situation nennt man das wohl eher plündern, Mädchen«, erwiderte HGB mit ruhiger Stimme.

»Hört mal. Ich bin euch wirklich dankbar für eure Hilfe und das ihr mich gerettet habt, aber ich will in nichts Illegales verstrickt werden!«

Mirko und HGB warfen sich einen kurzen Blick zu, der Ältere musste grinsen.

»Anissa, ich will dir wirklich nicht alle Hoffnung nehmen, aber sieh dich bitte mal um.«

Mirko machte eine ausholende Geste. »Hier ist niemand mehr. Alle die überlebt haben, sind zu den Sicherheitszonen geflohen. Und dem Rest … nun ich glaube, dem ist es so ziemlich egal, ob wir uns hier ein paar Klamotten nehmen oder nicht.«

»Aber wenn sich alles wieder beruhigt hat. Was ist dann?«

Mirko musste schlucken und auch HGB verging das Grinsen.

»Mädchen«, sagte der Ältere mit ruhiger Stimme. »Ich glaube, es wird nicht mehr normal. Das hier ist das Ende. Du hast selbst erzählt, was unten im Krankenhaus passiert ist. Die Soldaten haben einfach so auf die Menschen geschossen und die Toten haben sich in wilde Bestien verwandelt.«

Anissa lachte einmal kurz auf, es klang hysterisch.

»Okay, falls es dich beruhigt.« Mirko griff in seine Hosentasche und holte seine Dienstmarke raus. »Ich bin Polizist und ich sage dir, es ist vollkommen in Ordnung, wenn wir uns nun ein paar Sachen nehmen, die wir brauchen.«

Einen Moment sah sie ihn skeptisch an, doch das Funkeln in ihren Augen, welches das Lachen begleitet hatte, verschwand wieder.

Offenbar war sie noch nicht bereit, diese Neue Welt zu akzeptieren. Eigentlich war es ein Wunder, dass HGB und er es so schnell akzeptiert hatten. Vielleicht lag es an der Geschwindigkeit, mit der alles passierte. Sie hatten kaum Zeit gehabt, um über alles nachzudenken.

»Na gut. Aber ich mache euch beide verantwortlich, wenn es drauf ankommt.« Anissa sah Mirko ernst an.

Mirko nickte nur und steckte die Dienstmarke wieder in seine Tasche.

»Hört mal, ich denke, wir sollten nicht zu viel Zeit verschwenden. Geht ihr mal Klamotten holen, ich geh schon mal in den Supermarkt. Ich möchte so schnell wie möglich hier weg«, sagte HGB.

Mirko zögerte. Es war selten eine gute Idee sich zu trennen, doch der Ältere hatte recht. Jede Minute, die sie länger hierblieben, erhöhte die Gefahr, dass die Kreaturen sie entdecken würden.

»Ist gut. Aber sei vorsichtig!«, ermahnte er ihn.

HGB tippte sich mit einem schiefen Grinsen an die Stirn und verschwand in dem kleinen Supermarkt. Die Ladentüren waren zum Glück nicht verschlossen.

Mirko berührte Anissa am Arm und lenkte sie sanft in Richtung des Bekleidungsgeschäfts.

»Da hinten ist, glaube ich, die Frauenabteilung.« Mirko nahm den Rucksack vom Rücken und kramte einen Augenblick darin herum. Dann reichte er ihr eine große Taschenlampe und knipste seine eigene an.

Er war froh, dass er ein paar davon im Polizeirevier mitgenommen hatte. Es waren schwere Lampen aus Metall. Im Notfall konnte man diese auch als Schlagwaffe einsetzen.

»Sei vorsichtig und wenn etwas ist, dann ruf mich. Verstanden?« Er sah die junge Frau an.

»Ja verstanden.« Sie drehte sich weg und ging zwischen den Regalen entlang.

Mirko sah ihr noch einen Moment nach, dann wandte er sich der Herrenabteilung zu.

Es gab jede Menge T-Shirts in allen Farben und Formen, dünne Pullover und Westen. Doch das interessierte ihn alles nicht. Die Oberhemden waren sein Ziel. In einem Regal lagen weiße und schwarze Hemden, in Folie eingeschweißt. Kurz überlegte er. Normalerweise trug er nur weiße oder sehr helle Hemden, doch dann musste er an das blutbesudelte Hemd denken, welches er gerade trug. Vielleicht waren weiße Hemden nicht die beste Wahl.

Suchend glitt sein Blick über das Regal mit den schwarzen Hemden. Dann fand er das Fach mit seiner Größe.

Als er das Hemd aus der Folie nahm, sah er das Preisschild. -55,00 EUR-. Überrascht stieß er die Luft aus.

Unter normalen Umständen hätte er das Hemd niemals gekauft. Dieser Preis lang eindeutig etwas zu hoch für ihn. Generell waren die Waren in diesem Geschäft ziemlich teuer.

Vorsichtig zog er sein altes Hemd aus und warf es achtlos zu Boden.

Er schürzte anerkennend die Lippen, als er das neue Hemd überstreifte. Es fühlte sich wirklich gut an. Ein spürbarer Unterschied zu seinem Alten.

Dennoch hätte er nie so viel Geld für ein Oberhemd ausgegeben. Aber das musste er wahrscheinlich auch nie wieder.

Er wollte sich gerade umdrehen, da fiel ihm etwas ein. Mirko nahm noch ein weiteres Hemd aus dem Regal. Dann fiel sein Blick auf die Jeans. Er nahm sich auch davon noch zwei und stopfte sie zusammen mit dem anderen Hemd in den Rucksack.

Er sah sich kurz um und entdeckte Anissa am anderen Ende des Ladens. Oder besser gesagt, er sah nur den Lichtkegel ihrer Taschenlampe.

»Bist du soweit?« Er versuchte, nicht zu laut zu sein.

»Ja, ich bin fertig.« Sie kam durch den Laden auf ihn zu. Sie hatte sich eine dunkelblaue Jeans und ein graues Trägershirt ausgesucht. Dazu noch ein paar bequemere Schuhe und ein kurzärmeliges Hemd, welches sie lässig über dem Shirt trug. Gerade ging sie an einem der zerstörten Regale vorbei, die den Aufprall des Autos nicht überstanden hatten.

Er sah, dass sie gerade etwas sagen wollte. Stattdessen stieß sie mit einem Mal einen Schrei aus und sprang zur Seite.

Mirko zückte sofort seine Waffe und eilte durch das Chaos im Laden zu ihr.

Sie stand mit den Händen vor dem Mund da und blickte zu Boden.

Kaum bei ihr angekommen, entdeckte er auch schon, was sie zum Schreien gebracht hatte.

Eine der Kreaturen lag halb unter dem Regal begraben. Nur der linke Arm und der Kopf lagen frei. Das Auto hatte das Regal so verkeilt, dass es sich nicht bewegen ließ.

Mirko sah, wie die Finger der Kreatur über den Boden kratzen. Sie versuchte sich verzweifelt zu befreien. Die Zähne schlugen immer wieder lautstark aufeinander.

Es schien für die Kreatur eine Qual zu sein, die Beute so dicht vor sich haben und doch so unerreichbar fern.

Das Licht von Mirkos Taschenlampe war direkt auf das Gesicht des Wesens gerichtet. Die Haare kleben am Kopf und die Augen waren genauso blutunterlaufen, wie bei den anderen Kreaturen, die sie bisher gesehen hatten. Die rechte Wange war weit aufgerissen und verlieh der Grimasse ein bizarres Grinsen.

Wie hypnotisiert sahen die beiden die Kreatur an.

Langsam hob Mirko seine Waffe, ließ sie dann aber wieder sinken. Heute gab es schon genug Tote.

»Fertig?«, fragte er Anissa und richtete den Strahl der Taschenlampe woanders hin. Er wollte die Kreatur nicht mehr sehen.

Sie nickte knapp.

Ohne ein weiteres Wort verließen sie den Laden. Auf dem Weg nach draußen nahm Anissa noch eine große Umhängetasche aus Wildleder an sich und hängte sie sich um.

Vor dem Geschäft trafen sie auf HGB, der sie nervös ansah.

»Ich dachte, ich hätte einen Schrei gehört.« Er wirkte erleichtert, als er beide wohlauf sah.

»Nichts passiert.« Mirko trat etwas näher und sah einen Einkaufswagen, den der Ältere vor sich her schob. »Den willst du doch nicht mitnehmen, oder?«

»Nein nein, aber wir können das Zeug auf unsere Rucksäcke verteilen. Ich hatte nur meinen dabei und da passte nicht alles rein, mein Junge.«

Sie verteilten die Vorräte auf die Rucksäcke und Anissas neue Umhängetasche. Jeder nahm sich eine Flasche Wasser und etwas zu Essen.

»Wie heißen Sie eigentlich wirklich? HGB ist doch kein Name«, fragte Anissa, bevor sie sich auf den Weg machen konnten.

»Nun ja. Ich heiße Hans-Günther Beyersfeld. Aber meine Freunde nennen mich einfach nur HGB«, antwortete der Ältere grinsend.

Nachdem sie das geklärt hatten, marschierten sie los.

Jetzt wo sie ein klares Ziel festgelegt hatten, schien alles andere unwichtig geworden zu sein.

Egal, welche Bedenken Mirko gegenüber dem einen oder anderen Ort gehegt hatte, sie spielten nun keine Rolle mehr. Sie hatten sich auf den Weg nach Iserlohn gemacht, um dort in der Sicherheitszone Schutz zu finden.

Sie überquerten ein weiteres Mal die Brücke und hielten sich anschließend rechts.

»Wir könnten auch in die andere Richtung durch Letmathe gehen«, schlug HGB vor.

»Könnten wir schon. Machen wir aber nicht.« Mirko rückte den Rucksack zurecht. »Der Weg hier ist besser geschützt. Rechts der Fluss und links Felsen und der Berg.« Er deutete auf einen nicht allzu hohen Hügel, dessen Flanke jedoch steil nach oben verlief und mit einigen Bäumen und dichten Buschwerk bewachsen war. »Das heißt, von diesen beiden Seiten sind Überraschungen schon einmal so gut wie ausgeschlossen.«

HGB nickte zustimmend, daran hatte er nicht gedacht.

»Außerdem führt diese Straße durch weniger dicht besiedelte Gebiete. Da sollte weniger los sein«, fügte Mirko hinzu.

Anissa ging schweigend zwischen den beiden her. Mirko warf ihr einen kurzen Blick zu. Sie war immer noch recht blass und schien leicht zu zittern. Das alles war wohl zu viel für sie gewesen. Dennoch hielt sie sich gut.

Nach einer Weile blieb HGB plötzlich stehen und sah in Richtung des Flusses.

»Alles in Ordnung?« Mirko trat neben ihn.

»Ja ja ... ich musste nur gerade daran denken, dass ich hier geboren wurde und aufgewachsen bin. Wie gut stehen wohl die Chancen, dass ich hierher zurückkommen werde?«

»Ich wünschte, ich könnte dir eine Antwort darauf geben.« Nun sah auch Mirko auf die Stadt zurück, hinter deren Häusern gerade die Sonne endgültig verschwand.

Der Himmel glühte in einem dunklen Rot, was dem Ganzen eine seltsame Atmosphäre verlieh.

Ein paar Minuten standen die drei da und beobachteten den Himmel und die menschenleere Stadt. Sie lauschten auf das Rauschen des Flusses und gingen ihren Gedanken nach.

Schließlich legte Mirko dem Älteren eine Hand auf die Schulter, dann wandte er sich ab und sie marschierten weiter. Es war noch ein langer Weg, den sie vor sich hatten.

Intermezzo 2

Tagesschau Sondersendung, 23:55 Uhr
»Guten Abend, liebe Zuschauer. Wir wissen zwar nicht genau, wie viele Menschen uns aktuell noch zusehen. Doch wir sind davon überzeugt, dass nicht alle Überlebenden zu den Sicherheitszonen aufgebrochen sind und nun zu Hause vor dem Fernseher sitzen. Wir im Studio haben es uns zur Aufgabe gemacht, Sie möglichst lange auf dem Laufenden zu halten. Das Gebäude wurde von uns verbarrikadiert und so gut wie möglich gesichert. Wir halten bis zum bitteren Ende für Sie durch.«

Der Nachrichtensprecher legte einen Finger an sein Ohr und hörte einen Moment zu.

»Wie ich gerade erfahren habe, kam soeben eine Videoübertragung via Internet zu uns durch. Wie es scheint, sind dort draußen immer noch Leute, die versuchen, über die aktuelle Lage zu berichten. Der nun folgende Videobeitrag kommt direkt aus der Sicherheitszone in Frankfurt am Main.«

Ein junger Mann erschien auf dem Bildschirm hinter dem Nachrichtensprecher. Anscheinend filmte er sich selbst mit seinem Handy.

»Hallo zusammen. Wir sind vor wenigen Minuten hier an der Sicherheitszone Frankfurt/Main angekommen. Hier sind mehrere hundert Menschen und die Bundeswehr und Polizei bewachen sämtliche Zugänge. Die Zone wurde auf einem alten Fabrikgelände, etwas abseits der Stadt errichtet.«

Das Handy schwenkte einmal kurz herum und zeigte die Menschenmenge und die Fabrikanlagen. Hinter dem Mann befand sich eine große Halle. Eine Stahltreppe führte an der Seite des Gebäudes nach oben. Man konnte deutlich erkennen, dass es sich um eine Fabrikanlage handelte, die schon seit längerem nicht mehr genutzt worden war. Weitere Hallen kamen ins Bild. Zwischen ihnen befand sich eine große Rasenfläche, die sich eine Anhöhe hinaufzog und an einem Waldstück endete.

»Aktuell ist die Stimmung hier sehr optimistisch. Die meisten glauben fest daran, dass die Behörden und die Regierung die Lage in den Griff bekommen werden.« Der junge Mann kam wieder ins Bild. »Doch das, was wir auf dem Weg hierher erlebt haben, lässt mich persönlich stark daran zweifeln. Überall in der Stadt herrscht absolutes Chaos. Diese … Wesen streunen wie wilde Tiere durch die Straßen und jagen alles, was ihnen über den Weg läuft. Und immer wieder kommt es zu Angriffen auf die Sicherheitszone. Das merken wir aber nur daran, dass die Sicherheitskräfte an den Grenzen der Zone auf irgendetwas schießen. Wir werden hier weitestgehend isoliert. Meiner Meinung nach geschieht das, um eine Panik zu verhindern. Einige hier haben angefangen, die Soldaten zu bejubeln und anzufeuern, wenn wieder Schüsse zu hören sind. Ein Großteil würde wahrscheinlich gerne selbst zur Waffe greifen und gegen diese Wesen vorgehen.«

Plötzlich waren mehrere Schüsse zu hören.

»Wahrscheinlich wird die Zone gerade wieder angegriffen!«, rief der junge Mann aufgeregt in die Kamera. »Ich werde mal versuchen, ein paar Aufnahmen davon zu machen.«

Das Bild verschwamm, als er losrannte. Von irgendwo waren laute Rufe und Jubel zu hören.

Dann beruhigte sich das Bild der Handykamera wieder, noch immer wurde geschossen. Es klang wie Maschinengewehre.

»Ich bin da. Hier kann man die Barrikaden und Zäune erkennen. Und dort sind Soldaten.« Man konnte die Stimme des Mannes hören, während er die Situation kommentierte. »Und dort hinten sind die … OH MEIN GOTT!«

Die Kamera fing hunderte dieser Wesen ein, die gerade auf die Barrikaden zustürmen. Sie waren unglaublich wild und wütend, so dass man kaum glauben mochte, dass das vor einigen Stunden noch normale Menschen gewesen waren.

Die Soldaten gaben alles, um den Ansturm aufzuhalten, doch es waren einfach zu viele Angreifer.

Es dauerte nicht lange, bis die ersten die Barrikaden überwunden hatten.

Erneut tauchte das Gesicht des jungen Mannes vor der Kamera auf. Doch diesmal war er blass und wirkte panisch.

»Ich werde nun versuchen, dieses Video über das Netz zu verbreiten. Ich hoffe, es funktioniert noch! An alle Menschen dort draußen, die dieses Video sehen: Die Sicherheitszonen sind offenbar auch kein sicherer Zufluchtsort. Haltet euch von diesen Zonen fern! Versteckt euch irgendwo anders!«

Das Video brach ab und übrig blieb ein stark verunsicherter Nachrichtensprecher.

»Meine Damen und Herren, liebe Zuschauer. Was wir da eben gesehen haben ...« Es wirkte, als fehlten ihm die Worte. »Ich wusste vorher selbst nicht genau, um was es sich bei dem Video handelte. Wir können leider nicht sagen, wie es in der Sicherheitszone Frankfurt am Main weitergegangen ist, oder wie es aktuell in anderen Sicherheitszonen in Deutschland aussieht.«

Für einen kurzen Augenblick starrte er nur vor sich hin.

»Wir hatten heute im Laufe des Nachmittags die Gelegenheit, mit einigen Experten des Seuchenschutzes zu sprechen. So sagte uns Professor Doktor Martin Gaukel, vom Universitätsklinikum Düsseldorf, dass sie keinen Krankheitserreger kennen würden, der sich so schnell und aggressiv ausbreitet. Weitere Experten hatten ebenfalls keine Erklärung, womit wir es zu tun haben. Ersten Studien zufolge, konnte bei den Betroffenen keinerlei Erreger nachgewiesen werden. Wir haben es hier offenbar mit einer Krankheit oder besser gesagt, Epidemie zu tun, die der modernen Medizin noch nicht bekannt ist.«

Wieder legte er seinen Finger an sein Ohr.

»Es ist uns gerade gelungen, eine Liveschaltung nach Berlin aufzubauen. Die Übertragung kommt aus dem Reichstagsgebäude in Berlin. Wie es aussieht, hat es eines unserer Kamerateams in den Bundestag geschafft. Wir geben nun ab an Ralf Schuster, live in Berlin. Ralf, wie ist die Lage bei euch?«

»Im Moment sehr angespannt, Klaus. Wir haben es vor etwa einer Stunde ins Gebäude geschafft. Zu Anfang wollte man uns nicht durch die Absperrungen lassen. Mehrere hundert Überlebende und Zivilisten haben verzweifelt versucht, sich Zugang zum Reichstagsgebäude zu verschaffen. Letztendlich kam dann doch der Befehl, die Menschen reinzulassen. Von welcher Stelle aus genau der Befehl kam, können wir zum jetzigen Zeitpunkt noch nicht sagen. Wir befinden uns nun auf dem Dach des Reichstagsgebäudes und haben einen guten Blick auf die Stadt.«

Die Kamera schwenkte herum.

Es war recht dunkel, doch an vielen Stellen stachen hohe Flammensäulen in den Himmel.

»Wie Sie sehen können, ist in der Stadt das Chaos ausgebrochen. Der regierende Bürgermeister hat bereits heute Vormittag den Notstand ausgerufen. Viele Menschen haben sich zum ehemaligen Flughafen Berlin-Tempelhof aufgemacht, um dort Schutz zu suchen. In den leer stehenden Gebäuden und auf dem Gelände des Flughafens wurde eine Sicherheitszone eingerichtet.«

Die Kamera zoomte auf einen entfernen Punkt, an dem deutlich Flammen und eine große Rauchsäule zu erkennen waren. »Wie Sie dort hinten sehen können, konnte die Sicherheitszone von den Einsatzkräften leider nicht gehalten werden.«

Die Kamera richtete sich nun wieder auf den Reporter.

»Im Moment scheint das Reichstagsgebäude noch der sicherste Ort in der Hauptstadt zu sein. Es ist uns außerdem vor einigen Minuten gelungen, mit einem hochrangigen Mitarbeiter des Verteidigungsministeriums zu sprechen, der allerdings anonym bleiben möchte. Er sagte uns, dass der Kontakt zu den Sicherheitszonen in mehreren Großstädten abgebrochen sei. In den kleineren Kommunen und ländlicheren Gegenden scheint die Lage noch nicht ganz so aussichtslos zu sein.

Bisher wurde von der Bundesregierung noch keine Erklärung zu den Geschehnissen abgegeben.

Die Minister, die Bundeskanzlerin und Vertreter der Oppositionsparteien haben sich in einen geheimen Besprechungsraum zurückgezogen. Bisher gibt es keinerlei Informationen über die Beratungen.«

»Ralf, heißt das, es gibt bisher keine Pläne, um die Lage wieder unter Kontrolle zu bringen?«

»Genau. Wie es momentan aussieht, gibt es die nicht. Der anonyme Mitarbeiter aus dem Verteidigungsministerium verriet uns allerdings, dass bereits mehrere Maßnahmen in die Wege geleitet wurden, die aber bisher keinen Erfolg zeigten.

Es geht auch das Gerücht um, nachdem die Bundesregierung gar nicht mehr vor Ort sein soll. Offenbar wurden sie bereits evakuiert und an einem geheimen Ort gebracht.«

Plötzlich war ein lauter Knall zu hören und der Reporter zuckte zusammen. Die Kamera schwenkte herum und fing den Platz vor dem Reichstagsgebäude ein. Große Scheinwerfer beleuchteten den gesamten Platz.

Anscheinend hatte einer der Sicherheitskräfte eine Granate gezündet. Nun erklangen vereinzelt Schüsse. Es dauerte einen Augenblick, bis man erkennen konnte, was dort unten passierte.

Dann sah man den Grund für die Unruhen. Eine riesige Horde der Kreaturen stürmte auf den Platz. Die Bilder ähnelten auf erschreckende Art und Weise denen des jungen Mannes aus der Sicherheitszone in Frankfurt am Main.

»Ralf, was ist los bei euch?«

»Klaus, wir werden angegriffen! Eine große Welle dieser Wesen stürmt gerade auf den Platz vor dem Reichstag. Sie werden jeden Moment die Barrikaden erreichen. Doch die Einheiten der Bundeswehr hier sind sehr gut ausgerüstet.«

Immer mehr Schüsse erklangen und es kam zu mehreren Explosionen innerhalb der angreifenden Horde. Für eine Weile sah es danach aus, als würden die Soldaten den Angriff aufhalten können.

Doch dann erreichten die ersten Kreaturen die Barrikaden und setzten über sie hinweg.

Deutlich war zu erkennen, wie sie sich auf die ersten Soldaten stürzten. Laute Befehle wurden gerufen und die restlichen Einheiten zogen sich ins Gebäude zurück.

Der Reporter hatte aufgehört zu kommentieren und die Kamera fing nur noch die schrecklichen Bilder ein.

Kurze Zeit später sackte die Kamera nach unten und viel zu Boden. Anscheinend hatte der Kameramann sie fallen lassen. Das Bild zeigte nur noch Schnee.

Wieder blickte der Nachrichtensprecher scheinbar leblos in die Kamera.

»Meine …« Er unterbrach sich und musste schlucken. Mit einer fahrigen Bewegung lockerte er seine Krawatte und öffnete den obersten Knopf seines Hemdes. »Meine Damen und Herren an den Geräten, ich muss mich entschuldigen, aber wir werden das laufende Programm für einige Zeit unterbrechen. Auch … auch wir sind nur Menschen und müssen diese schrecklichen Bilder verarbeiten. Ich bitte Sie noch einmal um Entschuldigung.«

Er stand langsam auf und wankte aus dem Bild. Dann wurde abgeblendet und es wurde schwarz.

Zwischenspiel

14 Tage vor dem Ende

Dr. Evelyn Hartig eilte durch die Gänge der Universitätsklinik. Ihr weißer Kittel wehte wie eine Fahne schwungvoll hin und her. Zum Glück waren die Gänge leer, andernfalls hätte sie bestimmt schon einige Leute angerempelt. Doch das war nichts, was sie wirklich gekümmert hätte. Nicht in dieser Situation.

Die Gänge der Abteilung, in der sie unterwegs war, wirkten steril und kühl. Neonröhren unter den Decken tauchten alles in ein grelles erbarmungsloses Licht. Mehrere Türen zweigten rechts und links ab. An ihnen waren kleine Schilder mit Nummern befestigt worden. Jede dieser Türen war durch ein elektronisches Türschloss gesichert, das man nur mit einer ID-Karte und dem dazugehörigen Zahlencode entriegeln konnte. Ebenso wie der Fahrstuhl, der einzige Weg raus aus dieser Abteilung der Universität.

Fenster gab es keine in diesem Abschnitt der Universitätsklinik. Das wäre auch nicht möglich gewesen, denn er befand sich tief unter der Erde.

Nur eine Handvoll Menschen wusste von diesem Komplex und noch viel weniger wussten, was hier wirklich gemacht wurde. Dr. Hartig war eine von ihnen.

Sie war nun seit sechs Jahren in dieser Abteilung tätig. Was sie in dieser Zeit erlebt und gesehen hatte, durfte niemals an die Öffentlichkeit gelangen.

Dort draußen gab es viele Spinner und Verschwörungstheoretiker, die mit immer verrückteren Ideen aufwarteten, wenn irgendwo etwas passierte und enthüllt wurde. Wenn die auch noch gewusst hätten, was die Wissenschaftler hier unten taten …

Evelyn wollte lieber nicht darüber nachdenken.

Sie erreichte eine große Holztür, die ebenfalls mit einem elektronischen Schloss gesichert war.

Dahinter lagen die Büros der Angestellten und Wissenschaftler.

Sie war gerade noch in Labor 12 gewesen. Die tägliche Überprüfung an der Versuchsreihe, an der sie gerade arbeitete, war mal wieder fällig gewesen, als sie eine E-Mail auf ihrem Handy erhielt.

Hastig tippte sie Ihren Zugangscode ein. Mit einem leisen Klicken öffnete sich die Tür und sie stürmte weiter.

Jeder normale Mensch wäre nicht so gedankenlos durch die Gänge gelaufen, wie sie gerade. Hinter den Türen mit den Nummern wurde an Dingen gearbeitet, die jeden anderen in Angst und Schrecken versetzt hätten.

Die Forschungsabteilung, in der Dr. Hartig arbeitete, befasste sich mit hochansteckenden Krankheiten. Bakterien, Viren, Parasiten und Pilzerreger.

In der Medizin werden Krankheitserreger in vier Stufen aufgeteilt, mit jeder Stufe steigt die Gefährlichkeit für den Menschen und die Bevölkerung. Die Stufe 1 ist relativ harmlos, während Stufe 4 die höchste Gefahrenstufe darstellt.

Alles, woran hier unten geforscht wurde, gehörte in Stufe 5.

Weltweit gab es nur ungefähr dreißig Wissenschaftler, die überhaupt von dieser Stufe wussten.

Sie erreichte das große Büro am Rande der Anlage. Auch hier gab es wieder ein elektronisches Schloss, doch um Zutritt zu diesem Raum zu bekommen, reichte auch ihre Sicherheitsstufe nicht mehr.

Dieses Büro gehörte Prof. Dr. Franz Kalke. Er war auf ihrem Gebiet einer der brillantesten Wissenschaftler und deshalb auch der Leiter dieser Forschungseinrichtung.

Evelyn blieb nichts anderes übrig, als anzuklopfen.

Ungeduldig wartete sie auf eine Antwort, sie hob bereits die Hand und wollte erneut anklopfen.

»Kommen Sie rein, Dr. Hartig.«

Die Stimme kam aus einem kleinen Kasten neben der Tür.

Mit einem Klicken öffnete sich die Tür einen Spalt breit.

Noch einmal holt sie tief Luft, dann betrat sie das Büro ihres Vorgesetzten.

Der Raum war dunkel eingerichtet. An der Wand befand sich ein großes Bücherregal, ebenfalls aus dunklem Holz. Unzählige Bücher waren in die Fächer gestopft worden. Medizinische Abhandlungen, Fachbücher, aber auch uralte Werke, deren Titel kaum noch zu erkennen waren.

Eine große Couch aus schwarzem Leder stand an der Wand gegenüber. Davor ein kleiner Tisch, aus demselben Holz wie das Regal.

In der hinteren Ecke gab es eine Minibar, die ebenfalls aus dunklem Holz gefertigt worden war.

Doch das Büro wurde durch einen gigantischen Schreibtisch dominiert. Er wirkte mächtig und irgendwie zu groß für diesen Raum. Es handelte sich offenbar um eine Antiquität. Hinter diesem Schreibtisch saß Prof. Dr. Kalke in seinem schwarzen Ledersessel.

Er hatte eine Glatze und eine kleine Brille, mit runden Gläsern, auf der Nase. Dr. Kalke war klein und drahtig und ging hinter diesem riesigen Schreibtisch fast unter.

Evelyn wusste nicht sehr viel über diesen Mann. Auch wenn er ein ausgezeichneter Wissenschaftler war, gab es keine Veröffentlichungen von ihm. Sie hatte Gerüchte gehört, dass er dieser Einrichtung schon seit ihrer Entstehung angehörte und einer noch höheren Verschwiegenheitserklärung unterlag, als alle anderen Wissenschaftler.

Sie schätzte ihn auf Mitte sechzig, seine Haut war bleich und er hatte dunkle Ringe unter seinen Augen. Und genauso hatte er schon ausgesehen, als sie ihn vor sechs Jahren, in genau diesem Büro, kennengelernt hatte. Mit ihrem heutigen Besuch war sie erst fünf Mal hier. Dieses Büro galt in der gesamten Einrichtung als Tabuzone und daran hielt sich jeder hier unten.

Umso überraschter war Evelyn, dass ein zweiter Mann anwesend war. Er saß in einem der beiden Sessel, die vor dem Schreibtisch standen. Er hatte die Beine überkreuzt und hielt ein Glas in der Hand.

Neugierig sah er sie an.

Ihrer Schätzung nach, war er um die vierzig Jahre alt. Seine schwarzen Haare glänzten in dem diffusen Licht und waren streng nach hinten gekämmt. Er trug einen sehr hochwertigen schwarzen Anzug.

»Prof. Dr. Kalke, Sie wollten mich sofort sehen?« Es fiel ihr schwer, ihre Stimme nicht zittern zu lassen.

»Bitte setzen Sie sich, Evelyn.« Der Wissenschaftler deutete auf den zweiten Sessel.

Beinahe wäre sie zusammengezuckt. In den Jahren, in denen sie hier arbeitete, hatte er sie noch nie beim Vornamen genannt. Hastig ging sie in Gedanken durch, was sie verbrochen haben könnte.

Zögernd setzte sie sich in den bequemen Sessel.

Kurz fiel ihr Blick auf den Mann im anderen Sessel. Er sah sie weiterhin mit neugierigen Blicken an.

»Möchten Sie etwas trinken?« Prof. Dr. Kalke deutete auf die Minibar.

Evelyn verneinte und wurde immer nervöser. Er hatte noch nie einem Angestellten etwas angeboten.

Normalerweise liefen die Gespräche in seinem Büro immer sehr kurz und knapp ab. Es war allgemein bekannt, dass Kalke kaum Kontakte zu seinen Mitarbeitern pflegte.

»Dr. Hartig, Sie fragen sich sicherlich, wieso ich Sie hierher gebeten habe. Ich muss Ihnen leider mitteilen, dass ich Sie von ihrer derzeitigen Forschung abziehen werde.«

Evelyn richtete sich kerzengerade auf. Das konnte er doch nicht tun. Ihre Forschung war so wichtig und sie arbeitete bereits mehrere Jahre daran.

Sie wollte gerade protestieren, doch der Professor hob beschwichtigend die Hände.

»Evelyn, Sie sind zweifelsfrei die beste Wissenschaftlerin, die hier arbeitet. Auf Ihrem Gebiet wahrscheinlich auch eine der besten weltweit.«

Sprachlos sackte sie wieder in den Sessel.

Was wollte Kalke nur von ihr? Und wieso fühlte sie sich gerade, wie eine Schülerin im Büro des Direktors?

»Aus diesem Grund habe ich mich für Sie entschieden, Evelyn. Sie werden zusammen mit mir an seinem sehr wichtigen Projekt arbeiten.«

Sie konnte spüren, wie ihre Kinnlade nach unten sackte. Sie sollte mit dem Professor zusammenarbeiten? An einem wichtigen Projekt?

Niemand in der Anlage hatte ihr genau sagen können, wann der Wissenschaftler das letzte Mal an einem eigenen Projekt gearbeitete hatte und nun sollte sie mit ihm zusammenarbeiten?

»Dr. Hartig, was wissen Sie eigentlich über diese rätselhafte Seuche, die in Russland ausgebrochen ist?« Der Mann im schwarzen Anzug sprach sie nun an.

Er hatte einen deutlichen Akzent, doch Evelyn konnte ihn nicht zuordnen, es klang nach Südeuropa, vielleicht Spanien oder Italien.

»Nicht wirklich viel. Es dringen kaum Informationen durch. Ich weiß nur, dass wir bereits unsere Hilfe angeboten haben. Doch der russische Präsident hat uns anscheinend nicht geantwortet«, erklärte Evelyn.

Die beiden Männer sahen sich kurz an.

»Nun, wir haben seit heute Morgen einen Mann in unserer Abteilung, der sich mit dieser Krankheit infiziert hat.« Der Professor sah sie mit ernstem Gesichtsausdruck an.

»Was? Die Russen haben uns wirklich jemanden hergeschickt?« Sie war überrascht.

»Nein nicht ganz. Der Patient ist ein Deutscher.«

Erneut verschlug es ihr die Sprache.

»Soll … soll das etwa heißen, dass die Epidemie nun auch bei uns angekommen ist?«, fragte sie nach einigen Augenblicken.

»Das können wir noch nicht genau sagen. Bisher hat es nur einen weiteren Fall im östlichen Teil von Polen gegeben. Und jetzt unseren Patienten.«

Evelyn bemerkte die Pause, die der Mann im Anzug machte, sehr wohl.

Sie runzelte die Stirn.

»Ein Fall in Polen und nun ein Fall in Deutschland. Ist davon schon etwas an die Öffentlichkeit gelangt?« Sie sah wieder zu Kalke.

»Nein. Es handelt sich bisher nur um diese paar Einzelfälle. Wir konnten die infizierten Patienten sofort isolieren. Nicht zuletzt dank der Unterstützung einiger … Freunde.« Damit deutete Kalke auf den Mann im schwarzen Anzug und wieder entging Evelyn die kurze Pause nicht.

»Die Organisation, für die ich arbeite, hat eine ähnliche Aufgabe wie Sie hier in Ihrer Forschungseinrichtung. Wir haben in der Vergangenheit schon häufiger zusammengearbeitet. Das werden wir auch in diesem Fall wieder.« Der Mann im Anzug stellte das Glas auf den Schreibtisch, erhob sich und knöpfte sein Jackett zu.

Evelyn erhaschte einen kurzen Blick auf ein seltsames Symbol auf dem Hemd des Mannes.

Ein weißer Kreis mit einem dunkelblauen Kreuz in der Mitte.

Doch noch etwas anderes erregte ihre Aufmerksamkeit. Der Mann trug eine Waffe unter dem Jackett.

»Bitte entschuldigen Sie mich jetzt. Ich habe noch eine Menge zu tun. Ich denke, die ganze Sache ist bei Ihnen beiden in sehr guten Händen.« Der Mann verneigte sich vor den beiden, dann verließ er das Büro.

Evelyn blickte nun Kalke mit großen Augen an.

»Das Personal ist auf ein Minimum reduziert worden. Nur Sie, ich und ein paar Leute aus Ihrem Team werden an der Sache arbeiten. Sie können sich sicher vorstellen, dass diese Sache absolut geheim gehalten werden muss.« Kalke blickte sie ernst an.

»Ja, das kann ich mir denken. Darf ich fragen um welche Symptome es sich handelt und wie der Krankheitsverlauf aussieht?«

»Nun, ich denke, das sehen Sie sich lieber selbst an.« Kalke erhob sich und kam um den Schreibtisch herum.

Auch Evelyn erhob sich hastig.

Kalke führte sie in eines der Labore, die sie bisher nie von innen gesehen hatte. Hier wurde an den wirklich gefährlichen Dingen gearbeitet.

Und was sie dort zu sehen bekam, würde sie vermutlich ihr Leben lang nicht mehr vergessen …

Die Horde

9:35 Uhr – Hagen-Hohenlimburg, Deutschland

»Wir sollten so langsam mal eine Pause machen.« Mirko blieb stehen und sah zu HGB und Anissa.

Beide sahen nicht sehr gut aus. Sie waren müde und erschöpft.

Auch Mirko selbst ging es nicht viel besser.

Die Sonne war bereits vor einigen Stunden aufgegangen und es war schon wieder unerträglich warm geworden.

Er musste sich eingestehen, dass die Kämpfe des letzten Tages ihre Spuren hinterlassen hatten.

Anfangs hatte er es nicht gemerkt, doch im Laufe der Nacht verspürte er ein leichtes Stechen in der Seite. Stellenweise fiel es ihm sogar schwer, Luft zu holen. Vermutlich hatte er sich eine oder sogar ein paar Rippen geprellt. Vielleicht waren sie sogar angebrochen, doch soweit wollte er gar nicht erst denken. Wahrscheinlich hatte das Adrenalin, das durch seinen Körper gepumpt wurde, den Schmerz bis dahin unterdrückt.Seine Begleiter sahen ihn an, die Erschöpfung war in ihren Gesichtern deutlich zu erkennen gewesen.

Sie hatten sich einen Großteil des Weges in der Nähe des Flusses aufgehalten und wie Mirko erhofft hatte, blieb die Nacht relativ ruhig. Den wenigen Kreaturen, die sie gesehen hatten, konnten sie problemlos aus dem Weg gehen.

Zwischendurch hatte sich die Straße immer weiter vom Fluss entfernt. Im Augenblick folgten sie den Bahngleisen, bis die Straße irgendwann wieder an den Fluss herankam.

»Also wenn du mich fragst, klingt das richtig gut.« HGB seufzte leise.

Mirko sah sich in der Gegend um.

»Wenn ich mich nicht irre, kommen wir bald bei der Feuerwache Letmathe vorbei. Dort können wir uns sicher ein bisschen ausruhen.«

Gegen diesen Vorschlag gab es keine Einwände. Eine Pause konnten die drei dringend gebrauchen.

Sie gingen noch ein Stück weiter, doch es dauerte nicht lange und sie hatten den Parkplatz der Feuerwache vor sich.

Hinter einem kleinen Mauervorsprung gingen sie in Deckung. Sie wollten sich erst einmal einen Überblick verschaffen und das Umfeld ausspähen.

Es sah ganz danach aus, als hätten sie wieder einmal Glück gehabt. Keine Kreaturen weit und breit. Der Parkplatz war leer. Es gab keine Autos oder sonstige Hindernisse, die ihnen die Sicht versperrt hätten. Doch das war noch lange kein Grund zur Entwarnung.

Das Gebäude war ein Flachbau, der in drei Abschnitte unterteilt war. Am nächsten lagen drei große Garagen, in denen normalerweise die Einsatzfahrzeuge untergebracht waren. Die Rolltore standen offen und auch wenn sie von ihrer Position aus nicht direkt hineinsehen konnten, vermuteten sie, dass die Fahrzeuge alle ausgerückt waren, als es losging.

Direkt hinter den Garagen befand sich der Verwaltungs- und Mannschaftstrakt. Er verband die ersten drei mit drei weiteren Garagen, deren Rolltore allerdings geschlossen waren.

Noch immer war es in der Umgebung ruhig. Aber genau das bereitete ihnen die größten Sorgen.

Es war eindeutig zu ruhig.

»Ihr bleibt hier. Ich werd mich drinnen erst einmal umsehen.« Mirko sah die beiden ernst an.

»Du willst nicht wirklich allein da rein, oder?« HGB hob eine Augenbraue. »Ich finde, wir sollten auf jeden Fall zusammenbleiben.«

Mirko suchte nach einem Argument, um den Vorschlag abzulehnen, doch ihm fiel einfach keins ein.

Er fühlte sich nicht hundertprozentig fit. Seine Rippen schmerzten immer mehr und er war genauso erschöpft und müde, wie die anderen beiden.

Doch alles in ihm sträubte sich dagegen, HGB und Anissa in Gefahr zu bringen.

Letztendlich stimmte er dennoch zu und nickte leicht.

Sie verließen ihre Deckung und gingen auf das Gebäude zu.

Die ersten drei Garagen ließen sie hinter sich. Wie vermutet, standen sie leer.

Schließlich erreichten sie die Eingangstür der Feuerwache. Mirko gab den anderen beiden ein Zeichen, kurz zu warten.

Vorsichtig warf er einen Blick durch die Glasscheibe der Tür. Er sah einen schmalen Gang, der nach einigen Metern um die Ecke führte.

Der Polizist legte seine Hand auf die Klinke und drückte sie langsam nach unten. Beinahe geräuschlos öffnete sich die Tür.

Er nickte den beiden zu und betrat das Gebäude.

Der schmale Gang war recht dunkel. Es gab keine Fenster, durch die Tageslicht hätte einfallen können und die Deckenbeleuchtung war ausgeschaltet.

Vorsichtig tastete Mirko sich voran. Sie wussten nicht, was hier auf sie lauern würde und mussten mit allem rechnen.

Er dauerte eine Weile, bis sich seine Augen an das Dämmerlicht gewöhnt hatten. Draußen schien die Sonne und es war deutlich heller gewesen, als hier drin.

An der Ecke angekommen blieb er stehen und spähte in den nächsten Gang.

Im letzten Moment zog er seinen Kopf wieder zurück!

Direkt neben seinem Kopf schlug die Schneide einer Axt in die Wand!

Mirko zuckte zusammen, machte einen Schritt nach vorn und stand nun direkt im Gang.

Hinter sich hörte er, wie Anissa vor Schreck aufschrie, da raste die Axt erneut auf ihn zu.

Doch diesmal war er darauf vorbereitet.

Mit einem schnellen Schritt seitwärts wich er aus und packte den Stiel der Waffe. Die Wucht des Angriffs war heftig und er hatte keinen guten Stand. Er krachte gegen die Wand und sofort fuhr ein beißender Schmerz in seine Seite. Doch er ließ den Stiel der Axt nicht los.

Ein wütendes Fauchen drang an sein Ohr.

Dann hörte er ein leises Klicken.

»Die Axt loslassen oder ich schieße.« HGBs Stimme klang ruhig.

Eine Weile geschah nichts. Vor Mirkos Augen tanzten bereit dunkle Sterne und er fürchtete, das Bewusstsein zu verlieren. Offenbar war seine Verletzung doch schlimmer, als er annahm.

Dann ließ der Druck auf seine Brust endlich nach.

Er sackte an der Wand hinab, hielt die Axt aber immer noch fest in der Hand.

Die Sterne vor seinen Augen wurden immer dunkler und das Atmen tat furchtbar weh.

Er versuchte noch, die nahende Ohnmacht zurückzudrängen und sich wieder an der Wand hochzudrücken. Doch seine Beine gaben unter ihm nach.

Er ging zu Boden, dann wurde es dunkel.

Mirko wusste nicht, wie lange er bewusstlos gewesen war. Als er wieder zu sich kam, lag er jedoch nicht mehr in dem dunkeln Gang, sondern auf einer harten Unterlage.

Er versuchte sich aufzurichten, doch seine Rippen schmerzten immer noch heftig.

»Schön liegen bleiben!« Das war Anissas Stimme.

Wenige Augenblicke später sah er ihr Gesicht über sich.

»Was ist passiert?« Er sah die junge Frau fragend an. »Wie lange war ich bewusstlos?«

»Sieht aus, als hättest du dir zwei Rippen gebrochen. Ich habe dir einen Verband angelegt, mehr kann ich leider nicht tun. Und du warst nur kurz weg. Ne halbe Stunde etwa.«

Reflexartig tastete er seine Seite ab. Er spürte den Stoff des Verbandes unter seinen Fingern, sonst jedoch nichts.

»Keine Sorge. Dein Hemd liegt hier auf dem Stuhl.«

Vorsichtig richtete sich Mirko wieder auf.

»Wo ist HGB?« Diesmal unterdrückte er den Schmerz und sah sich um.

Er befand sich auf einem großen Schreibtisch in einem kleinen Büro. Mirko schwang seine Beine über den Rand und setzte sich auf.

»HGB ist nebenan.« Anissa betastete den Verband und nickte zufrieden.

»Wer hat mich angegriffen?«

»Warte kurz, ich hole die beiden her.« Sie ging zur Tür und öffnete sie.

Sofort kam HGB in das Büro geeilt. Eine recht große und kräftige Frau folgte ihm.

»Junge, wie geht es dir?« HGB blieb vor ihm stehen und sah ihn besorgt an.

»Bestens.« Mirko ließ sich vom Schreibtisch gleiten.

Kurz musste er durchatmen. Er hielt sich an der Tischplatte fest, bis er wieder richtig Luft bekam.

»Na klar! Du siehst auch aus wie das blühende Leben!«, bemerkte HGB.

Mirko sah zu der Frau, die hinter dem Älteren in das Büro kam.

»Tu mir leid, dass ich Sie angegriffen habe«, sagte sie.

Sie hatte schulterlange schwarze Haare und weiche Gesichtszüge. Sie trug die Hose einer Feuerwehruniform, darüber ein schwarzes T-Shirt mit dem Logo der örtlichen Feuerwache.

»Schon ok.« Mirko ging zu dem Stuhl, auf dem sein Hemd lag. Erst als er wieder angezogen war, fühlte er sich besser.

»Ich hoffe, das war nicht ich.« Die Frau zeigte auf die Stelle, an der Mirkos Verband saß.

»Nein nein, das waren wohl diese Mistviecher.«

»HGB hat mir gerade erzählt, was euch passiert ist. Ich bin übrigens Annika.« Sie reichte Mirko die Hand.

Ihr Händedruck war erstaunlich fest.

Doch Mirko war auch der Stock aufgefallen, den sie bei sich trug. Sie hatte gehumpelt, als sie hinter HGB das Büro betreten hatte.

»Wo sind denn die anderen Feuerwehrleute?«, fragte Mirko und ließ sich auf den Stuhl sinken.

»Alle ausgerückt. Ich bin die Einzige, die hiergeblieben ist.« Sie hob den Gehstock kurz hoch. »Ich bin nicht mehr so gut für Einsätze zu gebrauchen.«

Mirko nickte leicht.

»Als Sie in die Wache kamen, wusste ich nicht, was Sie hier wollten. Ich habe gestern den ganzen Abend vor dem Funk und dem Fernseher verbracht. Da draußen scheint ja wirklich Weltuntergang zu sein.«

»Das kann man wohl so sagen.« HGB setzte sich hinter den Schreibtisch auf den bequem aussehenden Chefsessel.

»Ich nehme mal an, ihr seid auf dem Weg zur Sicherheitszone in Iserlohn, oder?« Annika sah von einem zum anderen.

»Ja richtig. Wir wollten uns nur etwas ausruhen. Wir sind die ganze Nacht unterwegs gewesen. Ich bin übrigens Mirko.«

Annika ging zu einem weiteren Stuhl und ließ sich darauf nieder. Ihr rechtes Bein ließ sie dabei ausgestreckt.

»Und was haben Sie vor?« Anissa stand mit verschränkten Armen neben Mirko.

»Ehrlich gesagt, ich weiß nicht so recht.« Sie zuckte mit den Schultern. »Vermutlich sollte ich mich auch auf den Weg zur Sicherheitszone machen.«

»Darf ich fragen, was mit Ihrem Bein ist? Ich bin Krankenschwester, vielleicht kann ich helfen.«

»Das ist nett, danke. Aber ich glaube, da gibt es nichts mehr zu helfen. Ich hatte vor etwa einem Jahr einen schweren Unfall im Einsatz. Mein Knie wurde zertrümmert und seitdem ist mit dem Bein nicht mehr viel anzufangen.«

Mirko und HGB wechselten einen kurzen Blick.

»Alleine werden Sie bis nach Iserlohn sicherlich Probleme bekommen«, merkte Mirko an.

»Das ist wohl wahr.«

»Wollen Sie nicht mit uns kommen?« HGB sah die Frau an.

»Ach … ich würde Sie doch nur aufhalten. Ich bin nicht mehr die Schnellste.« In ihrer Stimme war deutliche Frustration zu hören.

»Mag sein, aber wir werden Sie bestimmt nicht alleine gehen lassen. Da draußen ist es wirklich gefährlich und selbst wenn Sie hierbleiben würden, wären Sie vermutlich nicht sehr lange sicher. Auch wenn Sie gut mit der Axt umgehen können«, stellte Mirko fest.

Annika musste kurz lachen, dann wurde ihr Gesicht wieder ernst und sie sah die anderen drei an.

»Gut, ich muss gestehen, ich bin für Ihr Angebot wirklich dankbar.«

»Aber erst einmal sollten wir uns etwas Ruhe gönnen. Ganz besonders du.« Anissa sah Mirko mit strengem Blick an. »In deinem Zustand kommst du auch nicht mehr weit.«

»Das hatten wir ja eh vor.« HGB klatschte in die Hände und erhob sich. »Ich geh mal die Rucksäcke holen. Ich hab Hunger!«

Mirko sah ihm schmunzelnd nach, als er das Büro verließ.

Es dauerte nicht lange, bis HGB wieder zurückkam.

Doch er hatte keinen der Rucksäcke dabei, war dafür aber ziemlich blass geworden.

»Wir bekommen Probleme!«, sagte er, völlig außer Atem.

Sofort waren alle auf den Beinen und folgten ihm nach draußen.

In dem schmalen Gang, durch den sie die Feuerwache betreten hatten, blieben sie stehen. Mirko drängte sich nach vorne und sah nach draußen.

Der Parkplatz vor dem Gebäude war nun nicht mehr so leer.

Mindestens fünfzehn dieser widerlichen Kreaturen humpelten über den Platz vor der Feuerwache. Ihre Köpfe zuckten immer wieder hin und her, als würden sie etwas riechen. Dabei kamen sie dem Eingang immer näher.

»Scheiße!«, entfuhr es Mirko. Im letzten Augenblick hatte er seine Stimme noch drosseln können.

Mit einem Handzeichen gab er den anderen zu verstehen, dass sie sich ins Innere des Gebäudes zurückziehen sollten.

»Was … was machen wir denn jetzt?« Anissas Stimme klang, als würde sie kurz vor einer Panikattacke stehen.

Mirko konnte es ihr nicht verdenken.

»Gibt es noch einen anderen Weg hier raus?«, fragte er Annika.

Diese schüttelte nur den Kopf.

»Nein, nur die Tür. Es gibt noch Durchgänge zu den Garagen, aber von da kommen wir auch nur auf den Parkplatz.«

»Verdammt!« Mirko konnte den Fluch nicht unterdrücken. »Ok, der Gang ist nicht sonderlich breit. Wenn sie reinkommen, werde ich versuchen, einen nach dem anderen zu erledigen.«

»Spinnst du?«, entfuhr es Anissa.

»Das wäre doch Selbstmord«, fügte HGB ergänzend hinzu.

»Wir könnten aufs Dach«, schlug Annika vor.

Mirko überlegte kurz. Das Gebäude war nicht besonders hoch. Wenn diese Kreaturen nur vorn auf dem Parkplatz waren, hatten sie vielleicht wirklich eine Chance, über das Dach zu entkommen.

»Und wie kommen wir da hoch?«, fragte er.

»Durch die Garage. Da gibt es eine Leiter, die zu einer Luke hoch aufs Dach führt.«

»Lass mich raten. Wir müssen in die Garage, wo die Tore offen stehen, richtig?«

Annika nickte.

»Kann man die Tore nicht einfach schließen?«, fragte HGB.

»Leider nein. Als das ganze Chaos los ging, muss irgendetwas kaputt gegangen sein. Ich habe versucht es zu reparieren, aber dann wurde es mir zu gefährlich.« Annika zuckte mit den Schultern.

»Na gut. Wir müssen es auf jeden Fall versuchen. Holt unsere Sachen.«

HGB und Anissa machten sich sofort auf den Weg.

Um in die Garage zu gelangen, mussten sie wieder durch den schmalen Gang. Mirko hatte die Tür nicht einmal bemerkt, denn sie hatte dieselbe Farbe wie die Wand. Nur die Metallklinke war zu erkennen gewesen.

Er warf noch einen kurzen Blick zur Glastür. Eines der Wesen stand bereits direkt davor und sah in den Gang hinein. Anscheinend hatte es sie noch nicht bemerkt, doch es war nur noch eine Frage der Zeit.

Annika öffnete die Tür und Mirko schob sich langsam hindurch.

Bis auf einige Gerätschaften und Ersatzteile stand die Garage leer. Schläuche hingen ordentlich aufgerollt an den Wänden. Einige der Geräte erkannte er als mobile Generatoren. Doch die meisten Sachen waren ihm vollkommen fremd.

Noch waren keine Kreaturen in der Garage, doch einige tummelten sich bereits vor den großen Toren.

Mirko sah sich weiter um, dann entdeckte er schließlich die Leiter. Sie war in der Wand verankert und endete oben unter dem Dach an einer Luke. Genau, wie Annika es gesagt hatte.

Er huschte wieder zurück in den Gang.

»Also wir müssen so leise wie möglich sein. Diese Biester sind schon vor den Toren. HGB, du gehst vor. Danach Anissa und dann Annika. Ich gebe euch Deckung.«

Einen kurzen Moment zögerten sie noch, dann setzten sie sich in Bewegung.

Mirko huschte als erster durch die Tür und ging hinter einem der Generatoren in Deckung. Von hier aus hatte er eine gute Sicht auf die Tore und konnte die Kreaturen besser im Auge behalten.

Als Nächstes kam HGB. Lautlos schlich er durch die Garage und erreichte die Leiter. Quälend langsam kletterte er nach oben.

Mirko betete insgeheim dafür, dass die Luke nicht klemmte oder gar verschlossen war. Doch HGB konnte sie problemlos öffnen. Kurz bevor er auf das Dach kletterte, drehte es sich noch einmal um und gab Anissa ein Zeichen.

Die junge Frau war weitaus schneller und geschickter als HGB. Sie erreichte die Leiter und hatte sie flink erklommen.

Nun war Annika an der Reihe. Sie war aufgrund ihrer Gehbehinderung definitiv die Langsamste.

Sie hatte gerade die Hälfte der Strecke hinter sich gebracht, als Mirko ein Knurren hörte.

Nervös sah er sich um. Eines dieser Dinger war durch das Tor gekommen und stand nun in der Garage. Es sah direkt zu Annika, die wie erstarrt stehen blieb und das Wesen ebenfalls ansah.

Mirko konnte sich gerade noch einen Fluch verkneifen. Er griff zum Stemmeisen und machte sich bereit, dem Ding ein Ende zu bereiten.

Doch da tauchten bereits ein zweites und ein drittes Wesen im Tor auf.

Das Knurren des Ersten schien die restliche Meute auf sie aufmerksam gemacht zu haben.

Er sah zu Annika.

Sie hatte die Axt in der Hand und sah im selben Augenblick zu ihm.

Mirko hätte ihr am liebsten zugerufen, sich nicht zu bewegen, doch damit hätte er sich selbst verraten, denn noch hatten die Kreaturen ihn nicht bemerkt. Das hätte wohl für beide das Ende bedeutet.

Plötzlich drehte sich Annika um und humpelte, so schnell sie konnte, auf die Leiter zu.

Dabei achtete sie nicht mehr auf die Hindernisse, die ihr im Weg standen. Auch nicht auf den Metalleimer vor ihr. Sie trat gegen den Eimer, der mit einem lauten Scheppern durch die Garage rollte.

Das war offensichtlich das Startsignal für die Kreaturen.

Mit wütendem Fauchen und Stöhnen lief die Meute los!

Mirko wollte gerade aus seiner Deckung hechten, um Annika zur Hilfe zu eilen. Doch kaum das er sich aufgerichtet hatte, bemerkte er aus den Augenwinkeln eine Bewegung.

Er hatte sich so sehr auf Annika konzentriert, dass er nicht mitbekommen hatte, wie sich eines dieser Dinger an ihn herangeschlichen hatte.

Jetzt war es beinahe zu spät. Mirko sah noch, wie das Wesen auf ihn zusprang.

Instinktiv warf er sich zur Seite und prallte auf den Boden. Erneut schoss ein Schmerz in seine Seite. Wieder tanzten dunkle Sterne vor seinen Augen, doch er durfte nicht wieder bewusstlos werden. Nicht jetzt!

Mit aller Kraft drängte er die Dunkelheit zurück und warf sich auf den Rücken.

Die Kreatur kam bereits wieder auf ihn zugeschossen.

Mirko handelte völlig automatisch. Er riss das Stemmeisen hoch, mit dem spitzen Ende nach oben.

Blut spritzte in sein Gesicht, als sich die Metallspitze durch den Unterkiefer in den Schädel des Angreifers bohrte.

Schnell schloss er Mund und Augen, dann spürte er schon das Gewicht des Wesens auf seinem Körper.

Es kostete ihn noch einmal viel Kraft, die Kreatur von sich runter zu stoßen.

In diesem Moment hörte er einen gellenden Schrei!

Noch am Boden liegend, sah er sich um.

Die wilde Horde hatte Annika erreicht und stürze sich gerade auf sie.

Mirko ignorierte den Schmerz in seiner Seite und raffte sich mühsam wieder auf die Beine.

Das Stemmeisen steckte noch immer im Schädel der toten Kreatur und es blieb auch keine Zeit, die Waffe zu befreien.

Sein Blick hing die ganze Zeit auf Annika und den Kreaturen, die sie förmlich unter sich begruben.

So schnell er konnte, eilte er zu ihr.

Er erreichte sie und musste mit ansehen, wie eines der Wesen gerade ein großes Stück Fleisch aus ihrem Oberschenkel biss …

Erneut schrie Annika laut auf.

Mirko erstarrte. Er wusste was passierte, wenn man von einem dieser Dinger gebissen wurde. Sie würde sich verwandeln und das vermutlich schon sehr bald.

Er stand immer noch wie angewurzelt da und sah zum Tor.

Weitere Kreaturen tauchten vor der Feuerwache auf. Kurz blieben sie stehen, dann rannten sie mit einem wütenden Knurren los.

Es waren sechs oder sieben weitere, die nun in die Garage eindrangen.

Mirko sah wieder zu Annika und ihre Blicke trafen sich noch einmal.

Der stumme Hilferuf in ihrem Gesicht war deutlich zu erkennen.

Doch es gab leider nichts mehr, dass er noch für sie tun konnte.

Am liebsten hätte er vor Wut und Zorn laut aufgeschrien.

Dann lief er los.

Er machte einen weiten Bogen um die Kreaturen, von denen sich nun immer mehr in der jungen Frau verbissen.

Ihre Schreie waren bereits verstummt, als er die Leiter erreichte und hochkletterte.

Mit einem Mal spürte er eine Hand, die sich fest um seinen Knöchel legte!.

Mirko klammerte sich mit aller Kraft an der Sprosse fest und drehte sich um. Eine der Kreaturen war ihm gefolgt und hing nun an seinem Bein.

Er zog das andere Bein an und trat, so fest er konnte, zu!

Der Tritt traf die Kreatur mitten im Gesicht. Der Griff lockerte sich, aber sie ließ ihn nicht los.

Der zweite Tritt zeigte mehr Wirkung. Das Ding ließ Mirkos Bein los und taumelte zurück.

Noch bevor er weiter kletterte, fiel sein Blick noch einmal auf den Pulk, der Annika unter sich begraben hatte.

Mit Grauen sah er, wie weiter große Stücke aus ihr herausgerissen wurden.

Alles in ihm schrie danach, wieder nach unten zu klettern und sich auf diese Wesen zu stürzen. Auch wenn er Annika nicht mehr retten konnte, er konnte vielleicht verhindern, dass die Kreaturen sie vollkommen verstümmelten.

Doch dann fielen ihm Anissa und HGB wieder ein.

»Verdammte Scheiße!« Mit einem Fluch auf den Lippen kletterte er weiter nach oben.

Kurz bevor er die Luke erreichte, kamen vier Hände durch die Öffnung und packten ihn.

Gemeinsam zogen Anissa und HGB ihn aufs Dach.

Erschöpft blieb er neben der Luke liegen. Das Atmen fiel ihm sichtlich schwer und seine Rippen schmerzen fürchterlich.

Irgendwann blickte er auf und sah in die Gesichter seiner beiden Begleiter.

HGBs Gesicht wirkte verkniffen und Anissa war noch bleicher als zuvor.

Dann streckte HGB die Hand aus.

Mirko ergriff sie und zog sich auf die Beine.

»Du konntest nichts mehr für sie tun«, sagte der Ältere und sah ihm fest in die Augen.

Mirko nickte kurz und wandte seinen Blick ab.

Sie hatten Glück gehabt. Die Kreaturen hatten sich nur vor dem Gebäude versammelt.

Im Hinterhof war alles frei.

Der Abstieg vom Dach gestaltete sich noch einmal als schwierig. Vier große Müllcontainer standen an der Wand. Doch das Dach war zu hoch, um einfach hinunterzuspringen. Sie mussten sich von der Dachkante nach unten hangeln und dann möglichst geräuscharm auf die Müllcontainer gelangen.

Mirko presste den linken Arm fest gegen seine Seite, als sie den Hinterhof erreicht hatten.

Doch zum Verschnaufen blieb ihnen keine Zeit. Sie mussten hier weg, und zwar so schnell wie möglich.

Nicht weit von der Feuerwache entfernt befand sich die Fußgängerzone von Letmathe. Es war eine kleine Stadt, die sich direkt zwischen Hohenlimburg und Iserlohn befand.

Aber da wollte Mirko nicht durch. Zwischen den Häusern und Geschäften war das Risiko einfach zu groß, von diesen Kreaturen überrascht zu werden. Stattdessen gingen sie wieder ein Stück in die entgegengesetzte Richtung. Die Idee war es, den Bahngleisen weiter zu folgen. Die Gleise führten von Hagen über Hohenlimburg und Letmathe zum Bahnhof Iserlohn. Dieser lag nur unweit der Sicherheitszone.

Kurz bevor die Feuerwache außer Sichtweite geriet, blieb Mirko noch einmal stehen und sah zurück. HGBs Worte gingen ihm wieder durch den Kopf.

Er wünschte, er könnte sie glauben. Doch hätte er wirklich gar nichts mehr tun können?

Eine Hand legte sich auf seine Schulter.

Er drehte den Kopf und sah direkt in Anissas Gesicht. Sie lächelte leicht.

Auch wenn es kein fröhliches Lächeln war, verstand er die Geste.

Er warf noch einen letzten Blick auf die Feuerwache, dann gingen sie weiter.

Sie hatten die Hälfte des Weges zur Sicherheitszone bereits hinter sich gebracht.

Zeitgleich – Sicherheitszone Iserlohn

»Das ist doch alles Scheiße!« Sascha unterdrückte die Lautstärke seines Fluchs, auch wenn er viel lieber laut geschrien hätte.

»Halt doch mal die Klappe!« Walter lag neben dem Soldaten auf dem Boden und spähte angestrengt in Richtung Innenstadt.

»Glaubst du, die hören uns da unten?« Sascha lehnte an einem Baum und war zutiefst frustriert.

»Nein, aber ich habe langsam die Schnauze voll! Wir haben unsere Befehle und die haben wir gefälligst zu befolgen.«

»Auch wenn diese Befehle völliger Bullshit sind?«

»Hör mal zu. Du hast mich schon oft genug in Schwierigkeiten gebracht. Diesmal ist die Sache ernst.«

»Glaubst du, das weiß ich nicht?« Sascha sah seinen Kameraden fest an. »Das ist doch der Grund, weshalb ich so sauer bin. Sieh dir das da unten doch mal genau an.« Er deutete runter zur Stadt, wo sich immer mehr Kreaturen sammelten.

»Du solltest langsam kapieren, dass das da unten keine Krise mehr ist. Das ist der verdammte Weltuntergang. Das ist das Ende. Oder glaubst du ernsthaft, dass das nur hier so ist? Weswegen schicken die uns wohl keine Männer mehr? Warum kreisen hier keine Hubschrauber und Jets? Wieso wird das da unten nicht einfach mit ein paar Bomben dem Erdboden gleich gemacht?«

Walter sagte nichts mehr, sondern starrte nur stur auf die Horde, die sich in der Fußgängerzone sammelte.

»Du weißt es auch, oder? Das ganze Land ist vor die Hunde gegangen.« Sascha warf einen kleinen Stein vor sich hin, mit dem er die ganze Zeit unruhig gespielt hatte.

»Und was denkst du, können wir noch tun?« Walter wirkte verunsichert.

»Auf jeden Fall nicht dumm hier rumsitzen und dabei zugucken, wie sich da unten unser aller Ende zusammenbraut. Die rotten sich doch da nicht ohne Grund zusammen. Ich weiß zwar nicht genau wieso, aber vielleicht können sie die Menschen in der Zone riechen oder wahrnehmen. Aber sicherlich sind wir der Grund, warum sich die da versammeln.«

»Du denkst also wirklich, die greifen uns an?«

»Ach Walter, komm schon. So naiv bist du doch nicht, oder? Selbst wenn nicht, diese Zone ist keinesfalls mehr sicher. Überleg doch mal, wie viele Soldaten hier sind?«

»Dreiundzwanzig.« Die Antwort kam wie aus der Pistole geschossen. »Dann noch zehn Polizisten und diese Kerle in den schwarzen Uniformen. Keine Ahnung, wie viele es von denen hier gibt.«

»Genau. Das macht also dreiunddreißig Leute mit Waffen, von denen wir wissen, dass sie auch zu Verteidigung der Zivilisten hier sind. Was denkst du, wie lange wir dieser Horde standhalten können?«

Wieder schwieg Walter, doch Sascha wusste, dass er ihn hatte. Dafür kannten sich die beiden schon lang genug.

Schweigend sahen sie wieder hinunter zur Stadt.

Die Kreaturen bewegten sich langsam und träge. Sie taumelten, schlurften und schlichen unkoordiniert hin und her. Es war ein bizarrer, aber beklemmender Anblick.

Der Anblick hatte ihn völlig unvorbereitet getroffen. Er hatte nicht mit so vielen gerechnet.

Dann hatte er die Horde durch seinen Feldstecher beobachtet. Die meisten dieser Wesen hätten eigentlich tot sein müssen. Sie hatten schrecklich schwere Verletzungen. Manchen fehlten sogar ganze Körperteile. Und doch liefen sie dort unten rum.

Irgendwann hatte Sascha auch die Wärmebildkamera rausgeholt. Er wollte auf Nummer sichergehen. Doch diese Kreaturen waren nicht kalt. Ganz im Gegenteil, ihre Körperwärme schien deutlich über der eines normalen Menschen zu liegen. Also waren sie vermutlich wirklich nicht tot.

Doch was waren sie dann?

Einfache Soldaten, wie sie es waren, hatten nicht viele Informationen erhalten, als sie hierher geschickt worden waren. Nur, dass es zu einer Krisensituation kommen könnte. Erst vorletzte Nacht hatte man sie dann darauf vorbereitet, was kommen könnte. Die meisten von ihnen, hatten kein

Wort davon glauben wollen. Andere waren erschüttert und verwirrt gewesen.

Sascha gehörte zu keiner der beiden Gruppen. Er war noch nie jemand gewesen, den man leicht aus der Bahn werfen konnte. Zu seinen Stärken zählte es, Situationen so anzunehmen, wie sie waren und entsprechend darauf zu reagieren. Auch wenn es kaum zu glauben war, was die Offiziere ihnen erzählt hatten, blieb er vollkommen ruhig. Erst als Oberst Meyhof die ersten Befehle gab und diese High-Tech-Typen mit den schwarzen Uniformen auftauchten, begann er, die ganze Sache zu hinterfragen.

Das war wohl seine schlechteste Eigenschaft als Soldat. Er hatte große Probleme mit Befehlen, die ihm völlig sinnlos und überflüssig vorkamen.

Eigentlich wurden sie geschickt, um eine Sicherheitszone für Zivilisten zu errichten, damit sie der Bevölkerung Schutz bieten konnten. Doch alles sah danach aus, als ob sie gerade etwas anderes taten. Die Zivilisten wurden behandelt wie Gefangene. Sie durften die Zelte nicht allein und ohne Genehmigung verlassen. Und dann noch diese Kerle mit den schwarzen Uniformen, die alle Eingänge zu den Zelten und Gebäuden mit Argusaugen bewachten.

Später gab der Oberst sogar noch den Befehl, alle Zugänge zur Sicherheitszone zu schließen und niemanden mehr reinzulassen.

Und jetzt das hier.

Da unten in der Stadt braute sich gewaltiger Ärger zusammen und alles, was sie unternahmen, war beobachten …

Sie mussten die Menschen von hier wegbringen, und zwar schnell.

In der sogenannten Sicherheitszone waren sie einfach nicht mehr sicher.

»Hast du denn irgendeine Idee, was wir tun können?«

»Schau mal hier.« Sascha zog eine Landkarte mit Stadtplan aus der Tasche und breitete sie vor seinem Kameraden aus. »Wir sind hier. Da ist die Stadt, wo diese Dinger sind. Wenn wir die Leute in Sicherheit bringen wollen, müssen wir sie hier entlang lotsen.« Er fuhr mit seinem Finger eine Strecke entlang, die in einer breiten Kurve zu den Bahngleisen und damit an den Kreaturen vorbeibringen würden.

»Und dann?« Walter war nicht wirklich überzeugt.

»Wie und dann?« Dann bringen wir die Leute in Sicherheit. In Hemer gibt es die alte Kaserne. Etwas abgelegen. Zäune, Mauern, große Gebäude und mitten im Wald. Dort können wir die Menschen doch viel besser beschützen, als hier hinter Barrikaden und Maschendraht.«

Walter blickte nachdenklich auf den Plan.

»Das könnte wirklich klappen«, meinte er schließlich. »Aber der Weg zur alten Kaserne in Hemer ist verdammt weit. Meinst du wirklich, wir kriegen die ganzen Leute dahin?«

»Na ja, ich hab ja nicht gesagt, dass es einfach wird. Aber es ist immer noch besser, als hier zu warten, bis die Viecher kommen und uns abschlachten.«

Walter sah noch einen Moment nachdenklich auf die Karte.

»Das klingt ja alles schön und gut, aber solange der Meyhof das Sagen hat, wird daraus nichts. Du kennst den doch. Er hört selten auf andere und schon gar nicht auf dich.« Damit klappte er die Karte zusammen und reichte sie seinem Kameraden.

»So ein Mist! Wir werden hier alle draufgehen.« Sascha wandte sich wieder in Richtung Stadt, um weiter die Kreaturen zu beobachten. »Ach du Scheiße!«, entfuhr es ihm.

»Was ist denn?« Walter sah nun ebenfalls in die Richtung und wurde kreideweiß im Gesicht.

Die Meute unten in der Stadt war verschwunden!

Kurze Zeit später

Andreas kam zurück zu seinem Feldbett und setzte sich.

Wenige Augenblicke später kamen auch die anderen zu ihm.

»Und?«, fragte er leise.

»Keine Chance. Die Eingänge sind bewacht. Diese Typen in den schwarzen Uniformen sind schwer bewaffnet und machen nicht den Eindruck, als wären die an Gesprächen interessiert.« Nora wirkte frustriert. »Mal abgesehen davon, dass wir erst einmal durch diese verfluchte Schleuse durch müssten.«

»Auch sonst nichts. Wir sind einmal komplett rumgegangen. Auch wenn das nur ein Zelt ist, es ist ziemlich stabiles Material.« Dennis saß mit seinem Freund Patrick auf dem Bett neben den beiden. »Und bei dir?« Nun sahen alle zu Andreas.

»Auch nichts. Die Menschen hier sind wie benebelt. Der Schock sitzt wahrscheinlich noch tief. Aus den meisten war kaum ein Wort raus zu bekommen.«

Sie hatten nur wenig Schlaf gefunden und waren schon sehr früh wieder auf den Beinen gewesen. Schnell waren sie sich jedoch einig geworden, dass sie so schnell wie möglich von hier verschwinden mussten. Die Lage in der Sicherheitszone schien einfach zu gefährlich. Die Horde, die sich unten in der Stadt gesammelt hatte, würde sicher nicht ewig dortbleiben. Es war zwar nicht sicher, dass diese Kreaturen sie angreifen würden, doch keiner von ihnen wollte es darauf ankommen lassen.

»Ihr müsst euch einfach nur beruhigen und abwarten. Das gehört alles zum Plan des Herren, den er für uns hat.« Sam lag wie immer auf seinem Bett und hatte die Hände hinter dem Kopf verschränkt. Er lächelte und sah an die Decke des Zeltes.

Die vier sahen in kurz an und dann wieder nach vorn.

»Das bringt uns auch nicht viel weiter«, murmelte Nora leise.

Seit Stunden suchten sie nun schon nach einer Fluchtmöglichkeit. Jeder Plan, den sie entwarfen, entpuppte sich jedoch als aussichtslos. Das größte Problem waren die Wachen mit ihren schweren Waffen. Die Idee, einfach zu ihnen zu gehen und zu verlangen, dass man sie gehen ließ, hatten sie als Allererstes verworfen. Weder die Soldaten, noch die Leute in den Schutzanzügen sprachen auch nur ein einziges Wort mit ihnen.

Gerade in diesem Moment ging wieder einer an ihnen vorbei. Stumm folgte Andreas ihm mit seinem Blick. In seinem Kopf entwickelte sich gerade ein neuer Plan.

»Hallo? Hörst du zu?« Nora rüttelte an seiner Schulter.

»Was?« Andreas sah sie fragend an.

»Na prima. Wir grübeln hier nach einer Lösung für unser Problem und du träumst in aller Seelenruhe vor dich hin.«

»Ich habe vielleicht einen Plan.« Er hatte die Stimme gedämpft.

»Schieß los.« Dennis beugte sich neugierig vor.

Andreas sah von einem zum anderen.

»Ich will euch nicht zu viel verraten. Es könnte gefährlich sein und ist auch ein kleines Bisschen verzweifelt. Bleibt einfach hier sitzen und wartet ab. Sollte es schiefgehen, haltet euch raus und tut so, als wenn ihr von nichts wisst.«

Die drei schauten ihn sichtlich verwirrt an. Selbst Sam setzte sich nun auf und sah ihn neugierig an.

Nora wollte gerade etwas sagen, doch da stand Andreas bereits auf und ging davon.

»Was hat der denn nun vor?« Patrick fühlte sich in dieser passiven Rolle nicht wohl.

»Wenn ich das nur wüsste.« Auch Nora hielt es kaum auf ihrem Platz.

Zielstrebig ging Andreas hinter dem Arzt in dem weißen Schutzanzug her. In Gedanken ging er seinen Plan noch einmal durch. Mit jedem Schritt erschien ihm dieser aber immer aussichtsloser. Doch sie hatten keine andere Wahl. Sie mussten handeln.

Wenn sie einfach hier sitzen blieben, würden sie alle sterben, umgebracht von der Horde, die sich unten in der Stadt gesammelt hatte. Im Grunde wusste er noch nicht einmal, wieso er sich dessen so sicher war, doch eine innere Stimme flüsterte ihm immer wieder zu, dass sie hier sterben würden.

Kurz sah er sich noch einmal im Zelt um. Es waren ungefähr zehn Meter bis zur Schleuse. Weit genug? Er wusste es nicht, doch das war etwas, das er im Moment auch nicht beeinflussen konnte.

Der Arzt war gerade allein im Zelt, sein Kollege war vor wenigen Minuten durch die Schleuse verschwunden.

Er erreichte den Mann im Schutzanzug und blieb direkt hinter ihm stehen. Noch einmal atmete er tief durch und sah zu den anderen zurück. Sie waren die Einzigen, die ihn ansahen. Der Rest der Menschen im Zelt starrte stumpf vor sich hin.

Alles in ihm sträubte sich dagegen, das zu tun, was er nun vorhatte. Es schien, als würde ihm sich der Magen umdrehen. Sein Plan basierte auf einem Bluff und eigentlich war er auch kein guter Pokerspieler.

»Was zum Geier hat der da vor?« Nora beobachte ihn, und auch sie beschlich ein komisches Gefühl.

Noch einmal gab sich Andreas ein Ruck, dann packte er zu!

Er legte dem Arzt einen Arm um den Hals, mit dem anderen griff er das rechte Handgelenk und drehte den Arm des Mannes auf den Rücken.

Ein erschrockener Ruf kam aus dem Schutzanzug.

»Hören Sie mir jetzt genau zu«, raunte er dem Arzt zu. Gleichzeitig griff er mit der Hand den Anzug des Mannes. »Ich will Ihnen nichts tun. Ich will nur hier weg. Also rufen Sie jetzt Ihre Freunde in den schwarzen Uniformen und sagen Sie Ihnen, dass ich und meine Freunde hier raus dürfen. Verstanden?«

Eigentlich wollte er am liebsten alle Menschen hier rausbringen. Doch er war sich auch darüber im Klaren, dass es bereits ein Spiel auf Messers Schneide war, seine kleine Gruppe hier rauszuschaffen. Und selbst wenn man sie aus dem Zelt raus ließ, waren sie noch lange nicht in Sicherheit. Dort draußen waren noch etliche weitere Soldaten.

»Wieso sollte ich das tun?«, fragte der Arzt.

»Na, weil ich sonst Ihren schönen Anzug zerreiße und dann wird Sie nichts mehr schützen.« Kurz warf er einen Blick zu seiner Gruppe.

Sie saßen mit aufgerissenen Augen und offenen Mündern da und starrten ihn an.

»Und wenn schon. Die Anzüge sind nur zur Sicherheit«, erwiderte der Arzt.

Für einen Augenblick befürchtete Andreas, dass sein Bluff aufgeflogen war, doch dann fiel ihm die leicht zittrige Stimme des Mannes auf.

»Das glaube ich nicht. Ich denke vielmehr, Sie wissen nicht, wie diese … Krankheit übertragen wird. Wollen Sie das Risiko wirklich eingehen?«

»Sie werden nicht weit kommen. Die Soldaten werden Sie erschießen, wenn Sie das Zelt verlassen.« Nun zitterte die Stimme des Arztes richtig und Andreas wusste, dass er genau ins Schwarze getroffen hatte.

»Das kommt wohl ganz auf Sie an, mein Freund. Und nun reden Sie mit den Wachen an der Tür!«

Die Leute in der Nähe sahen ihn erschrocken an, doch keiner wagte es, sich zu rühren. Die meisten Menschen im

Zelt hatten bisher noch nichts mitbekommen. Dafür war das Gespräch einfach zu leise gewesen.

Im ersten Augenblick geschah nichts, dann hörte Andreas ein leises Knacken aus dem Helm des Mannes. Kurz darauf erklang die Stimme des Arztes. »Dr. Magnussen an Wachposten Zwei. Sie sollten dringend ins Zelt kommen. Hier …. Hier möchte jemand mit Ihnen reden.«

Dann war es wieder still. Vermutlich sprachen nun die Wachen.

»Das weiß ich, aber das ist wirklich wichtig!« Der Arzt klang verärgert.

»So ist es gut«, flüsterte Andreas.

Im nächsten Moment betraten zwei bewaffnete Soldaten mit schwarzen Uniformen das Zelt. Sie sahen sich kurz um, dann erblickten sie den Arzt und Andreas. Sofort rissen sie ihre Waffen hoch.

»Nicht schießen!«, schrie der Arzt hysterisch.

Andreas konnte die Gesichter der beiden Männer nicht erkennen, sie trugen Gasmasken.

»Lassen Sie den Mann los!« Die Stimme des Uniformierten klang ruhig, aber befehlsgewohnt und streng.

»Nein, ich denke, das werde ich nicht tun.« Langsam ging er mit seiner Geisel rückwärts und näherte sich seinen Freunden. »Sie lassen uns gehen und ich lasse den Arzt los.«

»Das wird nicht passieren. Sie sind zu Ihrem eigenen Schutz hier. Da draußen werden Sie sterben.«

»Nun, da sind wir leider nicht einer Meinung. Ich habe es ihrem Kommandanten bereits gesagt, da unten in der

Stadt sammelt sich eine riesige Horde Kreaturen. Wer weiß, wie viele es jetzt schon sind. Es ist nur eine Frage der Zeit, bis die hierherkommen und dann sitzen wir alle in der Falle.« Andreas wusste nicht, ob sein Plan aufgehen würde, aber immerhin hatte er die Soldaten schon einmal dazu gebracht, dass sie ihm zuhörten.

Die beiden Männer sahen sich kurz an, doch ihre Waffen blieben weiter auf Andreas gerichtet.

»Wenn diese Kreaturen wirklich herkommen, sind wir hier, um Sie zu beschützen. Bis jetzt hat es noch keins dieser Dinger geschafft, hier einzudringen. Wir haben Waffen und genügend Munition. Seien Sie vernünftig und lassen Sie den Mann los!« Die Stimme des Soldaten wurde etwas lauter.

»Das ist also dein Plan?« Plötzlich stand Nora hinter ihm.

»Ich hatte doch gesagt, du sollst sitzen bleiben und dich raushalten«, zischte Andreas, doch sie reagierte nicht darauf.

»Ich lasse den Doktor los, wenn Sie mich und meine Freunde gehen lassen. Wenn Sie hier sterben wollen, dann bitte. Aber Sie haben nicht das Recht, uns hier festzuhalten. Wir sind freie Menschen, die freiwillig hergekommen sind, oder hat sich daran was geändert?«

Einen Moment schwieg der Soldat.

»Was wollen Sie denn da draußen? Da ist doch nichts mehr. Hier haben Sie eine Unterkunft und Verpflegung. Da draußen würden Sie keine weitere Nacht überleben.«

»Ach ja? Waren Sie eigentlich schon da draußen?«, fragte Andreas. »Ich schon. Ich weiß, was da draußen abgeht. Und ich bin bereit, das Risiko einzugehen. Das ist immer noch besser, als hier in der Falle zu sitzen!«

Jetzt griff sich der Soldat ans Ohr. Er trug ein Head-Set und lauschte vermutlich gerade einer Anweisung seines Befehlshabers. Dann warf er seinem Kameraden einen Blick zu. Beide drehten sich um und verließen das Zelt durch die Schleuse.

Genau in diesem Augenblick hörten Andreas und die anderen Schüsse von draußen.

»Was soll das denn?«, fragte Andreas erstaunt und ließ den Arzt einfach los.

Irgendwas war gehörig schief gegangen, doch er hatte keine Ahnung was.

Der Arzt holte tief Luft und brachte eilig ein paar Meter Abstand zwischen sich und Andreas.

»Na, das hast du ja sehr gut hinbekommen«, sagte Nora, die nun an seiner Seite stand.

Auch die anderen kamen nun heran.

Völlig ratlos blickte Andreas zum Eingangsbereich. Aus irgendeinem Grund war die Angst, dass die Horde angriff, mit einem Schlag verschwunden.

Und er konnte sich auch denken, wieso …

Kurz zuvor

Sascha und Walter hasteten den Hügel zum Camp hinauf. Direkt nach ihrer Entdeckung hatten sie die anderen Einheiten über den Funk benachrichtigt.

Sie wurden angewiesen, auf ihrem Posten zu bleiben. Doch diesmal war auch Walter fest davon überzeugt, dass dieser Befehl absolut schwachsinnig war.

Sie erreichten das Tor der Sicherheitszone. Die anderen Soldaten schoben weiterhin gelassen Wache. Nichts deutete darauf hin, dass sich irgendjemand für einen drohenden Kampf bereit machte.

»Was ist denn hier los ...« Sascha verschlug es fast die Sprache.

»Was soll denn los sein?« Der Soldat am Tor sah ihn fragend an.

»Wir haben doch eben Meldung gemacht, dass die Horde in der Stadt verschwunden ist. Wahrscheinlich sind diese Dinger gerade auf dem Weg hierher!« Diesmal war es Walter, der das Wort ergriff.

»Da weiß ich nix von.« Die beiden Soldaten sahen sich unsicher an.

»Soll das heißen, Meyhof hat nichts unternommen?« Sascha war außer sich.

»Lasst uns rein, wir müssen mit dem Oberst reden!«

Ohne zu zögern, öffneten die beiden das Tor und ließen sie rein.

»Haltet die Augen offen. Wir haben keine Ahnung, aus welcher Richtung sie kommen werden«, rief Sascha den beiden Wachen zu, während er weiter lief.

Sie erreichten den Hauptplatz des Lagers, den kleinen Park, und blieben stehen.

Nichts deutete darauf hin, dass ein Angriff erwartet wurde. Keine verstärkten Wachen, keine Patrouillen oder sonst irgendwelche Vorkehrungen.

Beide sahen sich kurz an. Auch Walter war ratlos.

Dann rannten sie weiter. Zum Zelt des Kommandanten.

Es befand sich etwas abseits der Hauptanlage, auf einem Parkplatz direkt neben dem Park. Dort würden sie Oberst Meyhof sicherlich antreffen.

Sie hatten den Durchgang zum Parkplatz noch nicht einmal erreicht, als ihnen der Kommandant bereits entgegenkam.

»Schilling, was soll das werden?«, schrie er sie an, noch lange bevor er sie erreichte.

»Das wollte ich Sie auch gerade fragen. Haben Sie unseren Funkspruch nicht empfangen?«

Sascha musste sich zusammenreißen, er war kurz davor, seinen Vorgesetzten anzuschreien.

»Gefreiter Schilling, ich warne Sie, Sie sprechen mit Ihrem vorgesetzten Offizier!« Meyhof Stimme schien die Luft zu schneiden.

Doch diesmal war Sascha nicht bereit, klein beizugeben. Es ging um Menschenleben!

Er wollte gerade ansetzen, da ließ ihn der Blick seines Vorgesetzten verstummen.

»Sofort mitkommen! Ich habe Ihnen gesagt, dass Ihr Verhalten Konsequenzen haben wird!«, keifte der Kommandant und brachte sie mit einer Handbewegung dazu, ihm zu folgen.

Völlig perplex kamen sie dem Befehl nach. Er führte sie an dem großen Quarantänezelt vorbei, bis sie eine Stelle erreichten, an der sie von niemandem gesehen werden konnten.

Oberst Meyhof sah sich suchend um.

»Was soll das werden?«, fragte Sascha. Die Umgangsformen gegenüber Vorgesetzten waren ihm nun egal.

»Hören Sie mir zu und halten Sie die Klappe!«, zischte Meyhof. »Natürlich habe ich den Funkspruch erhalten. Ich nehme ihn auch ernst. Doch ich leite diese Anlage nicht mehr. Die Leute in den schwarzen Uniformen haben mir gerade das Kommando entzogen und alles übernommen. Sie haben mir befohlen, Ihre Warnung zu ignorieren und Sie auf Ihrem Posten zu lassen.«

»Was soll das heißen?« Walter wirkte noch verwirrter als zuvor.

»Das weiß ich nicht. Doch was ich weiß, ist, dass die Menschen in den Zelten in großer Gefahr sind.« Meyhof sah sich noch einmal kurz um. »Und nun werde ich auch mal ein paar Befehle ignorieren. Wir werden die Menschen aus den Zelten holen und hier wegschaffen. Außerdem werden wir versuchen, die Kreaturen so lange aufzuhalten, bis alle in Sicherheit sind!«

Sascha wollte etwas sagen, doch es hatte ihm endgültig die Sprache verschlagen.

»Ich weiß was Sie von mir halten, Schilling, und das ist auch vollkommen in Ordnung. Doch glauben Sie mir eins, ich bin nicht das Arschloch, für das mich viele halten. Sie beide werden die Leute aus den Zelten holen und von hier wegschaffen. Ich werde mit den verbleibenden Soldaten, sofern Sie noch auf mich hören werden, versuchen die Kreaturen aufzuhalten. Verstanden?«

»Natürlich. Aber wie sollen wir die Menschen von hier wegbringen und wohin?« Sascha war verwirrt. Er kannte Meyhof seit einigen Jahren und war sich sicher gewesen, ihn in- und auswendig zu kennen. Doch so hatte er ihn noch nie kennengelernt. Sein Bild des Kommandanten wurde mit einem Mal komplett auf den Kopf gestellt.

»Schilling, wenn hier jemand eine Idee hat, wie er die Leute hier rausbekommt, dann ja wohl Sie. Ich habe Sie nicht umsonst auf den Beobachtungsposten geschickt. Ich hatte bereits vor einigen Stunden geahnt, worauf das hier hinauslaufen wird. Und ich wusste, dass ich mich darauf verlassen konnte, dass Sie den Befehl, die Stellung zu halten, ignorieren würden.«

»In der Tat habe ich eine Idee. Die alte Kaserne in Hemer. Dort könnten wir die Menschen und uns besser verteidigen als hier.« Sascha wollte seinen Plan gerade weiter ausführen.

»Guter Vorschlag. Bringen Sie die Leute dahin. Die Schlüssel in unseren Fahrzeugen stecken. Dafür habe ich bereits gesorgt. Sie müssen nur genügend Leute finden, die sie fahren können. Dann schaffen Sie alle hier weg. Der Rest von uns stößt dann in der Kaserne wieder dazu.«

»Jawohl, Herr Oberst!« Es war selten, dass Sascha es über sich brachte, seinen Vorgesetzten so anzusprechen. Vermutlich war es auch das erste Mal, dass er es ernst meinte.

»Sie sind ein verdammt guter Soldat, Schilling. Ihnen fehlt es nur an Disziplin und Respekt. Wenn jemand das Zeug dazu hat, dann Sie. Und nun schaffen Sie die Leute hier weg!«

»Aber ich verstehe immer noch nicht …« Sascha sah den Kommandanten fragend an.

Meyhof sah sich um. Man merkte ihm deutlich an, dass ihm die Zeit unter den Nägeln brannte.

Noch war alles in der Umgebung ruhig. Die Bundeswehrsoldaten hatten Posten an den Eingängen bezogen und die Männer mit den schwarzen Uniformen schoben weiter vor den Zelten Wache.

Außerdem standen noch weitere dieser Einheiten vor dem Haupteingang der großen Halle.

»Auch ich befolgte Befehle und nicht immer ergeben Befehle einen Sinn. Doch es ist einfach so, wie es ist. Doch diesmal geht es um Menschenleben. Da kann ich auch nicht mehr still da sitzen und so tun, als hätte alles seine Richtigkeit. Hören Sie, ich glaube, an dieser Sache ist mehr dran, als wir alle glauben. Bleiben Sie vorsichtig und hinterfragen Sie alles, was Sie hören und sehen. Und nun beeilen Sie sich. Die Zeit läuft uns davon!«

Sascha und Walter salutierten noch einmal vor ihrem Kommandanten, dann wandten sie sich ab.

»Da brat mir doch einer 'nen Storch«, stammelte Walter.

»Na, das kannst du laut sagen.« Sacha wusste noch immer nicht, was er davon halten sollte. Die Worte von Meyhof hallten noch immer in seinem Kopf wieder. Was hatte er nur damit gemeint, dass an der Sache mehr dran wäre?

Er wischte den Gedanken erst einmal zu Seite. Im Augenblick hatten sie wichtigeres zu tun.

Sie verließen die Ecke, in der sie sich versteckt hatten.

Er blieb kurz stehen und verschaffte sich einen Überblick.

Noch immer wirkte alles friedlich. Doch das war eher die Ruhe vor dem Sturm.

Er hatte gesehen, was sich unten in der Stadt zusammengebraut hatte und jetzt wahrscheinlich auf dem Weg hierher war.

Langsam gingen sie weiter, sie durften nicht vorzeitig Aufmerksamkeit erregen.

Sie erreichten den Eingang des Quarantänezeltes. Ein Soldat in schwarzer Uniform stand davor.

Das war seltsam, denn normalerweise waren die Wachen immer zu dritt vor der Schleuse.

Die Gedanken rasten durch Saschas Kopf. Er musste sich dringend etwas einfallen lassen, wie sie in das Zelt gelangen konnten. Für die Bundeswehrsoldaten war der Zutritt strengstens untersagt.

»Hey, du!«, rief er dem Wachmann zu.

Dieser reagierte erst gar nicht. Erst nach einer ganzen Weile drehte er langsam den Kopf in seine Richtung.

Sascha sah kurz zu Walter.

»Hör zu, wir müssen dringend in das Zelt«, versuchte er es erneut.

Doch wie zuvor reagierte der Wachmann kaum.

»Oberst Meyhof hat uns geschickt. Ein Bekannter von ihm ist da drin. Wir sollen ihn finden und zu ihm bringen.«

Weiterhin keine Reaktion. Der Blick des Mannes wirkte kalt und Sascha war sich nicht einmal mehr sicher, ob der Mann ihn überhaupt verstand.

»Och Mann, komm schon! Wir haben doch auch nur unsere Befehle und wenn wir die nicht befolgen, dann kriegen wir mächtig Ärger. Wir sitzen hier doch alle im selben Boot, also lass uns rein und wir sind auch schnell wieder weg.«

Langsam hob sich der Lauf des Sturmgewehrs, das der Mann in seinen Händen hielt.

»Hey, nun mal schön langsam!« Sascha hob die Hände.

Nun brauchte er schnell einen anderen Plan. Diese Typen schienen wirklich keine einfachen Soldaten zu sein. Wie würden sie nur an dem Kerl vorbeikommen?

In diesem Augenblick fielen die ersten Schüsse.

Sascha und Walter fuhren herum. Der Haupteingang wurde angegriffen! Weitere Schüsse fielen. Befehle wurden gerufen. Mit einem Mal war das gesamte Lager in heller Aufregung.

Der Haupteingang lag am anderen Ende der Sicherheitszone. Wie hatten die Kreaturen es nur so schnell dorthin geschafft?

Walter und er sahen sich an, für Diplomatie blieb jetzt keine Zeit mehr.

Die Katastrophe, mit der sie gerechnet hatten, wurde soeben schreckliche Realität.

Zeitgleich drehten sie sich wieder zu dem Soldaten in der schwarzen Uniform um. Er hatte seinen Zeigefinger an sein rechtes Ohr gelegt und schien leise mit jemandem zu reden.

Jetzt oder nie!

Sascha warf sich nach vorne.

Die Waffe des Wachmannes ruckte hoch, doch durch sein Gespräch war er zu abgelenkt.

Sascha prallte mit seinem vollen Gewicht gegen die Wache und schlug dabei das Gewehr zur Seite. Noch ehe sein Gegner reagieren konnte, schlug Sascha zu.

Schmerzhaft krachte seine Faust gegen die Maske des Mannes. Wieso trugen diese Spinner eigentlich die ganze Zeit Gasmasken?

Doch der Mann dachte nicht daran, sich kampflos zu ergeben. Eine Drehung seines Körpers und schon brachte er sein Bein zwischen sich und Sascha. Mit aller Kraft stieß er den jungen Soldaten von sich weg.

Sascha taumelte ein Stück zurück und ging zu Boden.

Noch ehe er reagieren konnte, stand der Wachmann über ihm und richte das Sturmgewehr auf ihn.

»WAFFE WEG!«

Beide drehten sich zur Seite und sahen Walter, der seine Waffe gezogen hatte und direkt auf den Kerl in der schwarzen Uniform zielte.

Dieser zögerte einen Augenblick.

Sascha wagte es nicht, sich zu bewegen, denn noch immer blickte er in den Lauf eines Gewehres.

Plötzlich tauchte ein Mann hinter Walter auf. Sascha hatte ihn nicht einmal kommen sehen.

Dann ging alles unfassbar schnell!

Es blieb nicht mal Zeit, um seinen Kameraden zu warnen, da stürzte sich der Fremde bereits auf ihn und verbiss sich tief in dessen Hals.

Sascha musste mit ansehen, wie der Kerl ein großes Stück aus Walters Hals riss. Blut spritzte aus der Wunde. In seinem Gesicht waren weder Angst noch Schmerz zu erkennen. Stattdessen sah er Sascha vollkommen verwirrt an, der noch immer unfähig war, in irgendeiner Form zu reagieren.

Was er gerade sah, überstieg seine Vorstellungskraft bei weitem. Er kannte zwar die Berichte über die Ereignisse in der Stadt und hatte auch Bilder und sogar Videos gesehen. Doch so etwas nun direkt vor sich zu erleben war komplett anders.

Das Leben wich aus Walters Blick und er sackte mit seinem Angreifer zu Boden.

Walter … er war sein bester Freund. Sein Kamerad seit Beginn der Grundausbildung.

Der Mann in der schwarzen Uniform überwand die Schockstarre weit schneller als Sascha.

Er riss das Gewehr hoch und zog den Abzug durch.

Die Geschosse durchbohrten sowohl Walters Körper als auch den des Angreifers.

In diesem Moment stürmten zwei weitere Männer in schwarzen Uniformen aus dem Zelt. Sie zögerten keine Sekunde und eröffneten ebenfalls das Feuer. Doch sie schossen nicht auf die Kreatur, die Walter getötet hatte. Erst jetzt bemerkte Sascha die anderen.

Sie kamen aus den Büschen und Sträuchern, die den Park umschlossen. Die Pflanzen wurden von hohen Zäunen durchzogen. Die Kreaturen mussten sie überwunden haben und nun waren sie hier!

Die drei Wachmänner standen Seite an Seite und gaben immer wieder einzelne Feuersalven ab. Dabei waren sie äußerst effektiv. Jedes Mal ging eines der Wesen zu Boden. Doch es wurden schnell mehr und der Nachschub an Kreaturen schien nicht mehr versiegen zu wollen.

Sascha wusste auch wieso. Er hatte die enorm große Horde gesehen, die sich in der Stadt gesammelt hatte. In der gesamten Anlage gab es mit Sicherheit nicht genügend Sicherheitskräfte und Munition, um diesen Angriff abwehren zu können.

Kämpfen würde hier niemanden retten. Sie mussten weg, und zwar schnell!

Hastig rappelte er sich wieder auf. Er vermied es dabei, nach seinem toten Kameraden zu schauen. Noch im Aufstehen zog er seine Pistole aus dem Halfter.

Er hatte die Schleuse bereits erreicht, als etwas in seinen Rücken prallte. Zwei starke Arme umschlossen seinen Oberkörper und er wurde durch die Wucht des Aufpralls nach vorn geworfen.

Fast wie durch ein Wunder, gelang es ihm, sich auf den Beinen zu halten. Jeden Augenblick rechnete er damit, von seinem Angreifer gebissen zu werden.

Verzweifelt hechtete er nach vorne. Direkt neben der Schleuse befand sich ein großer roter Knopf. *Wie ein Buzzer in einer Quizshow*, ging es ihm gerade durch den Kopf.

Wenn er es schaffte den Knopf zu drücken, würde sich die Schleuse öffnen. Das hatte er mehrfach beobachten können. Dann wären die Menschen im Zelt wenigstens frei und säßen nicht mehr wie Mäuse in der Falle. Vielleicht würden es wenigstens ein paar von ihnen hier wegschaffen.

Er streckte den Arm aus und spürte den Knopf unter seiner Hand und den Widerstand. Als der Knopf nachgab, war ein leises Klicken zu hören. Dann passierte nichts weiter.

Sascha schlug erneut hart auf den Boden. Gerade noch rechtzeitig gelang es ihm, einen Arm zu heben, um wenigstens sein Gesicht zu schützen.

Auf einmal war das Gewicht des Angreifers von seinem Rücken verschwunden. Durch den Sprung musste er ihn abgeschüttelt haben.

Schnell drehte er sich auf den Rücken und wollte seine Waffe heben, doch sie war nicht mehr da!

Er hatte nicht nur den Angreifer abgeschüttelt, sondern hatte bei dem Sturz auch seine Waffe verloren …

Nun konnte er auch sehen, wer ihn angegriffen hatte. Es war eine Frau. Doch mehr konnte man in ihrem völlig entstellten Gesicht nicht mehr erkennen.

Er sah direkt in die roten Augen der Bestie, die geduckt und mit weit aufgerissenem Mund vor ihm stand.

Die Kreatur sprang mit einem Satz auf ihn zu.

Das hohe Pfeifen, mit dem sich die Schleusentür öffnete, bekam er nicht mehr mit, denn da landete die Kreatur direkt auf ihm.

Der Mann, den Andreas gerade noch in seiner Gewalt hatte, hatte einen kleinen Knopf an seinem Gürtel betätigt, kurz bevor er das Zelt verlassen hatte. Damit hatte er die Schleusentür geöffnet, die direkt hinter ihm wieder zugegangen war.

Andreas schüttelte die Überraschung über seinen missglückten Ausbruchsversuch schnell ab. Draußen waren immer mehr Schüsse zu hören. Offenbar hatte der Angriff wirklich schon begonnen.

Das bedeutete, sie saßen hier in der Falle!

Er erreichte die Tür und versuchte sie mit aller Kraft zu öffnen. Doch sie bestand komplett aus Sicherheitsglas und es gab weder eine Klinke, noch sonst irgendeinen Mechanismus, mit dem man sie hätte öffnen können.

Wütend schlug er mit der Faust gegen das Glas.

Er sah sich um.

»Sie sind da!«, keuchte Nora und sah mit starrem Blick auf die Glastür der Schleuse.

Dennis und Patrick standen neben ihr und auch Sam hatte sich zu ihnen gesellt. Er wirkte von allen noch am ruhigsten.

Die anderen Menschen im Zelt waren endlich aus ihrer Lethargie erwacht und von ihren Betten aufgesprungen. Mit ängstlichen Blicken sahen auch sie zur Schleuse.

»Scheiße, wir müssen hier raus!« Andreas sah die anderen an. »Sucht etwas, womit wir die Scheibe einschlagen können!«

»Können wir nicht einfach die Zeltwand einreißen?« Nora sah sich fragend um.

»Keine Chance, das sieht nur aus wie Stoff, dahinter ist Plastik«, antwortete Dennis.

In diesem Moment erklang ein lang gezogenes Pfeifen, gefolgt von einem leisen Zischen.

Überrascht drehte sich Andreas wieder zu Schleuse um. Die Glastür glitt langsam zu Seite.

Der Weg war frei!

»Los! Kommt schon!«, rief er seinen Freunden zu.

Endlich erwachten sie aus ihrer Starre.

»Alle raus hier!«, rief Nora, die sich noch einmal den anderen Menschen zugewandt hatte.

Doch die anderen setzten sich nur sehr langsam in Bewegung.

Andreas wurde augenblicklich klar, dass diesen Menschen nicht mehr zu helfen war. Was immer sie erlebt hatten, es hatte sie bereits getötet. Es waren nur mehr leere Hüllen. Genau das war es gewesen, was er die ganze Zeit in ihren Gesichtern gesehen hatte. Auch wenn er es nicht wahrhaben wollte, niemand konnte diese Menschen noch retten.

Dann sah er seine neuen Freunde an.

Nora, Dennis, Patrick und auch Sam. In ihren Augen war diese Leere nicht zu sehen. Ganz im Gegenteil. Sie waren offenbar bereit, um ihr Leben zu kämpfen.

Er nickte ihnen knapp zu, dann betrat er die Schleuse.

Auch die zweite Glastür öffnete sich mit einem leisen Zischen.

Andreas konnte kaum glauben, dass es erst gestern gewesen war, als man sie hier hindurch geführt hatte. Gestern …

Er trat ins Freie und erstarrte.

Drei Soldaten in schwarzen Uniformen standen mit Gewehren vor dem Eingang und schossen auf eine große Meute dieser Kreaturen. Doch der Kampf war aussichtslos. In dem Augenblick wurde der erste von ihnen überwältigt und zu Boden gerissen.

Nun war ihre Formation gebrochen …

Sein Blick wanderte nach unten. Ein weiterer Soldat lag vor ihm auf dem Boden und eines dieser Wesen hockte auf ihm.

Immer wieder schnappte die Bestie zu und versuchte den jungen Mann zu erwischen.

Doch dieser wehrte sich mit all seiner Kraft.

Dann erblickte Andreas etwas, das direkt vor seinen Füßen lag. Eine Pistole!

Ohne großartig darüber nachzudenken, bückte er sich und nahm die Waffe an sich. Die Zeit zum Überlegen war vorbei, jetzt hieß es nur noch handeln oder sterben.

Entschlossen ging er einen Schritt auf den Soldaten am Boden zu und hielt der Kreatur, die ihn bisher noch nicht bemerkt zu haben schien, die Pistole an den Kopf.

Einen winzigen Augenblick zögerte er noch, dann drückte er ab.

Bis zu diesem Zeitpunkt hatte er erst einmal in seinem Leben eine Waffe abgefeuert, doch damals hatte es sich um eine Schreckschusspistole gehandelt. Kein Vergleich zu einer echten Waffe. Er hatte fest damit gerechnet, dass ihm der Rückstoß die Pistole aus der Hand schlagen würde, doch nichts dergleichen geschah. Sie ruckte kurz in seine Hand. Er verriss jedoch nicht, sondern traf sein Ziel genau.

Der Schuss hallte überlaut in seinen Ohren, da zerplatzte bereits der Kopf der Kreatur.

Schlaff sackte sie in sich zusammen.

Schwer atmend wuchtete der Soldat sie von sich runter.

Dennis und Patrick waren sofort zur Stelle und halfen dem Mann auf die Beine.

Andreas blieb jedoch keine Zeit, um sich um ihn zu kümmern. Er wandte sich den drei anderen zu. Sie waren mittlerweile überwältigt worden.

Erneut hob er die Waffe. Dreimal drückte er den Abzug durch und dreimal traf er genau.

»Ich hätte nicht gedacht, dass du so gut schießen kannst.« Nora trat an seine Seite.

»Hmm, ich auch nicht.« Er sah sie kurz an, sie erwiderte seinen Blick.

»Gott, das war knapp.« Der Soldat keuchte noch immer. »Danke, ihr habt mir den Arsch gerettet!«

»Sie können mir später danken. Jetzt müssen wir hier weg!«

»Ganz genau. Auf dem Parkplatz stehen Armeefahrzeuge. Die Schlüssel stecken. Kennt ihr die alte Kaserne in Hemer?« Der Soldat sprach sehr schnell.

Andreas nickte.

»Wir wollen die Menschen dorthin evakuieren. Falls wir getrennt werden, wisst ihr, wo ihr hinmüsst!«

Ohne ein weiteres Wort zu verlieren, wandte er sich ab und eilte zu den drei toten Soldaten mit den schwarzen Uniformen. Er nahm einem von ihnen das Sturmgewehr ab. Dann kam er zurück zum Zelt gerannt und verschwand im Eingang.

Andreas stand noch immer wie versteinert da. Als er das Zelt verlassen hatte, hatte er alle Bedenken beiseite gewischt und nur gehandelt. Doch nun merkte er langsam, wie ihn die Panik zu überwältigen schien.

Er sah sich um. Überall rannten diese Kreaturen herum. Immer wieder fielen Schüsse, doch es wurden immer weniger. Die Gegenwehr der Soldaten war nahezu gebrochen.

»Hey!« Plötzlich sah er Noras Gesicht direkt vor sich. »Jetzt bloß nicht schlappmachen, okay? Ich weiß nicht, wo die Kaserne ist. Du bist meine einzige Chance, hier lebend wegzukommen. Reiß dich zusammen und mach weiter, wie gerade eben!«

Er blinzelte kurz und nickte.

Sam, Dennis und Patrick standen hinter Nora und sahen Andreas fragend an.

Sie erwarteten nun von ihm, dass er sie hier raus führte. Er wusste nicht wieso, aber sie hatten ihn offenbar zum Anführer gemacht. Eine Rolle, mit der er im Leben noch nie gut zurechtgekommen war. Er war stets ein Einzelgänger gewesen und hatte mit der Verantwortung für sich selbst schon mehr als genug zu tun gehabt. Und nun sollte er sich um diese Leute kümmern?

Doch jetzt war wirklich nicht die Zeit, darüber nachzudenken.

»Waffen!«, sagte er leise. »Schnappt euch die Waffen und haltet die Augen offen!«, fügte er hinzu, als er in die fragenden Gesichter der anderen blickte.

Nora war die Erste. Sie ging neben einem der Wachmänner in die Hocke und zog die Pistole aus dessen Halfter. Dasselbe tat sie auch bei den anderen beiden. Eine Pistole schob sie sich hinter den Gürtel, die anderen beiden gab sie Dennis und Patrick. Dann nahm sie einem der toten Wachmänner noch das Sturmgewehr ab. Sam tat es ihr gleich.

»Wisst ihr, wie man damit umgeht?« Sam war bereits wieder bei den beiden Jungen.

Sie schüttelten den Kopf. Sam nickte kurz.

»Da an der Seite ist ein kleiner Hebel, den legt ihr um. Wenn ihr den roten Punkt sehen könnt, ist die Waffe entsichert.«

Die beiden überprüften kurz die Waffen, dann nickten sie und sahen ihn wieder fragend an.

»Und weiter?«, fragte Patrick.

»Ja, dann auf die Viecher zielen und abdrücken.« Nora ging an ihnen vorbei zu Andreas.

»Der Parkplatz ist dort drüben.«

Die anderen folgten seinem Blick. Eine große Gruppe dieser Wesen war noch zwischen ihnen und dem Parkplatz.

»Das wird bestimmt nicht einf...« weiter kam Nora nicht, denn nun kamen die restlichen Menschen aus dem Zelt!

Zuerst liefen sie planlos umher wie Schlafwandler. Dann bemerkten sie, was um sie herum geschah. Sofort begannen die Ersten zu schreien, dann rannten sie panisch los!

Menschen in großen Mengen handeln selten vernünftig. Auch diese nicht. Wie eine Horde aufgescheuchter Hühner liefen alle wild durcheinander.

Als wären diese Bestien nicht schon schlimm genug gewesen!

Andreas griff nach Noras Hand, ehe sie von der flüchtenden Menschenmenge mitgezerrt werden konnte.

Dann griff er zur anderen Seite und spürte Stoff in seiner Hand. Instinktiv zog er beide Personen mit sich, bis sie aus dem Pulk an Menschen raus waren.

Er schaute in Noras Gesicht, in ihren Augen blitzte das blanke Entsetzen, als sie an ihm vorbei sah.

Hastig blickte er in die andere Richtung. Erleichtert atmete er auf, als er Dennis erkannte.

Dann tauchte auf einmal Sam neben ihm auf.

»Patrick!«, stammelte Dennis nervös.

Andreas sah sich um, doch von dem anderen Jungen war weit und breit nichts zu sehen.

Dafür konnte er nun sehen, was Nora so entsetzt hatte.

Die flüchtenden Menschen waren in ihrer Panik direkt in die Horde der Kreaturen gelaufen. Auf dem Platz vor dem Zelt spielte sich ein totales Massaker ab.

Mit weit geöffnetem Mund und vollkommen sprachlos stand er da und beobachtete die schreckliche Szene, die sich für immer in sein Gedächtnis einbrannte.

»PATRICK!«, schrie Dennis plötzlich und riss sich los.

Sofort setzte Andreas ihm nach und holte den Jungen bereits nach wenigen Metern wieder ein. Er schlang seinen Arm um den schlanken Körper und zog ihn mit sich mit.

»Lass mich los! Ich muss ihm helfen!« Dennis wehrte sich mit Händen und Füßen.

»Du kannst ihm nicht helfen!« Andreas blieb stehen und packte den Jungen an den Schultern und blickte ihm fest in die Augen. »Wenn du ihn jetzt suchen willst, wirst du genauso sterben, wie die anderen dort! Patrick kann gut auf sich selbst aufpassen und er hat eine Waffe. Er schafft das. Er weiß, wo wir hin wollen. Wir müssen jetzt von hier weg, hörst du? Sonst gehen wir alle drauf!«

»Aber er ist doch …« Dennis Blick wanderte weiter über das Gelände.

»Er hätte bestimmt nicht gewollt, dass du dein Leben wegwirfst.«

Dennis sah ihn an und seine Augen wurden feucht. Dann schüttelte er langsam den Kopf.

»Kaserne, richtig?«, fragte er mit leicht erstickter Stimme. »Dort wird er auch hinkommen oder?«

»Ja, das wird er.« Andreas' Stimme klang nun sanfter und ruhiger.

In diesem Moment fiel ein Schuss!

Nora stand neben den beiden und hielt das Sturmgewehr in den Händen.

»Weg hier!«, sagte sie laut und bestimmend.

Andreas nickte. Dann sah er wieder zu Dennis, der gerade ein paar Tränen wegwischte. Sam kam dazu und legte dem Jungen einen Arm um die Schultern.

»Alles läuft nach einem Plan, Dennis. Und wenn der Plan es vorsieht, sehen wir deinen Freund bald wieder. Du musst nur Vertrauen haben.«

Andreas hielt immer noch nichts von dem religiösen Gequatsche des Mannes, doch in diesem Augenblick war er für seine Hilfe mehr als dankbar.

»Gehen wir.« Noch einmal schaute er zurück zu der Stelle, an der die anderen Menschen reihenweise zerfleischt wurden. Immer wieder sah er, wie die gerade Verstorbenen wieder auf die Beine sprangen und alles Leben in ihrem Umfeld angriffen.

Kurz schloss er die Augen, dann nickte er den anderen zu und sie verließen eilig das Gelände.

Die Sicherheitszone hatte sich innerhalb kurzer Zeit in ein Schlachtfeld verwandelt.

Oberst Meyhof näherte sich der großen Halle. Die Schüsse und Schreie um sich herum hatte er bereits ausgeblendet.

Er hatte versucht, die Verteidigung der Zone zu organisieren. Zuerst hatte es gar nicht so schlecht ausgesehen, doch dann waren diese Bestien einfach über die Zäune geklettert.

Da war ihm klar geworden, dass sie keine Chance mehr hatten. Er konnte nur hoffen, dass es Sascha gelungen war, wenigstens ein paar Menschen in Sicherheit zu bringen.

Der Oberst selbst musste noch etwas erledigen.

Seitdem sie hier angekommen waren, hatte man ihnen den Zugang zur Halle verwehrt. Er wusste jedoch, dass man immer wieder Menschen hineingebracht hatte. Menschen, die nicht mehr rauskamen. Er musste wissen, was da drinnen vor sich ging!

Die großen Eingangstüren waren versiegelt worden, doch eine kleine Stahltür an der Seite des Gebäudes ließ sich noch öffnen. Diese war jedoch durch ein Zahlenschloss gesichert. Zum Glück hatte Meyhof einmal einen Soldaten beobachten können, als der den Code eingegeben hatte.

Er näherte sich gerade der Tür, als er im Augenwinkel eine Bewegung wahrnahm. Er fuhr herum und riss den Arm hoch, doch da war der Angreifer bereits heran.

Er sah noch die dunkelroten Augen, dann schlugen die Zähne der Bestie in seinen Unterarm.

Mit der linken Hand zog er seine Pistole, hielt sie der Bestie an den Kopf und drückte ab.

Die Kreatur, die einst ein Mensch gewesen war, wurde zurückgestoßen. Dabei riss sie ein Stück Fleisch aus seinem Arm.

Meyhof unterdrückte einen Fluch und sah auf die Wunde. Er wusste genau, was das bedeutete und was mit ihm passieren würde. Doch das spielte nun keine Rolle mehr.

Sein Arm wurde von einem pochenden und stechenden Schmerz durchzogen. Er versuchte, diesen zu ignorieren, und ging schneller auf die Tür zu.

Er blinzelte kurz, dann tippte er den Code in das Zahlenfeld ein. Erst geschah nichts und er befürchtete, sich vertippt zu haben. Er wollte den Code eben noch einmal eingeben, als die Tür doch noch aufsprang.

Der Oberst öffnete den Zugang und wollte gerade die Halle betreten, als der Schmerz seinen Kopf erreichte. Er krümmte sich zusammen. Es fühlte sich an, als habe ihm jemand ein glühendes Messer in den Schädel gerammt.

Verbissen unterdrückte er den Schmerz, so gut er konnte.

Das Innere der Halle war hell erleuchtet. Neonröhren tauchten alles in ein unangenehmes grelles Licht. Der Vorraum war leer.

Ein breiter Vorhang aus milchglasähnlicher Folie schirmte den Rest der Halle ab.

Bereits leicht geschwächt schleppte sich Meyhof weiter.

Hinter dem Vorhang bewegten sich Schatten.

Die Wissenschaftler.

Was immer sie hier trieben, gleich würde er es wissen.

Schritt für Schritt näherte er sich dem Vorhang.

Das Licht färbte sich langsam rötlich. Doch es war nicht wirklich das Licht, es war eher seine Sicht, die sich veränderte. Er wusste genau, was er sehen würde, wenn er jetzt in einen Spiegel schauen würde.

Er schob den Vorhang zur Seite und betrat den Hauptsaal der Halle.

Ungefähr zehn Wissenschaftler befanden sich hier. Alle hielten mit ihrer Arbeit inne, als sie ihn bemerkten. Sie sahen ihn an und sofort trat Panik in ihre Gesichter.

Doch das interessierte Oberst Meyhof nicht.

Überall im Saal standen große Glaswürfel. In diesen Würfeln waren Leute eingesperrt.

Aber keine Menschen! Es waren diese Kreaturen. Das hatten sie also mit den Zivilisten gemacht, die sie hierhergeschleppt hatten. Man hatte sie absichtlich infiziert, um an ihnen zu experimentieren.

Im hinteren Teil der Halle sah er mehrere Tische aus poliertem Stahl. Auf einigen von ihnen lagen aufgeschnittene Körper von Menschen, die sich offenbar hier verwandelt hatten.

Plötzlich schien sein Kopf zu explodieren. Die Schmerzen wurden unglaublich stark und er sackte auf die Knie. So fest er konnte, presste er die Handflächen gegen seine Schläfen. Doch der pochende und stechende Schmerz ließ nicht mehr nach.

Er schien alles hinweg zu wischen, bis nichts mehr übrig blieb. Nichts bis auf Wut. Eine Wut, die über alles hinausging, was je ein Mensch empfunden hat.

Dann war da etwas anderes in seinem Verstand. Wie eine Stimme, leise und nicht zu verstehen.

Doch die Stimme reichte, um den letzten Rest des Verstandes wegzufegen.

Als er seinen Kopf wieder hob, war von Oberst Meyhof nichts mehr übrig.

Mit einem wütenden Knurren stürzte sich die Kreatur auf den Wissenschaftler, der ihr am nächsten stand.

Das Treffen

Sie hatten sich an den Bahngleisen orientiert und Letmathe schnell hinter sich gelassen.

Die Ereignisse in der Feuerwache ließen sich leider nicht so einfach abschütteln.

Mirko ging vorweg und bildete die Spitze der kleinen Gruppe. Die meiste Zeit hielt er seinen Blick gesenkt und die Schultern hingen leicht hinab.

Das lag auch an seinen Rippen, die noch immer bei jedem seiner Schritte schmerzten und er merkte, dass ihm das Atmen schwerfiel. Im Grunde war er sich bewusst, dass er wohl bald ein Krankenhaus hätte aufsuchen müssen. Wenn seine Rippen wirklich gebrochen waren, war damit nicht zu spaßen. Schnell hätte sich daraus eine lebensbedrohliche Situation entwickeln können. Aber Mirko wusste auch, dass es in den Krankenhäusern kein Personal mehr gab. Also verdrängte er diesen Gedanken wieder und hoffte, dass seine Verletzung doch nicht so schlimm war, wie die junge Krankenschwester ihm gesagt hatte. Er hoffte, dass seine Rippen von allein verheilen würden.

Wenn sie jedoch die Sicherheitszone erreichen würden …

Dort würde es sicher Ärzte und medizinische Versorgung geben.

Vorsichtig, aber mit ausreichend Druck, presste er den linken Arm gegen seinen Oberkörper.

Er konnte es sich nicht wirklich erklären, doch es linderte die Schmerzen ein wenig.

Die Sicherheitszone war nicht mehr sehr weit entfernt. Wenn sie es endlich bis dorthin geschafft hatten, konnte er sich etwas ausruhen und abschalten.

Sie waren fast die ganze Nacht auf den Beinen gewesen und hatten sich nur eine relativ kurze Pause in einem verlassenen Lagerhaus gegönnt. Auch der Aufenthalt in der Feuerwache von Letmathe war nur kurz und brachte ihnen keinerlei Erholung. Ganz im Gegenteil, es hatte sie alle ziemlich mitgenommen.

Hinzu kam, dass Mirko die ganze Zeit über angespannt war. Er musste auf die anderen beiden aufpassen. HGB war nicht mehr der Jüngste, auch wenn er sich überraschend gut hielt. Und Anissa, er kannte sie auch nicht wirklich, doch sie schien eine junge Frau zu sein, die geschützt und geführt werden musste. Und das meinte er alles andere als herablassend. In dieser Situation gab es sicherlich auch genug Männer, die weit weniger gut klar kamen, als diese junge Frau.

Deshalb musste Mirko voll konzentriert bleiben. Die Ereignisse aus der Feuerwache durften sich auf gar keinen Fall wiederholen. Allein der Gedanke, dass Anissa oder HGB anstelle der Feuerwehrfrau ums Leben gekommen wären, jagte ihm einen kalten Schauer über den Rücken.

Es lastete schon schwer genug auf ihm, dass er Annika nicht hatte retten können. Er hatte mit ansehen müssen, wie sie von den Kreaturen förmlich zerrissen wurde. Den angsterfüllten Blick in ihren Augen, als sie ihn ein letztes Mal angesehen hatte, würde er vermutlich nie wieder vergessen.

Doch sehr viel schlimmer war die stumme Bitte in ihrem Gesichtsausdruck gewesen. Sie hatte ihn angesehen und um Hilfe gefleht. Hilfe, die er ihr nicht mehr geben konnte.

Beinahe jedes Mal, wenn Mirko seine Augen schloss, sah er ihr Gesicht vor sich. Sah, wie sie überwältigt wurde, während er hinter der Deckung hockte und nichts unternahm.

Er hatte die ganze Situation immer und immer wieder in Gedanken durchgespielt und versucht eine Lösung zu finden. Nach einem Weg, wie er sie vielleicht doch hätte retten können. Doch er hatte einfach keine zufriedenstellende Antwort gefunden und das lastete wirklich schwer auf ihm.

Schwer genug, um seine Schultern nach unten zu drücken.

Anissa ging meist hinter oder neben ihm. Sie hatte die Arme die ganze Zeit um ihren Körper geschlungen. Man konnte fast denken, ihr wäre kalt. Doch das war eigentlich unmöglich, die Temperaturen waren noch immer extrem hoch. Auch wenn es noch nicht einmal mittags war, war es schon wieder unangenehm heiß. Es schien, als wollte der Sommer nicht mehr loslassen, um das Spektakel hier unten nicht zu verpassen.

Hin und wieder sah Mirko zu ihr. Er machte sich Sorgen. Sie schien nicht viel von dem mitzubekommen, was um sie herum passierte. Als würde sie sich nach und nach in ihre eigene Welt zurückziehen.

Ein Grund mehr, auf die junge Frau acht zu geben.

HGB lief hinter ihnen und sah die beiden jungen Leute abwechselnd an. Auch er machte sich große Sorgen. Mirko schien mit starken Schuldgefühlen zu kämpfen. Offenbar fühlte er sich für Annikas Tod verantwortlich und das war etwas, das einen Mann wie ihn zerbrechen konnte.

Die junge Krankenschwester wirkte auch sehr in sich gekehrt und schien gar nicht mehr wirklich bei ihnen zu sein.

Er wünschte sich, er wüsste irgendetwas zu sagen, das die beiden aufmuntern konnte. Irgendwelche weisen Worte, die sie wieder zurückholen würden. Es frustrierte ihn ein wenig, denn ihm fiel absolut nichts ein.

Er wünschte sich beinahe ein paar Kreaturen herbei, um die beiden aus ihrer Lethargie zu befreien.

HGB sah sich um, doch die Gegend in der sie nun waren, sagte ihm gar nichts. Er kannte sich in Iserlohn nicht gut aus und vertraute darauf, dass Mirko wusste, wo sie gerade waren.

In diesem Augenblick hörte er Schüsse!

Sie waren zwar etwas weiter weg und kaum zu hören, doch trotz seines fortgeschrittenen Alters, war sein Gehör wirklich hervorragend.

Er blieb stehen und legte seinen Kopf zur Seite, um besser lauschen zu können. Weitere Schüsse waren zu hören. Irgendwo wurde geschossen und das aus automatischen Waffen.

»Hey, sagt mal, hört ihr das gar nicht?«, rief er Mirko und Anissa hinterher.

Die beiden waren einfach weitergegangen und hatten nicht einmal bemerkt, dass er stehen geblieben war.

Kurz sah es so aus, als würden sie auch jetzt weitergehen, doch dann blieben sie stehen und drehten sich zu ihm um.

Mirko wollte gerade etwas sagen, doch dann legte er ebenfalls seinen Kopf zur Seite und lauschte.

»Schüsse!«, stellte er fest und drehte sich langsam im Kreis.

Sie hatten sich bis vor Kurzem links von den Gleisen gehalten. Vor ein paar Kilometern hatten sie jedoch die Seite gewechselt. Zu ihrer Rechten gingen sämtliche Straßen und Wiesen steil bergauf.

»Wo sind wir denn hier?« HGB zog den Rucksack auf seinem Rücken zurecht.

»Wir sind in Iserlohn. In der Nähe vom Bahnhof.« Mirko deutete auf eine Stelle ganz oben auf der steilen Anhöhe, die sich rechts von ihnen erstreckte. »Da oben liegt der Park, in dem die Sicherheitszone eingerichtet wurde. Wir haben es fast geschafft.«

HGB sah zu dieser Stelle und dachte einen Moment nach.

»Von dort oben kommen aber die Schüsse«, stellte er nüchtern fest.

Mirko nickte leicht.

»Außerdem sieht der Weg da hoch schon sehr anstrengend aus. Ich will mich nicht beschweren, aber vielleicht sollten wir erst einmal eine Pause machen, bevor wir da hochsteigen.« Erneut zog HGB am Riemen des Rucksacks. Der war zwar nicht zu schwer, doch mittlerweile schnitten sich die Riemen in seine Schultern. Dazu kam noch die Hitze, er schwitzte und das machte die Sache noch unangenehmer.

»Wir sind aber fast da. Es ist nicht mehr weit.« Mirko sah den Älteren an.

»Er hat recht. Wir sind alle erschöpft und du bist verletzt. Wenn die Schüsse wirklich von dort oben kommen, dann müssen wir mit Schwierigkeiten rechnen, wenn wir in die Zone wollen. Da sollten wir schon so fit wie möglich sein.«

Mirko drehte sich um und sah Anissa überrascht an. So viel hatte sie bisher noch nicht an einem Stück gesagt. Doch selbst jetzt hielt sie den Kopf leicht gesenkt und blickte ihn von unten her an.

Mirko zögerte. Auch wenn alles in ihm danach drängte weiter zu gehen, um die Sicherheitszone so schnell wie möglich zu erreichen, wusste er genau, dass die anderen beiden recht hatten. Er war sich nicht einmal sicher, ob er selbst den Weg zur Zone noch schaffen würde.

»Da oben sind sicherlich genügend Soldaten und Polizisten, die sich zu verteidigen wissen. Ich glaube, auf ein paar Stunden mehr oder weniger kommt es nicht mehr an. Und in unserem Zustand wären wir denen bestimmt keine Hilfe.« HGB ließ langsam den Rucksack von den Schultern gleiten und atmete erleichtert auf.

Mirko sagte nichts. Es dauerte eine Weile, doch dann nickte er beinahe unmerklich.

»Da drüben, das Haus. Wir schauen, ob es leer ist und machen dann eine Pause.« Er sah die anderen beiden an.

Sowohl HGB als auch Anissa nickten dankbar.

Mirko warf noch einen kurzen Blick hoch zu der Stelle, an der er die Sicherheitszone vermutete. Der Park war von unzähligen Bäumen umrahmt, die ihm die Sicht versperrten.

Langsam näherten sie sich dem Haus und er grübelte bereits, ob es wohl ein gutes oder schlechtes Zeichen war, dass die Schüsse mittlerweile verstummt waren.

Je näher sie kamen, desto mehr fiel ihm auf, wie heruntergekommen das Gebäude war. Die altmodischen Fensterläden hingen schief, der Putz war schon an vielen Stellen abgebröckelt und der kleine Vorgarten war verwildert.

Entweder wohnte hier schon lange Zeit niemand mehr oder die Bewohner hatten kein Interesse mehr, das Haus in Schuss zu halten. Vielleicht waren sie aber auch einfach nicht mehr in der Lage dazu.

Mirko öffnete das kleine Gartentor und betrat das Grundstück. Seine beiden Begleiter waren dicht hinter ihm. Ungleichmäßig geformte Steinplatten bildeten einen kleinen schmalen Weg zur Eingangstür. Einige davon waren locker und die drei mussten aufpassen, nicht zu stolpern. Ein großer Baum überschattete den kleinen Garten. Seine Wurzeln hatten an vielen Stellen den Boden aufgerissen. Sogar die Steinplatten des Weges hatten sie angehoben. Der Pfad ähnelte mehr einer Stolperstrecke, als einem richtigen Weg.

Mirko blieb davor stehen und sah sich kurz nach HGB und Anissa um.

Sie waren direkt hinter ihm, hielten sich aber dennoch etwas zurück. Mikro war der, der am besten mit einer Waffe umgehen konnte. Und auch wenn sie ihm die Last gerne abgenommen hätten, war es immer noch der sicherste Weg, ihn vorgehen zu lassen.

Er griff nach dem Knauf und zog an der Tür.

»Verschlossen«, seufzte er enttäuscht. Er hatte gehofft, dass die Tür offen war. Doch wie so oft seit dem gestrigen Morgen, hatten sie kein Glück mehr.

Seinen linken Arm noch immer fest an seinen Oberkörper gepresst, zog er nun fester an dem Knauf. Schon beim ersten Mal hatte das Holz verdächtig geknarzt. Die Tür schien nicht nur marode auszusehen.

Das Knirschen im Holz wurde lauter, doch die Tür rührte sich keinen Millimeter.

Mirko merkte bereits, wie ihm die Luft knapp wurde und der Schmerz in seinen Rippen wieder anzog. Doch er durfte jetzt nicht schlappmachen. Das Ding war doch nur Sperrmüll. Nur noch ein bisschen mehr Kraft!

Plötzlich stand Anissa neben ihm. Sie legte ihre Hand ebenfalls auf den Türknauf und damit auf seine. Außerdem stemmte sie ein Bein gegen die Türrahmen, um so mehr Kraft aufzubringen.

»Auf drei«, sagte sie leise. »Eins … Zwei!«

Auf ihr Kommando zogen beide, so fest sie konnten, an der Tür. Das Knirschen wurde noch lauter und Mirko hatte den Eindruck, als würde die Tür gleich nachgeben. Er biss die Zähne zusammen und zog mit all seiner Kraft.

Neben sich hörte er Anissa keuchen. Auch sie legte all ihre Kraft in den Versuch, die Tür aufzustemmen.

Mirko spürte, wie die Tür nachgab, einen Sekundenbruchteil später sprang sie auf.

Die Zeit reichte jedoch nicht mehr, um sich darauf vorzubereiten. Er verlor das Gleichgewicht und taumelte haltlos nach hinten.

Anissa ging es da nicht anders. Ganz im Gegenteil, sie hatte sogar noch mehr Kraft eingesetzt. Umso größer war der Schwung, als sie nach hinten stolperte.

Ohne groß nachzudenken, reagierte Mirko und legte ihr einen Arm um die Hüfte. Es gelang ihm, stehen zu bleiben. Dadurch, dass er Anissa fest im Arm hielt, entging auch sie dem Sturz.

Einen Augenblick sahen sich die beiden an. So lebhaft hatte er ihren Blick bisher noch nie wahrgenommen, musste Mirko feststellen.

»Du musst nicht immer alles alleine machen«, sagte sie leise.

Kurz sah sie ihn noch mit diesem lebhaften Blick an, dann löste sie sich von Mirkos Arm und machte einen Schritt zur Seite, um HGB durchzulassen.

Sofort änderte sie wieder ihre Körperhaltung. Nun war sie wieder die schüchterne junge Frau, die Mirko gestern kennengelernt hatte.

Im fehlten die Worte und er sah sie eine Zeitlang irritiert an. Es schien, als würde vielleicht doch weit mehr in dieser zierlichen Person stecken, als er ahnte.

HGB ging zu der Eingangstür und warf einen Blick ins Innere. Sofort wich er einen Schritt zurück und verzog das Gesicht.

Mirko kam zu ihm und sah ihn fragend an. Auf ein Zeichen des Älteren hin, wandte er sich ebenfalls dem Eingang zu und wich genauso schnell wieder zurück.

Ein atemraubender Gestank drang durch die Öffnung nach draußen. Mirko kannte den Geruch. Er hatte schon mehrere Einsätze gehabt, bei denen er Wohnungen betreten musste, deren Bewohner bereits längere Zeit tot waren. Genauso roch es hier auch. Sogar noch schlimmer.

»Oh Mann!«, entfuhr es ihm. Er machte ein paar Schritte zurück zu HGB, um außer Reichweite des Gestanks zu kommen.

»Das muss durch die Hitze kommen.« Der Apotheker deutete auf die Tür. »Was immer da drin ist, muss schon stark verwest sein.«

Mirko nickte und sah wieder zum Eingang. Alles in ihm sträubte sich dagegen, das Haus zu betreten, doch er wusste auch, dass er es tun würde.

Er hatte nicht sagen können, wieso es gerade dieser Ort sein musste. Sie hätten sicher ohne Probleme einen anderen Platz zum Rasten finden können. Ausgerechnet zu diesem Haus zu gehen, war nicht notwendig. Doch eine innere Stimme sagte ihm, dass er diesen Ort betreten musste. Vielleicht war es auch eine morbide Art der Neugier, die ihn dazu trieb.

Vielleicht wollte er einfach nur das Schicksal sehen, das die Bewohner ereilt hatte.

Es war wichtig, dass jemand Bescheid wusste.

Viel zu viele Menschen waren seit gestern ums Leben gekommen, ohne dass sich irgendjemand an sie erinnerte. Und vermutlich würden auch noch viele weitere ihre Leben verlieren.

Hier konnten sie dem anonymen Tod seinen Schrecken nehmen. Hier gab es die Chance, den Bewohnern dieses Hauses ein Gesicht zu geben und dafür zu sorgen, dass sich jemand an sie erinnerte.

Er sah HGB an.

Dieser zögerte einen Augenblick, dann nickte er.

»Anissa, du wartest hier draußen und hältst die Augen offen. Nicht dass wir eine Überraschung erleben, wenn wir wieder rauskommen.« Mirko sah die junge Krankenschwester an.

Sie hatte wieder die Arme um ihren Oberkörper geschlungen, als wäre ihr kalt. Mit starrem Blick sah sie zur offenen Tür, dann nickte sie als Antwort.

HGB hatte sich zwischenzeitlich an seinem Rucksack zu schaffen gemacht und zwei große Stofftücher rausgeholt. Eins davon reichte er Mirko. Dieser verstand und nahm das Tuch an sich. Er schlug es einmal zu einem Dreieck zusammen, dann band er es sich um den Hals und zog es sich vor den Mund.

Das kannte er aus alten Western-Filmen, die er früher immer gesehen hatte und es schien wirklich zu helfen. Er näherte sich vorsichtig der Tür, der Gestank war nicht mehr ganz so schlimm.

HGB tat es ihm gleich, dann zog er seine Pistole.

Es war das erste Mal, dass er die Waffe in die Hand nahm, seit er Annika in der Feuerwache damit aufgehalten hatte.

Mirko nickte stumm und zog ebenfalls seine Dienstwaffe.

Dann ging er als Erstes durch die Tür.

Das Tuch vor seinem Gesicht hielt zwar einiges des Gestanks ab, doch das reichte nicht einmal im Ansatz aus. Trotzdem gingen die beiden weiter.

Im Inneren des Hauses war es recht dunkel. Jemand musste die Fenster mit schweren Tüchern verdeckt haben.

Es dauerte eine Weile, bis sich ihre Augen an das fehlende Licht gewöhnt hatten.

Am Ende des Flures befand sich eine Tür, das konnten sie gerade noch erkennen. Davor waren noch zwei weitere Türen, die rechts und links abgingen.

Sie konnten nur hintereinander gehen, denn an den Wänden des schmalen Flurs standen Regale, die bis oben hin mit alten Zeitungen und Zeitschriften vollgestopft waren.

Mirko warf einen Blick über seine Schulter und sah, wie HGB ratlos mit den Schultern zuckte.

Sie erreichten die erste Tür. Einen Augenblick zögerte Mirko noch, dann schob er diese vorsichtig auf.

Dies musste das Badezimmer gewesen sein. Doch so genau konnten sie das nicht mehr erkennen, denn der Raum war bis oben mit Säcken und Kisten vollgestopft.

»Sieht ganz nach Messies aus.« HGB hatte seine Stimme bis auf ein Minimum gesenkt.

Doch es reichte, dass Mirko ihn verstand.

Direkt gegenüber lag die andere Tür. Nun war es HGB, der die Tür langsam aufschob.

Auch dieser Raum war vollgestopft mit Säcken, Kisten und unzähligem Gerümpel. Er meinte, unter dem ganzen Müll eine Spüle zu erkennen. Also handelte es sich hier wahrscheinlich um die Küche.

Die beiden sahen sich an. Mit jedem Schritt wurde ihnen mulmiger zumute. Es war nicht nur so, dass sie ein fremdes Haus betreten hatten, es war, als würden sie sich Stück für Stück von der realen Welt entfernen. Das hätte unter gegebenen Umständen ja auch etwas Gutes sein können, doch sie ahnten, dass diese Welt nicht besser würde.

In Mirko sah es noch schlimmer aus. Beinahe konnte er spüren, wie dünn die Realität an diesem Ort war.

Als sie eben die beiden Türen geöffnet hatten, hatte er jedes Mal die Befürchtung, gleich einen Blick in eine völlig fremde Welt werfen zu können. Das war natürlich Unsinn, doch er wurde dieses Gefühl einfach nicht los.

Obwohl es draußen nur von diesen Kreaturen wimmelte, wusste er gerade nicht genau, welche Realität die Bessere gewesen wäre.

Was ihn jedoch noch mehr als seine eigenen Gefühle beunruhigte, war die Tatsache, dass er in HGBs Blick genau dasselbe erkennen konnte.

Mirko holte einmal tief Luft, auch wenn das eine große Dosis des unangenehmen Verwesungsgeruchs bedeutete. Dann wandte er sich der letzten Tür zu.

Die wenigen Augenblicke, bis er diese erreichte, schienen sich bis ins Unendliche zu ziehen. Dann legte er endlich eine Hand auf die Klinke. Wieder sah er zu HGB. Es hätte nur ein Wort des Älteren bedurft und sie wären aus dem Haus verschwunden. Doch HGB schwieg.

Mirko schob die Tür schließlich auf.

Mit der Waffe im Anschlag betrat er den Raum.

Hier herrschte überraschenderweise Ordnung. Ein altmodischer großer Röhrenfernseher dominierte den Raum. Er stand auf einem wuchtigen Wohnzimmerschrank aus dunklem Holz. Eine lange Couch befand sich unter dem Fenstern, der passende Sessel stand etwas schräg daneben. Ein alter

Fliesentisch bildete das Zentrum des Raumes. Gegenüber dem Wohnzimmerschrank war ein ebenso altmodisches Sideboard aufgebaut. Selbst gestickte Rüschendeckchen lagen auf der Couch und dem Sessel. Lange und schwere Vorhänge hingen vor den Fenstern. Auf den Fensterbänken standen verschiedene Topfpflanzen, die allerdings nicht mehr als solche zu erkennen waren, sie waren bereits verwelkt.

Mitten auf dem Tisch stand eine Vase mit Schnittblumen, von denen ebenfalls nur noch braune Überbleibsel zu erkennen waren.

Beide sahen sich mit gezogenen Waffen um, doch der Raum war leer. Nur der beißende Geruch war hier um einiges stärker.

Direkt neben dem Sideboard entdeckten sie noch eine weitere Tür. Langsam ging Mirko darauf zu. Diese Tür war, im Gegensatz zu den anderen, nur angelehnt. Kurz bevor er sie erreichte, musste er noch einmal innehalten. Der Gestank kam eindeutig von hier.

Er legte die Hand auf die Türklinke. Wieder zögerte er.

»Jetzt oder nie, Junge.« HGBs Stimme klang gedämpft, was wohl zum Teil auch an dem Tuch lag, das er vor dem Mund hatte.

Mirko nickte leicht, dann schob er die Tür auf.

Schlagartig wurde der Gestank noch schlimmer. Doch nun ließ er sich nicht mehr abschrecken.

Er trat hindurch. Es war jedoch nichts zu sehen, denn in diesem Raum herrschte fast völlige Finsternis. Das wenige Licht, das aus dem Wohnzimmer hinein fiel, verlor sich schon wenige Zentimeter hinter dem Eingang.

Er überlegte, ob er nach einem Lichtschalter suchen sollte, doch allein der Gedanke, diesen Raum in helles Licht zu tauchen, widerstrebte ihm zutiefst.

HGB tippte ihm auf die Schulter, dann drückte er Mirko eine kleine LED Taschenlampe in die Hand. Der Mann war einfach unglaublich. Egal, in welcher Situation sie waren, er hatte immer genau das Richtige parat.

Es klickte leise, als Mirko die Taschenlampe anknipste. Ein großer Lichtkreis entstand auf dem Boden. Langsam ließ er den Lichtkegel zur Wand links von ihm wandern. Auch hier stand ein großes Sideboard. Doch dieses war heller als die im Wohnzimmer und es standen einige eingerahmte Bilder darauf. Mirko ging die Bilder entlang und sah sie sich genau an.

Er sah ein älteres Ehepaar, das immer wieder glücklich in die Kamera lächelte. Auf einem der Bilder standen sie sogar vor diesem Haus. Das Haus war auf dem Foto aber noch in einem weitaus besseren Zustand gewesen. Er konnte auf dem Bild deutlich erkennen, wie stolz die beiden damals gewesen sein mussten.

Doch ihm fiel außerdem auf, dass auf keinem einzigen der Fotos Kinder zu sehen waren. Wahrscheinlich hatte das Paar keine gehabt.

Dann fiel das Licht der Taschenlampe auf ein kleines Kästchen, das direkt zwischen den Bildern stand. Irgendwie passte es überhaupt nicht dorthin. Es war schlicht aus einfachem Holz und völlig ohne Verzierungen.

Ohne groß darüber nachzudenken, streckte er die freie Hand aus und öffnete das unscheinbare Kästchen.

Bis auf einen kleinen Anhänger war es leer. Fast automatisch griff er danach und sah ihn sich genau an. Er war rund und hätte auch gut eine Münze sein können. Doch es hatte eine kleine Öse am oberen Ende, durch die ein dunkelbraunes Lederband gezogen worden war.

Eine feine Prägung zierte den Anhänger auf der Vorderseite.

Mirko hielt die Taschenlampe drauf und erkannte einen Wolf. Wer immer diesen Anhänger angefertigt hatte, musste ein Meister seines Handwerkes gewesen sein. So eine gute Arbeit hatte er noch nie zuvor gesehen. Es war beinahe, als würde der Wolf sich jeden Augenblick bewegen. Fast war es Mirko, als könne er das Heulen des Tieres hören …

Ohne nachzudenken, schob er den Anhänger in seine Hosentasche.

»Hey Junge, alles okay da drin?« HGBs Stimme klang aus dem Wohnzimmer zu ihm durch.

Der ältere Mann hatte das Zimmer nicht betreten, sondern stand noch immer in der Tür.

»Ja, alles okay«, antwortete Mirko hastig und ließ die Taschenlampe weiter wandern.

Das was er bisher hinausgezögert hatte, erschien nun in dem Lichtkegel der Lampe. Doch es war ganz anders, als er es erwartet hatte.

Mitten im Raum stand ein großes Krankenbett mit etlichen Apparaturen drumherum. In dem Bett lag eine Leiche. Auf den ersten Blick war nicht zu erkennen, ob es sich um einen Mann oder eine Frau handelte. Der Verwesungsprozess war bereits zu weit vorangeschritten. Doch die Kleidung der Person sprach dafür, dass es sich um eine Frau handeln musste.

Vermutlich die Frau von den Fotos.

Mirko musste schlucken. Diese Frau war nicht erst seit gestern tot. Es waren auch keinerlei Wunden zu sehen, wenigstens keine, die er auf die Schnelle erkannt hätte.

Langsam ließ er den Lichtkegel weiter wandern, bis er eine weitere Person erfasste. Eine männliche Leiche saß auf einem Sessel neben dem Bett. Dieser Körper zeigte auch schon erste Anzeichen einer Verwesung, aber noch lange nicht so schlimm wie bei der Frau im Bett. Und noch etwas war anders. Diesmal war eindeutig zu erkennen, wie die Person gestorben war. Ein Gewehr lag neben dem Sessel auf dem Boden und ein Großteil des Schädels klebte hinter dem Mann an der Wand.

Mirko konnte den Würgereiz gerade noch unterdrücken. Ein Teil von ihm wollte nur noch raus, doch ein anderer Teil übernahm nun die Kontrolle. Es war der Polizist in ihm. Er hob die freie Hand und legte sie sich auf den Mund. So wurde er Effekt des Tuches verstärkt und er konnte sich weiter umsehen.

Gegenüber vom Bett stand ein kleiner Bestelltisch mit einem weiteren kleinen Fernseher.

Die Frau musste schon vor einigen Tagen, wenn nicht sogar Wochen gestorben sein. Wahrscheinlich hatte der Mann es jedoch nicht übers Herz gebracht, jemanden darüber zu informieren. Vermutlich wollte er es einfach nicht wahrhaben. So etwas geschah tatsächlich öfter, als man annehmen würde. Der Verlust des Partners, mit dem man einen Großteil seines

Lebens verbracht hatte, warf manche Menschen derart aus der Bahn, dass sie die verrücktesten Dinge taten. Mirko hatte in seiner Polizeilaufbahn bereits viele bizarre Sachen erlebt.

Der Mann war an der Seite seiner toten Frau geblieben und hatte sich offenbar das kleine Fernsehgerät hergeholt. Hier hatte er dann wohl die Meldungen von gestern verfolgt und beschlossen, dass die Zeit gekommen war, seiner Frau zu folgen.

Was hier geschehen war, berührte Mirko auf eine Art und Weise, die ihm bisher fremd gewesen war. Die Treue des Ehemannes war weit über den Tod hinaus gegangen.

Kurz senkte Mirko seinen Blick, dann straffte er sich wieder und verließ das Schlafzimmer.

»Was war da drin? Was hast du gesehen?«, wollte HGB wissen, doch Mirko winkte nur ab.

Er hatte genug von diesem Haus gesehen und wollte nun wieder an die frische Luft.

Eilig, aber nicht überstürzt durchquerte er das Wohnzimmer und dann den langen Flur. Er hörte HGB direkt hinter sich, als er ins Freie trat und sich erst einmal auf seinen Knien abstütze. Rasch zog er das Tuch von seinem Gesicht und atmete ein paar Mal tief ein und aus. Wie gut die Luft hier draußen schmeckte.

Erst nach einigen Augenblicken hob er seinen Kopf und sah Anissa direkt vor sich stehen. Sie stand mit dem Rücken zu ihm. Doch was noch seltsamer war, sie hatte die Hände gehoben.

»Was ist denn los?« Mirko machte einen Schritt neben sie und sah sie fragend an.

»Ganz ruhig und langsam die Waffe auf den Boden legen. Dann schön die Hände hoch.«

Langsam wandte Mirko seinen Blick von Anissa ab. Mehrere Leute standen vor dem kleinen Garten und zielten mit ihren Waffen auf sie. Eine war auf ihn gerichtet und er sah direkt in den dunklen Lauf.

Kurz überlegte Mirko, wie seine Chancen standen. Er war ein sehr guter Schütze und er konnte bestimmt zwei mitnehmen. Doch er sah auch ein automatisches Gewehr, was seinem Kampfesmut einen gehörigen Dämpfer verpasste.

Kurz blickte er zu Anissa und dann über seine Schulter zu HGB. Wenn er allein hier gewesen wäre, hätte er wohl anders gehandelt. Doch jetzt musste er auch an das Wohl der beiden denken.

Vorsichtig ging er in die Hocke und legte seine Waffe auf den Boden, dann kam er mit erhobenen Händen wieder hoch.

Ein leises Klappern hinter ihm verriet ihm, dass HGB ebenfalls die Waffe niedergelegt hatte.

Sie waren wie blutiger Anfänger in eine Falle gelaufen. Für einen Augenblick war er sauer auf Anissa, sie hatte genau deswegen Wache halten sollen. Doch dann wurde ihm klar, dass sie nichts dafür konnte. Die anderen waren schließlich deutlich in der Überzahl.

»Wer seid ihr?« Der Mann, der seine Pistole genau auf Mirkos Gesicht gerichtet hatte, sah ihn neugierig an.

Mirko seufzte nur. Ab jetzt musste er ganz vorsichtig sein, um sie heil aus dieser Situation heraus zu bringen.

Kurz zuvor

Andreas und die anderen hatten die sogenannte Sicherheitszone so schnell wie möglich verlassen.

Irgendwie gelang es ihnen, den Kreaturen dabei aus dem Weg zu gehen. Sie drängten sich in den Park, wo der Weg in den Stadtwald hoch führte. Von dort waren Patrick und Dennis gestern zur Sicherheitszone gelangt.

Ihre Flucht führte sie nun aber in die entgegengesetzte Richtung. Und zwar auf den Weg, über den Andreas und Nora am Vorabend gekommen waren.

Zwei Kreaturen stellten sich ihnen in den Weg, doch Nora erwies sich als gute Schützin und erledigte die beiden, noch bevor Andreas seine Waffe heben konnte.

Es fühlte sich komisch an, eine Pistole zu tragen. Er war zwar kein Pazifist, aber von Waffen hatte er dennoch kaum eine Ahnung. Er hatte einmal eine Schreckschusspistole an Silvester abgefeuert. Das hatte ihm schon gereicht.

Er musste sich allerdings auch eingestehen, eine Waffe zu haben, beruhigte ihn ein Stück weit und gab ihm das Gefühl von Sicherheit.

Er war nun nicht mehr so wehrlos, falls sich ihnen jemand oder etwas in den Weg stellen sollte.

Das erste Mal, seitdem das ganze Chaos begonnen hatte, fühlte er sich nicht mehr so verloren und verwundbar.

Auch wenn er sicher niemals ein Freund von Waffen werden würde, so war er doch froh, dass sie welche erbeuten konnten.

»So, und wie geht's nun weiter?« Nora lief direkt neben Andreas.

Sam und Patrick gingen ein Stück vor ihnen. Der Weg, dem sie folgten, führte steil bergab.

»Wir gehen nach Hemer.«

»Was denn, zu Fuß?«

Andreas brauchte sie gar nicht anzuschauen, um zu wissen, dass sie ihn gerade ansah. Ihr Blick war vermutlich eine Mischung aus Unglauben und dem Wissen, dass er den Verstand verloren hatte.

»Erst mal ja. Wenn wir irgendwo ein Stück freie Straße finden, können wir uns ja ein Auto nehmen.« Nun sah er sie doch an. »Stehen ja genug rum.«

»Also ganz ehrlich, Andreas. Ich glaube, das da oben hat dir deine Birne weich gekocht. Erst nimmst du eine Geisel und nun willst du ein Auto klauen. Was ist denn mit dem anständigen Kerl passiert, den ich gestern kennengelernt habe?«

»Ich glaube, der ist mit der Welt vor die Hunde gegangen.« Er grinste schief, doch seine Stimme klang ernst.

Einen Moment sah sie ihn verwundert an.

Die Schüsse aus der Sicherheitszone waren mittlerweile verstummt. Die seit gestern vertraute Stille war wieder eingetreten und zerrte an ihren Nerven.

Sie waren zwar auf der Flucht, doch keiner von ihnen rannte oder hatte es besonders eilig. Die Kreaturen schienen ihnen nicht zu folgen und sie hatten vermutlich noch einen langen und anstrengenden Weg vor sich, der mit Sicherheit auch einige Gefahren barg. Da konnten sie jede Kraft gebrauchen.

Sie erreichten das Ende des geschwungenen Weges. Vor ihnen lag die Hauptstraße und dahinter konnten sie den Bahnhof sehen. Etwas weiter rechts ging es in die Stadt.

Nachdenklich sah Andreas in Richtung Innenstadt. Er überlegte, wie sie nun am besten nach Hemer kommen sollten. Von hier aus waren sie zu Fuß bestimmt einen Tag unterwegs. Vielleicht aber auch mehr, je nachdem wie gut sie durchgekommen wären.

Doch welcher Weg war der Bessere? Direkt durch die Stadt oder außen herum?

Jemand berührte ihn am Ärmel und riss ihn aus seinen Gedanken.

Er sah sich um und erkannte Sam, der neben ihm stand und die Straße hinaufblickte.

Andreas folgte seinem Blick.

Ein altes heruntergekommenes Haus stand nicht weit von ihnen entfernt. Der kleine Vorgarten war verwildert und das Unkraut wucherte ziemlich hoch. Ein großer Baum überschattete beinahe den kompletten Garten.

Doch viel interessanter war die junge Frau, die im Garten stand und stumm vor sich hinblickte.

Auch Nora und Patrick hatten sie bereits entdeckt.

»Bestimmt Plünderer«, flüsterte Andreas leise. Ihm war auch aufgefallen, dass die Haustür offen stand. Anscheinend stand die junge Frau schmiere.

Andreas spürte förmlich, wie die anderen ihn ansahen. Er wusste nicht, wieso oder wann er in die Rolle des Anführers gerutscht war, doch nun lagen alle Blicke auf ihm, und das fühlte sich nicht gut an.

Er überlegte kurz, dann machte er eine Geste, dass die anderen still bleiben sollten. Mit einer weiteren Geste deutete er an, dass sie sich dem Haus langsam nähern sollten.

Es ging sie zwar nichts an und sie hatten wahrscheinlich auch größere Probleme, doch der Gedanke, dass irgendwelche Typen die Gelegenheit nutzen um sich zu bereichern, widerte ihn an.

Zumal jeglicher Reichtum oder Besitz jetzt gar keine Bedeutung mehr zu haben schien.

Nahezu lautlos gelang es ihnen, sich an das Haus heranzuschleichen. Die junge Frau schien sie jedenfalls noch nicht bemerkt zu haben. Erst als sie direkt vor ihr standen, hob sie ihren Blick und sah sie an.

»Okay. Ganz ruhig!« Andreas hatte seine Pistole gehoben und er wusste auch, dass Nora und Sam ihre Gewehre ebenfalls im Anschlag hatten.

Langsam hob die junge Frau ihre Hände hoch, ihr Blick lag starr auf der Pistole, die auf sie gerichtet war.

Es fühlte sich irgendwie falsch an, die Waffe auf die junge Frau zu richten. Doch jetzt war es zu spät für Bedenken. Sie hätten auch einfach weitergehen und sie Sache gut sein lassen können. Doch das hatte er auch nicht gekonnt.

In diesem Augenblick kam ein Mann aus dem Haus gestolpert. Er hielt eine Pistole in der Hand und presste seinen linken Arm an seinen Oberkörper.

Er bemerkte Andreas und seine Leute nicht einmal. Er hatte ein Tuch vor sein Gesicht gebunden, das Mund und Nase abdeckte. Sowas kannte man von Cowboys aus Filmen, wenn sie eine Bank überfallen hatten. Der Mann beugte sich nach vorn und stützte sich auf seine Oberschenkel. Er atmete mehrmals tief ein und aus.

Ein zweiter Mann kam aus dem Haus, auch er taumelte leicht. Dieser Mann war deutlich älter, als der erste.

Dann blickte der erste Mann die junge Frau verwirrt an. Anscheinend hatte er Andreas und die anderen noch immer nicht bemerkt. Das mochte daran liegen, dass sie im Schatten des großen Baumes und dazu noch außerhalb des kleinen Gartens standen.

»Was ist denn los?«, fragte der Mann die junge Frau.

»Ganz ruhig und langsam die Waffe auf den Boden legen. Dann schön die Hände hoch.« Andreas hielt es für den richtigen Zeitpunkt, auf sich aufmerksam zu machen.

Wie in Zeitlupe wandte sich der Blick des Mannes in Andreas' Richtung. Zuerst sah er ihm direkt ins Gesicht, dann blickte er auf die Mündung der Waffe, die auf ihn gerichtet war.

Im ersten Moment sah es so aus, als wolle er der Aufforderung nicht nachkommen. Doch dann beugte er sich runter und legte seine Pistole auf den Boden. Der ältere Mann tat es ihm gleich.

»Wer seid ihr?« Andreas sah den Kerl vor sich an.

Auch wenn er sich ziemlich sicher war, es mit Plünderern zu tun zu haben, irritierte ihn die Zusammensetzung dieses Grüppchens doch ein wenig.

»Spielt es denn irgendeine Rolle, wer wir sind?«, fragte der Mann.

»Sonst hätte ich euch wohl kaum gefragt.« Andreas musterte den anderen.

Der Mann war absolut nicht der Typ, den er sich als Plünderer vorgestellt hatte.

Er trug ein dunkles Oberhemd und Jeans. An seinem Gürtel hing ein Halfter für die Pistole.

Fast, wie man es von einem Polizisten kannte.

Genauso mustere Mirko nun auch ihn. Auch wenn es ihm schwerfiel, seinen Blick von der Waffe abzuwenden, so war es doch wichtig zu wissen, wen er da vor sich hatte.

Sein Gegenüber wirkte nicht wie ein Kämpfer, zumindest nicht auf den ersten Blick. Er erinnerte ihn eher an einen Grundschullehrer. Doch auf seinem T-Shirt waren deutliche rote Flecken zu sehen. Mirko erkannte sofort, dass es sich um eingetrocknetes Blut handelte. Also durfte er den Mann nicht unterschätzen.

»Also nochmal. Wer seid ihr und was habt ihr da drin gemacht?« Andreas Stimme klang noch immer ruhig, aber deutlich fordernder.

Mirko drehte sich kurz um und sah zu HGB.

Der Ältere stand ebenfalls mit erhobenen Händen da und erwiderte seinen Blick, dann zuckte er wie zur Antwort mit den Schultern.

Die Welt hatte sich verändert und niemand konnte genau wissen, wie die einzelnen Menschen nun ticken würden.

Langsam drehte sich Mirko wieder um. Zum einen hatte er auf einen Rat seines Begleiters gehofft, zum anderen war es ein Test gewesen. Wenn sein Gegenüber nervös gewesen wäre oder einfach nur darauf aus sie zu töten, hatte er ihm praktisch gerade die perfekte Gelegenheit dazu geboten.

Innerlich war Mirko mehr als erleichtert, dass er sich in seinem Gegenüber offenbar nicht geirrt hatte.

»Okay. Aber können wir uns darauf einigen, dass ihr eure Waffen runter nehmt?« Er sah Andreas an. »Das macht uns doch alle nur unnötig nervös, oder?«

Andreas blinzelte, als würde er angestrengt über den Vorschlag nachdenken. Doch dann schüttelte er den Kopf.

»Ich finde, es wäre besser, Sie beantworten meine Frage und dann denke ich darüber nach, ob wir unsere Waffen runter nehmen, oder …« Er sprach nicht weiter.

Mirko war schon oft genug in ähnlichen Situationen gewesen, um zu wissen, dass er den anderen nun besser nicht weiter reizen sollte.

»Also gut.« Erneut drehte er sich etwas um und deute auf HGB, ohne dabei die Hände runter zu nehmen. »Das ist Hans-Günther Beyersfeld. Ein Apotheker aus Hohenlimburg.« Anschließend drehte er sich zu Anissa. »Ihr Name ist Anissa Hohmeyer. Sie ist … sie war Krankenschwester. Ebenfalls aus Hohenlimburg.« Dann wandte er sich wieder Andreas zu.

Kurz hatte er überlegt, sich eine Lüge über ihre Identitäten einfallen zu lassen, doch was sollte das bringen?

»Und ich bin Mirko Reymer. Kommissar der Kriminalpolizei Hagen.«

Er sah deutlich, wie sich Andreas Augen ein klein wenig weiteten.

»Können Sie das beweisen?« So ganz war er noch nicht überzeugt.

Mirko nickte und senkte langsam seine rechte Hand, um seine Brieftasche herauszuziehen.

Er klappte sie auf und hielt sie Andreas hin. Der Polizeiausweis war deutlich zu erkennen gewesen.

Andreas machte jedoch nicht den Fehler, die Brieftasche an sich zu nehmen. Er hielt seine Aufmerksamkeit die ganze Zeit auf Mirko gerichtet. Stattdessen nickte er dem jungen Burschen hinter sich zu. Dieser kam sofort nach vorn und nahm die Brieftasche entgegen.

Mirko schätzte den Jungen auf höchsten achtzehn Jahre.

»Das stimmt. Er sagt die Wahrheit«, sagte der Junge schließlich, nachdem er den Ausweis eine ganze Weile untersucht hatte.

»Na gut. Gehen wir davon aus, dass Sie die Wahrheit sagen.« Andreas sah Mirko scharf an. »Was machen drei Leute aus Hohenlimburg oder Hagen hier in Iserlohn in einem so runtergekommenen Haus? Ihr seid ganz schön weit weg von zu Hause.«

»Wir waren auf dem Weg zur Sicherheitszone. Wir sind die ganze Nacht auf den Beinen gewesen und ich bin verletzt. Wir hörten Schüsse und haben uns dazu entschieden, noch eine Pause zu machen, bevor wir da hoch gehen. Wir wollten einfach nur wieder etwas zu Kräften kommen. Und da war dann dieses Haus. Wir wollten herausfinden, ob es darin sicher ist, damit wir uns hier verstecken können. Denn jetzt gerade ist es nicht wirklich sicher, auf der Straße zu rasten.« Mirko hatte sich entschieden, dass ihnen die Wahrheit nun am meisten weiterhelfen würde.

Er hatte bereits erkannt, dass der Kerl vor ihm kein schlechter Mensch war. Doch die Zeiten hatten sich seit gestern geändert und er musste zusehen, auf die Sicherheit für seine Begleiter und sich selbst zu achten.

Vermutlich hätte er an der Stelle des anderen ganz genauso gehandelt.

Andreas schwieg einen Augenblick und begann auf seiner Unterlippe rum zu kauen.

Nach einer gefühlten Ewigkeit ließ er die Waffe jedoch sinken. Die beiden anderen senkten die Sturmgewehre mit deutlicher Erleichterung auch.

»Okay. Mein Name ist Andreas, das hier ist Nora, der Junge heißt Dennis und das ist Sam.« Andreas stellte sich und seine Gruppe nun ebenfalls vor. »Und ich muss euch leider enttäuschen. Die Schüsse, die von dort zu hören waren, waren der letzte verzweifelte Versuch, die Zone zu halten. Diese Dinger haben das ganze Lager überrannt ... Ein wahres Massaker. Wir haben es gerade noch rechtzeitig rausgeschafft.«

Der ältere Mann im Hintergrund erschrak lautstark, als er das hörte. Die junge Frau hatte ihre Arme nun auch runter genommen und wieder um ihren Oberkörper geschlungen, als würde sie frieren. Ihr Blick glitt ins Leere und sie reagierte fast gar nicht mehr auf das Gesagte.

»Das kann nicht sein. Es muss doch Soldaten gegeben haben.« Mirko fuhr sich nervös mit der Hand durchs Haar.

»So viele waren es nicht. Diese Wilden waren einfach zu viele.« Dennis' Stimme klang belegt.

Mirko sah ungläubig umher. Mal zu Anissa, dann zu HGB und dann wieder zu Andreas und seiner Gruppe.

»Ich … ich muss da hoch. Ich will sehen, was da los ist«, sagte er schließlich. Er konnte einfach nicht glauben, dass es die Sicherheitszone nicht mehr geben sollte. Sie war seine letzte Hoffnung gewesen …

Er spürte, wie sich die Verzweiflung in ihm breitmachte. Sie hatten einen langen und harten Weg hinter sich gebracht, um einen Ort aufzusuchen, an dem sie in Sicherheit sein würden. Und nun erzählten ihm diese Leute, dass der Weg umsonst gewesen war.

Andreas senkte seinen Blick ein wenig, dann sah er zu Nora und Sam. Er seufzte leise.

»Das kann ich nachvollziehen. Doch es ist zu gefährlich. Diese Kreaturen sind bestimmt noch da oben!«

»Mir egal.« Mirko sah Andreas an. »Darf ich jetzt meine Pistole wieder aufheben?«

Andreas nickte und sah die drei Leute an. Er sah ihnen an, dass sie mit ihren Kräften am Ende waren. Der Weg hierher muss wirklich schwierig gewesen sein. Er selbst hatte mit Nora nur Iserlohn durchquert und es hatte ihn an den Rande dessen gebracht, was zu leisten er im Stande war. Doch der Weg aus Hohenlimburg hierher war sehr viel weiter.

»Ich komme mit!«, sagte er und schob sich die Pistole hinter den Gürtel.

»Was?« Nora sah Andreas überrascht an.

»Na, ich kann schon verstehen, dass er es sich mit eigenen Augen ansehen will. Und ich kenne mich in der Gegend am besten aus.«

»Genau deswegen brauchen wir dich auch«, zischte Nora leise.

»Keine Sorge. Wir passen schon auf.«

»Ich versteh dich echt nicht. Wir sind doch gerade erst dem Chaos entkommen und du willst gleich wieder dahin? Wir sollten lieber verschwinden. Wenn diese Viecher da oben fertig sind, kommen die bestimmt hierher!« Nora ließ einfach nicht locker.

Wenn er ehrlich zu sich selbst war, dann wusste er selber nicht, wieso er den Polizisten unbedingt begleiten wollte. Er kannte den Mann gar nicht und er hatte wirklich nicht das Bedürfnis, wieder dorthin zu gehen. Nora hatte schon recht. Sie waren nur mit Mühe im letzten Moment entkommen.

Irgendwann hatten die Schüsse aufgehört.

Und jetzt wollte er tatsächlich wieder dorthin zurück.

Doch er wusste auch genauso, dass er gar keine andere Wahl hatte, als mitzugehen. Etwas in ihm zog ihn wieder zur ehemaligen Sicherheitszone. Er wusste aber nicht, was es war und er hätte es Nora beim besten Willen nicht erklären können.

Sie sah ihn einen Augenblick grimmig an, dann warf sie die Arme in die Luft. »Aufhalten kann ich dich eh nicht.«

»Ich komm auch mit.« Dennis trat wieder vor und reichte Mirko seine Brieftasche wieder.

Andreas wollte dem Jungen gerade sagen, dass er hierbleiben solle. Dann wurde ihm klar, wieso er nochmal da hoch wollte. Er hoffte, noch eine Spur von Patrick zu finden.

»Tut mir Leid, Junge, aber ich werde dich diesmal nicht begleiten.« HGB sah Mirko an.

Mirko nickte nur und legte dem Älteren eine Hand auf die Schulter.

»Gut. Dann also wir drei.« Andreas sah Mirko an. »Aber ich sage es Ihnen jetzt schon einmal. Ihnen wird nicht gefallen, was Sie da oben sehen werden.«

Mirko nickte nur.

»Und ihr geht runter zum Bahnhof. Das Gebäude besteht zwar fast nur aus Glas und ist auch nicht wirklich als Versteck geeignet. Doch von dort könnt ihr am besten die ganze Gegend im Auge behalten. Wir treffen uns dann dort. Solltet ihr abhauen müssen, hinterlasst eine Nachricht. Wir finden euch dann.«

Er sah Sam und Nora an.

»Alles klar.« Unwillig stimmte Nora zu. Ihr gefiel der Gedanke, dass sie sich trennten, immer noch nicht.

Sie machten sich schweigend auf den Weg. Noch immer hatte Andreas die Bilder vor Augen, wie die Menschen von den Kreaturen förmlich abgeschlachtet worden waren. Vermutlich würde er diese nie wieder loswerden. Alles in ihm sträubte sich dagegen, wieder dorthin zu gehen.

»Sag mal, waren eigentlich auch Polizisten dort oben?« Mirkos Stimme zerschnitt die Stille, die zwischen ihnen geherrscht hatte.

»Weiß nicht. Ich habe keine gesehen.« Andreas musste kurz nachdenken. »Ich hab Soldaten der Bundeswehr gesehen. Dann waren da noch die Typen in den schwarzen Uniformen. Und einige Ärzte.«

»Was denn für schwarze Uniformen?« Mirko wurde neugierig.

»Keine Ahnung, hab ich vorher noch nie gesehen.«

Sie flüsterten beinahe. Der Weg hoch zur ehemaligen Sicherheitszone war nicht sehr weit und wenn noch immer diese Kreaturen dort oben waren, dann war äußerste Vorsicht geboten.

Eigentlich war es sogar recht unwahrscheinlich, dass diese Wesen schon weitergezogen waren. Immerhin war es nicht einmal eine Stunde her, als sie von dort geflohen waren. Außerdem war ihnen keines dieser Dinger gefolgt. Vermutlich waren sie noch immer da oben, fraßen sich an ihren Opfern satt und warteten nur darauf, dass Verrückte wie sie zurückkommen würden.

Er musste an die Horde denken, die sie am Tag zuvor in der Stadt gesehen hatten. Es mussten mehrere Hundert gewesen sein. Wenn das wirklich die Kreaturen waren, die auch die Sicherheitszone angegriffen hatten, dann musste es dort noch immer von diesen Dingern wimmeln.

Wieder fragte sich Andreas, was er eigentlich gerade machte. Er hätte Dennis, Sam und Nora in Sicherheit bringen sollen. Stattdessen lief er mit diesem Polizisten geradewegs in die Höhle des Löwen.

»Was haben Sie eigentlich beruflich gemacht?« Erneut war es Mirko, der die Stille unterbrach.

»Ich? Nun, ich war Schriftsteller.«

»Schriftsteller?« Mirko blieb stehen und starrte Andreas an.

Das hätte er als Letztes vermutet. Ebenso wie er selbst hatte der Kerl auch eine Gruppe um sich geschart. Sogar noch einen Mann mehr, als er. Er hatte zuerst vermutet, es mit einem Soldaten oder ebenfalls Polizisten zu tun zu haben, aber garantiert hatte er nicht mit einem Schriftsteller gerechnet.

»Ja, haben Sie damit ein Problem?« Nun blieb auch Andreas stehen.

»Nein nein, hab ich nicht.« Mirko musterte den anderen eine ganze Weile. Er versuchte, ihn irgendwie einzuschätzen, doch das war ziemlich schwer.

Dann fiel es ihm jedoch auf. Auch wenn Andreas nicht dick war, sah man doch das ein oder andere Pölsterchen. Wenn er vorher die Zeit gehabt hätte, dann hätte er doch auf einen Schreibtischjob getippt. Vermutlich aber Banker oder Kaufmann. Niemals wäre er von selbst darauf gekommen. Und doch schien Andreas seine Leute gut im Griff zu haben. Dann war da noch der Blick des Mannes. Etwas, das nicht wirklich zu einem Büroangestellten passte.

Genau das war es, was Mirko gerade misstrauisch machte. Er kannte diesen Gesichtsausdruck und in den seltensten Fällen bedeutete er etwas Gutes. Er würde ihn im Auge behalten, sollten sich ihre Wege nicht bald wieder trennen.

Wirklich? Ein Schriftsteller?…

Er schüttelte den Kopf, dann ging er weiter. Dennis, der junge Bursche wartete bereits.

Mirko vermutete, dass er noch ein Schüler war. Vielleicht gerade achtzehn, aber nicht viel älter. Der Junge war blass und ging die ganze Zeit mit leicht hängenden Schultern. Ein Außenseiter.

»Wenn das wahr ist, was Sie erzählt haben, wie sind Sie entkommen?«, fragte Mirko, der weiterhin misstrauisch war.

»Ich würde es einfach mal Glück nennen. Genau kann ich es wirklich nicht sagen. Es ging alles unglaublich schnell. Diese Dinger waren überall und wir sind einfach davongelaufen.« Es erschien Andreas ratsam, besser nichts von dem Ausbruch aus dem Quarantänezelt oder dem Kampf gegen die Soldaten zu erzählen.

Er merkte, dass der andere misstrauisch war, und wollte dem Ganzen nicht noch mehr Nahrung geben. Doch anscheinend erreichte er damit genau das Gegenteil.

»Wir sind fast da. Das Tor muss gleich hinter der nächsten Kurve sein.« Dennis war etwas vorgegangen und hatte sich nun den beiden Männern zugewandt, die sich immer noch gegenseitig musterten wie zwei alte Revolverhelden im Wilden Westen.

Andreas wandte seinen Blick schließlich als erstes ab und sah zu dem Jungen hoch. Er nickte leicht und zog die Pistole hinter seinem Gürtel hervor. Ab jetzt mussten sie besonders vorsichtig sein.

Ohne noch etwas zu sagen, schlichen sie weiter. Jetzt konnte sie bereits das kleinste Geräusch verraten und dazu führen, dass sie entdeckt würden. Das, und da waren sich Andreas und Mirko einig, wollten sie unter allen Umständen vermeiden.

Der Weg bis zum Tor blieb ruhig. Bisher waren keine Kreaturen zu sehen gewesen. Andreas konnte kaum glauben, dass es erst einen Tag her war, dass Nora und er hier angekommen waren. Alles ging so unfassbar schnell und schien doch schon so lange zurückzuliegen. Gestern Morgen hatte er noch in dem kleinen Restaurant gesessen und den Sommer genossen. Und jetzt? Jetzt schlich er mit völlig fremden Leuten durch die Gegend, hatte eine Pistole bei sich und fürchtete um sein Leben.

Stumm schüttelte er den Kopf. Das war einfach nur absurd.

Das Tor war verlassen und hing schief in den Angeln. So hatte es schon ausgesehen, als er und seine Leute von hier geflohen waren.

Vorsichtig kletterten sie über das halb am Boden liegende Gitter und betraten die Sicherheitszone. Oder besser gesagt, das was von dieser noch übrig geblieben war.

Es schien alles ruhig zu sein. Das Einzige was sie hören konnten, war das Zwitschern der Vögel und das leise Rauschen des Windes in den Bäumen.

»Da vorne ist ein kleiner Parkplatz.« Andreas zeigte geradeaus. »Das kleine Gebäude rechts ist das Vereinsheim des Schützenvereins. Wir müssen links den Weg hoch. Dann haben wir zwei Möglichkeiten. Rechts geht es zum Parktheater und dem Haupteingang der Parkhalle. Dort wurden die Zivilisten … untersucht.«

»Zivilisten untersucht?« Mirko konnte diese Aussage nicht recht einordnen.

Andreas zuckte nur mit den Schultern. Mehr wusste er auch nicht.

»Links geht es dann zur Hauptwiese. Dort waren die Quarantänezelte und dort fand auch das Schlachtfest statt. Ich würde sagen, wir halten uns rechts und versuchen zur Parkhalle zu gelangen. Wenn wir Antworten suchen, dann sind sie sicher da drinnen zu finden.« Andreas hatte leise gesprochen, doch die beiden anderen nickten.

Sie wussten genau, dass er sich hier am besten auskannte. Deshalb schien sich selbst Mirko für diesen Moment unterzuordnen.

Sie zögerten nicht länger und liefen geduckt weiter.

Vorsichtig hielten sie sich rechts und schlichen an den Zäunen entlang. Das Gebäude des Theaters war recht unauffällig. Es war eigentlich nur ein großer Klotz, der von zahlreichen Bäumen umringt wurde, die gleichzeitig auch den Park abgrenzten.

Direkt davor lag ein kleiner Platz. Viereckige Säulen waren in regelmäßigen Abständen aufgestellt worden. Oben wurden sie durch Holzbalken verbunden. Efeu wucherte an den Säulen und den Balken. In der Mitte des Platzes befand sich ein kleines rechteckiges Becken mit Seerosen.

Andreas deutete auf die Treppe links von ihnen. Dort ragte auch die Parkhalle empor. Die Halle wirkte um einiges imposanter als das Theater.

Hohe Sträucher verhinderten, dass sie den Eingang zur Halle von ihrer Position aus sehen konnten.

Vorsichtig und auf alles gefasst, überquerten sie den kleinen Platz und huschten die Treppe hoch.

Gleichzeitig blieben die drei stehen.

Der Eingang zur Halle war nicht mehr da.

»Verdammt!«, entfuhr es Andreas.

Eigentlich hatte der Eingangsbereich aus einer breiten Glasfront bestanden. Doch nun befanden sich an dieser

Stelle nur noch das Wrack eines Bundeswehrjeeps und ein Haufen Trümmer.

Was auch immer passiert war, irgendjemand hatte versucht, mit dem Jeep in die Halle einzudringen. Dabei musste der gesamte Eingangsbereich eingestürzt sein.

Andreas machte sich als erster auf den Weg, um die Unfallstelle zu untersuchen. Er spürte die Wärme, die von dem Fahrzeug ausging. Das Ganze konnte noch nicht lange her sein.

Mit gezogener Waffe ging er um den Wagen herum. Er war bereit, sofort zu schießen, sollte sich etwas regen. Doch der Fahrersitz war leer. Erleichtert atmete er auf.

»Und was nun?«, fragte Dennis leise.

Der Haupteingang war komplett zerstört. Hier kamen sie nicht mehr weiter.

»Da vorn ist der große Parkplatz. Dort müssten die Militärfahrzeuge stehen, von denen der Soldat gesprochen hat. Wenn wir das Gebäude in die andere Richtung umrunden, erreichen wir die Hauptwiese und den Seiteneingang.« Andreas sah Mirko fragend an, immerhin war es seine Idee gewesen, hierher zu kommen. Nun sollte er entscheiden, was sie machen würden.

Einen Augenblick sah dieser erst in die eine, dann in die andere Richtung.

»Ich geh rum zum Seiteneingang. Ihr solltet von hier verschwinden. Ich komm gleich nach.«

Andreas und Dennis wechselten einen kurzen Blick.

»Nichts da. Wir bleiben zusammen!« Andreas klang entschlossen.

Noch einmal sah er zu dem eingestürzten Eingangsbereich. Der Fahrer des Fahrzeuges fehlte. Das beunruhigte ihn weit mehr, als er zugeben wollte. Entweder war er rechtzeitig rausgesprungen oder aber …

Das »aber« machte ihm Sorgen.

Dann riss er sich von dem Anblick des Autos los und ging los. Er hielt sich dicht an der Wand, lief geduckt und hatte die Waffe im Anschlag. Ein Blick über seine Schulter zeigte ihm, dass seine Begleiter es genauso machten.

Dennis ging in der Mitte, Mirko bildete das Schlusslicht.

Immer wieder sahen sie sich um, doch es waren keinerlei Anzeichen eines Kampfes zu sehen.

Andreas hatte erwartet, dass hier überall Leichen rumlagen. Doch nichts dergleichen.

Dann erreichten sie das asiatische Restaurant, welches einen kleinen Teil der großen Halle in Beschlag genommen hatte. Mirko versuchte sich kurz an der Tür, während die anderen Wache hielten. Doch sie war verschlossen und wirkte zu stabil, um sie einzutreten.

Vorsichtig gingen sie weiter. Immer wieder sahen sie durch die Fenster ins Innere des Restaurants. Doch es war zu dunkel, um etwas zu erkennen.

Mit jedem Schritt wurde das beklemmende Gefühl in Andreas' Magen intensiver.

Schließlich erreichten sie das Ende des Gebäudes.

Eine weitere Gruppe Bäume grenzte den Spielplatz ab. Die Wipptiere bewegten sich sanft im Wind. Der Anblick wirkte irgendwie unheimlich und ließ das ungute Gefühl in seinem Magen noch stärker werden.

Andreas zögerte noch etwas und sah zu den anderen beiden. Dann huschte er weiter.

Ein kleines Stück weiter hätte der große Spielplatz sein müssen, doch er war verschwunden. Dafür standen hier drei große Zelte.

Das mittlere und größte der drei Zelte erstreckte sich weiter nach hinten bis zum zweiten Eingang der Halle.

Noch immer waren keine Spuren von Kämpfen oder irgendwelche Kreaturen zu sehen. Ganz im Gegenteil, die Vögel zwitscherten und die Sonne schickte ihre warmen Strahlen hinab und tauchte alles in ein freundliches, beinahe idyllisches Licht.

Es war kaum zu glauben, dass hier vor etwas mehr als einer Stunde das blanke Chaos geherrscht hatte.

»Okay. Ich glaube euch, dass hier keiner mehr ist. Aber wo sind die vielen Kreaturen, die hier alles überrannt haben sollen? Keine Spur von denen.« Mirko wirkte ungeduldig und sein Misstrauen schien weiter zu wachsen.

Andreas antwortete nicht. Er wusste genau, was hier geschehen war.

Er ging einfach weiter, ließ die Halle links liegen und hielt sich dicht an dem Zelt.

Als er das Ende erreichte, blieb er stehen und gab den anderen per Handzeichen zu verstehen, dass sie warten sollten.

Langsam wurde das Gefühl in seinem Magen sogar schmerzhaft.

Das Zelt rechts von ihm war das Quarantänezelt, aus dem sie geflohen waren. Damit mussten sich die Spuren des Massakers direkt um die Ecke befinden.

Wieder zögerte er. Was, wenn er sich geirrt hatte. Wenn es keine Horde und keinen Angriff gegeben hatte?

Er war doch nicht verrückt, da war er sich ziemlich sicher. Doch was war in dieser Neuen Welt eigentlich noch normal und was verrückt?

Verärgert schüttelte er die Sorgen ab und sah um die Ecke.

Erleichtert atmete er auf, als er endlich die Spuren sah, die er schon die ganze Zeit erwartet hatte.

Im nächsten Augenblick schwang die Erleichterung in blankes Entsetzen. Überall Leichen, und zwar nicht gerade wenig.

Auch wenn sich alles in ihm dagegen sträubte, zwang er sich, die toten Körper genauer anzusehen. Manche trugen grüne und schwarze Uniformen, andere weiße Kittel. Doch die meisten von ihnen waren Zivilisten aus den Zelten. Männer, Frauen und Kinder!

Aus der Entfernung konnte er nur einen flüchtigen Blick erhaschen, der jedoch nicht viel erkennen ließ. Doch er sah sofort, dass einige der Leichen ziemlich entstellt und verstümmelt waren.

Zwischen den Toten wandelten ein paar Kreaturen herum. Er zählte ungefähr fünfzehn, die ziellos durch die Reihen der Leichen wanderten.

Es erinnerte ein bisschen an einen Supermarkt. Kunden, die umher schlenderten und sich die Auslagen ansahen. Hier bestanden diese aus beinahe frischem Fleisch.

Andreas musste schlucken. Der Anblick und der Gedanke waren so makaber, dass er sich fast übergeben hätte.

Immer wieder legten die Wesen ihre Köpfe schief und schienen zu lauschen oder zu schnuppern. Kurz befürchtete er, dass ihn eines der Wesen bemerken würde. Doch sie schlichen einfach weiter stumpfsinnig auf und ab.

Langsam huschte er wieder zurück und machte eine einladende Geste. Er wartete, bis Mirko ebenfalls um die Ecke gesehen hatte.

Es dauerte eine ganze Weile, bis der Polizist anscheinend genug gesehen hatte und zu den beiden zurückkam.

Er wich ihren Blicken aus, doch er war deutlich blasser im Gesicht.

»Glauben Sie uns jetzt?«, fragte Andreas leise.

Mirko nickte nur.

Auch Andreas nickte.

»Dann sollten wir jetzt verschwinden.« Seine Stimme klang belegt.

Doch Mirko schüttelte den Kopf.

»Ich will wissen, was die in der Halle getrieben haben. Sie sagten doch, da wurden die Leute untersucht.« Erst jetzt hob er wieder seinen Blick und sah Andreas und Dennis an. »Vielleicht gibt es da drin noch Überlebende. Und vielleicht sogar ein paar Antworten.«

Andreas wollte gerade etwas erwidern, ihm klar machen, dass sie verschwinden mussten. Doch irgendwie konnte er das nicht. Er wusste genau, dass der Polizist recht hatte. Sie mussten da rein.

Doch sie konnten nicht einfach über das Gelände rennen, um den Eingang des mittleren Zeltes zu erreichen. Dann würden die Kreaturen sie auf jeden Fall bemerken. Es waren einfach zu viele, als dass sie sich gegen sie hätten verteidigen können. Ein Kampf war also ausgeschlossen.

Sein Verstand arbeitete fieberhaft an einer Lösung. Sie mussten einen anderen Weg finden, um in die Halle zu gelangen.

»Was wäre denn, wenn einer von uns die Viecher ablenkt und die anderen dann durch das Zelt in die Halle eindringen?« Dennis sah Andreas fragend an.

»Und an was hast du da spontan gedacht?«

»Na ja. Ich könnte versuchen zum Parkplatz zu kommen und mir ein Auto schnappen. Dann fahre ich ein paar Runden über den Platz und veranstalte ein kleines Hupkonzert. Das lenkt sie mit Sicherheit ab und ihr könnt ohne Gefahr durch das Zelt in die Halle.«

»Moment!« Mirko hob abwehrend die Hände. »Das halte ich für eine bescheuerte Idee!«

»So bescheuert ist das gar nicht.« Andreas sah beide nacheinander an. »Das würde bestimmt klappen.«

»Hey. Was sind Sie denn für ein Mensch? Er ist noch fast ein Kind! Sie können ihn doch nicht einfach alleine losschicken!« Mirko versuchte Andreas und Dennis von dieser Idee abzubringen.

»Er ist kein Kind mehr! Und selbst wenn er noch eins wäre. Was er gestern und heute durchgestanden hatte, war auf jeden Fall schlimmer, als das, was er nun vorhat!«

»Sind Sie verrückt?«

»Stopp jetzt!« Dennis sprach leise, aber energisch. »Kein Grund zu streiten. Es ist meine Entscheidung und die steht fest.«

Andreas sah den Jungen forschend an. Er wusste den wahren Grund, wieso er zum Parkplatz wollte. Er hoffte dort ein Lebenszeichen von seinem Freund Patrick zu finden.

»Hör zu. Das ist zwar eine ziemlich verrückte Welt geworden, doch das heißt noch lange nicht, dass man auch verrückte Dinge tun muss. Du hättest eigentlich gar nicht mitkommen sollen.« Mirko sah den Jungen eindringlich an.

»Fertig?« Dennis erwiderte Mirkos Blick vollkommen gelassen, dann wandte er sich Andreas zu.

»Ich hupe, wenn ich auf den Platz komme. Das ist das Zeichen, dass ihr los könnt. Wenn alles gut geht, fahre ich danach direkt runter zum Bahnhof und treffe mich mit den anderen.«

»Kannst du überhaupt Auto fahren?« Andreas hatte das Alter des Jungen fast vergessen. Dieser hob nur eine Augenbraue.

»Gut. Aber sei vorsichtig. Geh kein Risiko ein, hörst du? Die Sache ist es nicht wert, dass du dein Leben dafür riskierst.«

»Klar. Und wenn … wenn du was von …« In diesem Moment blitzte der Junge wieder durch, der er nun mal noch immer war.

Andreas legte ihm eine Hand auf die Schulter.

»Wenn Patrick noch lebt, dann finden wir ihn oder er uns. Er ist ein harter Kerl, der bahnt sich schon seinen Weg.«

Dennis nickte. Dann sah er sich noch einmal kurz um und verschwand in Richtung Parkplatz.

»Am liebsten würde ich Ihnen eine verpassen. Sie lassen den Jungen einfach so gehen …«, zischte Mirko, kaum dass Dennis außer Hörweite war.

»Es war allein seine Entscheidung. Er hat seine Gründe, wieso er das tut. Sie sagten doch eben selbst, das ist eine verrückte Welt und wir alle müssen uns daran gewöhnen. Je eher er das lernt, desto besser für ihn.«

Mirko schnaubte kurz, sagte dann aber nichts weiter. Eine Weile sahen sich die beiden Männer noch an. Die Luft schien förmlich zu knistern. Vermutlich hätte in diesem Moment nicht viel gefehlt und die beiden hätten sich wirklich geprügelt. Doch die Spannung legte sich recht schnell.

Die Zeit zog sich wie Kaugummi, während sie auf das Signal von Dennis warteten. Andreas wurde immer unruhiger. Er war kurz davor, dem Jungen zu folgen.

Doch dann hörten sie endlich das Hupen.

Andreas hätte fast vor Erleichterung aufgeschrien. Stattdessen warf er dem Polizisten nur einen triumphierenden Blick zu.

Dieser reagierte aber nicht darauf, sondern eilte zur Ecke des Zeltes, um zu sehen, was passierte.

Andreas folgte ihm.

Wie angekündigt, hatte Dennis ein Auto vom Parkplatz geholt. Es war einer der Jeeps der Bundeswehr. Nun fuhr er in Schlangenlinien auf das Haupttor zu. Anscheinend konnte er doch nicht so gut fahren, wie er es Andreas und Mirko weismachen wollte. Andreas nahm sich vor, später ein ernstes Wörtchen mit ihm zu reden.

Doch die Aktion zeigte Erfolg. Noch ehe er das Tor erreichte, ruckten die Köpfe der Kreaturen herum. Er hatte ihre Aufmerksamkeit erregt.

Dann krachte der Jeep durch das Tor. Das Geräusch von berstendem Metall hallte über den Platz.

Er begann wieder zu hupen.

Schließlich setzten sich die Kreaturen in Bewegung und rannten dem Auto hinterher.

Noch immer fuhr Dennis Schlangenlinien und der Motor heulte laut auf. Vermutlich hatte er vergessen zu schalten.

»Wenn wir das hier erledigt haben, sollten Sie dem Jungen aber dringend Fahrstunden geben«, stellte Mirko trocken fest.

Andreas musste ihm im Stillen recht geben. Und je länger er Dennis beim Fahren zusah, umso mehr bekam er den Eindruck, dass dieser Plan vielleicht doch nicht so gut gewesen war.

Doch dafür war es nun zu spät. Nun mussten sie los.

Er tippte Mirko leicht auf die Schulter. Dieser blickte noch immer dem Jungen nach, der nun gerade außer Sichtweite fuhr und die Kreaturen hinter sich her lockte.

Mirko nickte knapp, dann liefen beide los.

Sie ließen das erste Zelt hinter sich und erreichte ohne Probleme das Mittlere. Die Schleuse stand offen!

Andreas atmete erleichtert auf, als die beiden ins Innere vordrangen.

Neonröhren tauchten alles in ein grelles Licht. Einige Betten waren umgerissen worden, als die Menschen aus dem Zelt geflohen waren.

Sie hatten Glück. Außer ihnen war niemand weiter im Zelt. Es war leer.

Sofort kamen in Andreas die Erinnerungen an die vergangenen Stunden wieder hoch.

Am anderen Ende des Zeltes lag der Zugang zur großen Halle.

Mirko ging zielstrebig darauf zu und Andreas musste sich beeilen, um ihm zu folgen.

»Sie kennen nicht zufällig den Code?« Mirko deutete auf das Tastenfeld neben der Tür.

»Nein, leider nicht. Ich war nur eine Nacht hier und wir hatten schon genug Mühen, hier überhaupt rauszukommen.«

»Hm, dachte ich mir.« Der Polizist zog seine Pistole, legte an und gab einen Schuss ab.

Erschrocken sprang Andreas ein Stück zurück. Damit hatte er nicht gerechnet und der Knall des Schusses hallte in seinen Ohren wieder.

»Sind Sie verrückt?!«, schrie er den anderen an.

Dieser steckte völlig gelassen die Waffe wieder weg.

Funken und kleine Flämmchen sprühten aus der Konsole, dann klickte es leise und das Zischen von Luft signalisierte ihnen, dass sich die Tür tatsächlich öffnete.

»Woher wussten Sie, dass das funktionieren würde?« Andreas sah den Polizisten verblüfft an.

»Wusste ich nicht. War'n Versuch.« Mirko trat vor und zog die Tür auf.

Andreas schüttelte nur den Kopf.

Im ersten Augenblick rechnete er fest damit, dass sie etwas aus dem Inneren anspringen würde, doch nichts geschah.

Dafür drang eine feine Rauchwolke durch die Tür.

Flackerndes Licht einer defekten Neonröhre malte Bewegung in den Rauch, wo keine war.

Man konnte nur wenige Meter weit sehen, dann wurde der Qualm zu dicht.

Andreas und Mirko sahen sich kurz an. Das Ganze war beiden nicht geheuer.

Dennoch war nun keiner von ihnen mehr bereit umzukehren. Erneut zog Mirko seine Waffe, diesmal tat es ihm Andreas gleich.

Zusammen betraten sie die Halle.

Jetzt wo die Tür zum Zelt offen war, zog der Rauch schnell ab und die Luft wurde rasch besser.

Dennoch hielten sich beide eine Hand vor den Mund, um nicht zu viel davon einzuatmen.

Langsam und vorsichtig setzten sie einen Fuß vor den anderen.

Irgendwo hier drin waren auf jeden Fall noch Menschen gewesen, das stand außer Frage. Doch was aus ihnen geworden war, war indes nicht mehr so klar.

Deswegen war es besser, jetzt nichts zu überstürzen.

Jederzeit konnte etwas aus dem Rauch auftauchen. Sie mussten auf alles vorbereitet sein.

Völlig überraschend verschwand die Rauchwolke und sie standen vor einer Wand aus weißen Planen. Man hatte selbst in der Halle ein Zelt aufgestellt. Es sah ganz ähnlich aus wie die, die draußen vor der Halle standen. Nur eine ganze Nummer kleiner.

»Was soll das denn?« Mirko sprach sehr leise.

Andreas antwortete nicht, sondern ging langsam an der Zeltwand entlang.

Er zählte im Kopf mit. Es war etwa fünf Meter breit.

Andreas drehte sich noch einmal um. Mirko war nur noch undeutlich zu erkennen gewesen. Er war in die entgegengesetzte Richtung gegangen und ebenfalls stehengeblieben.

Beide nickten sich kurz zu. Andreas hoffte, dass er die Geste richtig gesehen hatte. Dann gingen sie weiter und verschwanden hinter den Ecken des Zeltes.

Die Anspannung in ihnen wuchs immer weiter an. Nun war jeder auf sich allein gestellt.

Andreas packte die Pistole in seiner Hand fester. Er spürte, wie seine Handflächen langsam feucht wurden.

Krampfhaft versuchte er sich auf seine Schritte zu konzentrieren.

Etwa zehn Meter weiter endete das Zelt erneut.

Vorsichtig spähte er um die Ecke. Niemand zu sehen.

Dafür standen hier Krankenbetten und medizinische Gerätschaften verstreut in der Gegend herum. Einige waren umgestürzt, ein paar der Geräte schienen defekt zu sein, andere blinkten noch vor sich hin.

Doch was Andreas' Aufmerksamkeit wirklich in Anspruch nahm, war das Feuer. Oder zumindest der Geruch. Hier war auch der Rauch wieder dichter.

»Wahrscheinlich ist das Feuer ausgebrochen, nachdem das Auto in den Eingang gekracht ist.« Mirko stand plötzlich neben ihm.

Andreas wäre fast vor Schreck zusammengezuckt, doch er konnte sich gerade noch zurückhalten.

Jetzt fiel ihm auch auf, dass der Boden von einem dünnen Wasserfilm bedeckt war. Die Sprinkleranlage unter der Decke hatte ihren Zweck wohl noch gut erfüllt.

Die Deckenbeleuchtung war hier fast vollständig ausgefallen und es war schwer, durch den Rauch etwas zu sehen. Nur schemenhaft erkannte man die Zerstörung durch den Jeep.

Auch die Decke war zum Teil eingestürzt. Überall hingen Kabel und Stahlseile herunter.

Die Neonröhren im Zelt waren alles, was noch Licht brachte. Sie hatten den Crash, im Gegensatz zu der Hallenbeleuchtung heil überstanden.

Glasscherben lagen auf dem Boden. Als die Decke eingestürzt war, musste sie etwas Großes zertrümmert haben.

»Ich frage mich, was derjenige damit bezwecken wollte?« Andreas wirkte nachdenklich.

»Na ja, entweder wollte er verhindern, dass jemand hier reinkommt oder er war nicht mehr … er selbst. Sie wissen schon.«

Andreas wusste genau, was Mirko damit meinte.

Kurz betrachteten beide noch die Zerstörung, dann drehten sie sich zeitgleich um.

Nun lag der Eingang in das Zelt direkt vor ihnen. Jedoch gab es diesmal keine Eingabetafel oder irgendetwas dergleichen. Einzig ein Reißverschluss hielt die beiden Hälften der Plane zusammen.

Diesmal war es Andreas, der ohne zu zögern voranging und den Durchgang öffnete.

Was immer auch in diesem Zelt war, es war nicht so gut geschützt, wie der Rest der Anlage.

Wahrscheinlich hatte niemand damit gerechnet, dass es jemals jemand bis hier her schaffen würde.

Vorsichtig traten sie ein.

Hier war das Licht der Neonröhren nun extrem hell. Nach der eher schummrigen Halle mussten sich ihre Augen erst einmal an das grelle Licht gewöhnen.

Ein Tisch aus blankem Metall stand in der Mitte des künstlich erschaffenen Raumes.

Mirko hatte so etwas durch seinen Beruf schon mehrfach gesehen und auch Andreas kannte diese Art Tisch nur zu genau. Es war ein Autopsietisch.

Vorsichtig traten sie näher.

Dunkle Flecken bildeten ein seltsames Muster auf dessen Oberfläche. Andreas wollte gerade fragen, um was es sich dabei handelte, als Mirko es bereits aussprach.

»Blut. Sieht mir eher nach einer Schlachtbank aus.«

Wer immer hier am Werk gewesen war, es war wohl eher ein Metzger, als ein Arzt.

Beide gingen noch etwas näher an den Tisch heran. Es waren nicht nur einzelne Flecken, wie sie zuerst gedacht hatten. Der ganze Tisch war mit Blut besprenkelt.

Nun entdeckten sie auch die Lederfesseln, die in die Tischplatte eingelassen waren.

»Wer immer hier gelegen hat …«

»… hat noch gelebt.« Mirko beendete den Satz, den Andreas nicht zu Ende bringen konnte.

Andreas überkam Übelkeit und er fürchtete, dass er sich übergeben müsste. Er spürte, wie sich sein Magen zusammenzog.

»Hey!« Die Stimme war leise, doch deutlich zu hören.

Sofort war das flaue Gefühl in seinem Magen verschwunden.

Beide sahen sich suchend um.

Sie waren so auf den Tisch fixiert gewesen, dass sie die Käfige im Zelt übersehen hatten.

Jeweils sechs Stück standen rechts und links an den Wänden. Sie waren gerade groß genug für einen erwachsenen Menschen. Große Glaskästen, die wie Würfel aussahen.

In einem davon hockte eine Person auf dem Boden.

»Ihr … ihr seid noch am Leben, oder?« Die Stimme des Mannes klang leise und schwach.

Mit den Waffen im Anschlag traten beide näher.

Der Mann hatte schwarze Haare und einen Dreitagebart. Seine Haut war dunkler als die von Andreas und Mirko. Er trug eine schwarze Jeans und ein schwarzes T-Shirt. Dazu noch ein Paar Sportschuhe, ebenfalls schwarz.

Langsam erhob sich der Mann und blickte die beiden ebenso misstrauisch an wie sie ihn.

»Wer sind Sie?« Mirkos Stimme klang befehlsgewohnt.

»Mein Name ist Shakiel. Bitte holt mich hier raus!«

»Wieso wurdest du da eingesperrt?«

Andreas überließ die Situation erst einmal Mirko. Als Polizist konnte er damit wohl besser umgehen, als er selbst.

»Diese Ärzte in den Schutzanzügen haben mich hier reingesteckt. Ich bin einer der Überlebenden aus der Stadt. Ich bin gestern Nachmittag hier angekommen. Kurze Zeit später haben die mich aus dem Zelt geholt und hier eingesperrt.«

»Waren hier noch mehr Leute eingesperrt?«

»Ja, Mann, die Käfige waren alle voll! Dann haben die einen nach dem anderen rausgeholt und an diesen Irren übergeben.« Der junge Mann redete immer schneller. »Die haben die Leute auf den Tisch geschnallt und der Kerl hat einfach an ihnen herum geschnitten. Die haben noch gelebt!«

Mirko und Andreas sahen sich mit entsetzten Blicken an.

»Ey, bitte holt mich hier raus. Ich habe seit gestern nichts getrunken und gegessen.« Der Blick des Mannes wanderte zwischen den beiden hin und her.

»Weißt du, wie man den Käfig öffnet? Ich sehe kein Schloss.« Andreas trat vor.

»Hey! Immer mit der Ruhe.« Mirko hielt Andreas am Arm fest. »Wir wissen doch gar nicht, wieso er eingesperrt ist. Vielleicht ist er gefährlich oder auch krank.«

»Was? Gefährlich? Ich? Nein Mann! Ich bin ganz normal. So wie du und er. Hier ... schau meine Augen, ganz normal. Ich bin keins dieser Dinger. Ich bin auch nicht krank.« Der Mann presste sich dicht an die Glasscheibe.

Andreas und Mirko sahen sich erneut an. Der Polizist hatte natürlich recht. Doch so wie Andreas die Sache sah, waren hier bestialische, unmenschliche Dinge geschehen.

»Wir können ihn doch hier nicht einfach verrecken lassen«, sagte er leise.

Mirko wollte etwas sagen, doch sah dann abwechselnd zu dem Mann im Käfig und zu Andreas.

»Ich weiß nicht, was die untersucht haben. Wer weiß, was die mit ihm gemacht haben. Er wurde doch nicht grundlos hier eingesperrt.«

»Sie waren nicht hier. Die ganze Anlage wurde nicht von der Bundeswehr geleitet, sondern von diesen seltsamen Typen in den schwarzen Uniformen. Und die gehörten mit Sicherheit nicht zu uns. Die wollten uns alle verrecken lassen, als diese Scheiße losging. Das waren nicht die Guten.«

Erneut ließ Mirkos Antwort auf sich warten.

»Okay. Aber wir müssen vorsichtig sein. Ich behalte ihn im Auge.«

Andreas nickte und wandte sich dem Käfig zu.

»Ihr … ihr holt mich doch hier raus, oder?«

»Ja. Aber nochmal: Wie bekommen wir den Käfig auf?«

»Da drüben ist eine Konsole mit Tasten für die einzelnen Türen.« Der junge Mann deutete auf eines der Geräte neben dem Zelteingang.

Mit wenigen Schritten war Andreas bei der Konsole, während Mirko mit gehobener Waffe vor dem Käfig stehen blieb.

Der Kerl hatte recht gehabt. Andreas sah die Knöpfe, sie waren sogar sorgfältig beschriftet worden. Es fiel ihm also nicht schwer, den richtigen Knopf zu finden.

Noch einmal dachte er kurz nach. Was, wenn der Mann wirklich gefährlich war? Doch das spielte jetzt keine Rolle. Sie konnten ihn nicht zurücklassen. Entschlossen drückte Andreas die Taste.

Mit einem Klicken öffnete sich die Vorderseite des Würfels und der Mann fiel beinahe raus.

»Danke!« Der Kerl klang erleichtert. »Das werde ich euch nie vergessen. Ehrenwort!«

»Jaja, schon gut!« Mirko klang nicht sonderlich begeistert.

»Wir sollten aber nun verschwinden. Ich weiß nicht, wie lange sich diese Dinger ablenken lassen. Wenn sie merken, dass sie Dennis nicht einholen können, kommen die vielleicht wieder zurück.« Andreas war bereits wieder bei Mirko.

Dieser nickte.

»Ja ich denke, ich habe genug gesehen.«

»Eine Frage noch. Wie sieht es da draußen aus?« Der junge Mann sah die beiden fragend an, während er sich die Schuhe zuband.

»Schlimm.« Mehr gab es im Moment nicht zu sagen.

»Dachte ich mir. Es war ja gestern schon sehr schlimm.« Nachdenklich sah sich der junge Mann um. »Kann ich ein Stück mit euch mitkommen?«

»Erst einmal müssen wir hier raus, dann sehen wir weiter.« Andreas hatte schnell geantwortet, noch ehe Mirko reagieren konnte.

Der Mann nickte zufrieden.

»Nochmal danke! Ihr habt mir gerade das Leben gerettet«, flüsterte er.

»Na ob wir dir damit einen großen Gefallen getan haben … Vielleicht wäre eine Kugel auch humaner gewesen.« Mirko machte eine Geste, die den Mann vorschicken sollte. Er sollte als erstes das Zelt verlassen und Mirko würde ihn so schnell nicht aus den Augen lassen.

Andreas sah den beiden nach.

Er fragte sich, ob der Polizist einfach nur zu misstrauisch war, oder ob er vielleicht sogar recht hatte.

Sie kannten diesen Mann gar nicht und vielleicht gab es ja wirklich einen Grund, wieso man ihn in einen dieser Käfige eingesperrt hatte. Doch es hatte auch keine Alternative gegeben. Wenn sie ihm nicht geholfen hätten, wäre er schon bald in dem Käfig verdurstet.

Andreas folgte den beiden und verließ nun ebenfalls das Zelt in der Halle. Sofort drang ihm der Geruch von geschmolzenem Kunststoff und Metall wieder in die Nase.

Mirko sah ihn fragend an. Ein Nicken reichte. Sie waren lange genug hier.

In diesem Moment knackte es hinter ihm.

Einen Augenblick war er starr vor Schreck, dann fuhr er herum und riss die Waffe hoch.

Was er sah, ließ ihn umgehend wieder erstarren.

Eine Gestalt schlurfte aus dem Dunkeln auf ihn zu. Der Kleidung nach handelte es sich um einen Wissenschaftler. Seinem Zustand nach, war er wahrscheinlich Opfer des Autos geworden, das den Eingangsbereich zum Einsturz gebracht hatte.

Das linke Bein hing nur noch an einigen dünnen Sehnen und wurde schlaff hinterhergezogen. Der rechte Arm fehlte komplett und der Kopf stand in einem seltsamen Winkel zur Seite.

»Das ist er!«, rief der junge Mann, den sie gerade aus dem Käfig befreit hatten.

Wie gebannt starrte Andreas den Toten an, der immer näher kam. Es war zwar nicht das erste Mal, dass er eines dieser Dinger aus direkter Nähe sah. Jedoch war es das erste Mal, dass so ein Ding eindeutig hätte tot sein müssen.

So wie das Wesen vor ihm aussah, konnte es einfach nicht mehr am Leben sein!

Genau das war es auch, was ihn gebannt hatte. Untätig sah er zu, wie die Kreatur immer weiter herankam. Er konnte bereits ihre Augen erkennen.

Die Pupillen, die vorher vielleicht braun oder blau gewesen waren, waren nun blass und wirkten krank. Das Weiße war einem tiefen Blutrot gewichen.

Das waren eindeutig nicht mehr die Augen eines Menschen …

Plötzlich erklang dicht neben Andreas ein Schuss.

Er zuckte zusammen und duckte sich instinktiv weg.

Dennoch konnte er ziemlich genau sehen, wie die Kugel in die Stirn der Kreatur eindrang.

Ohne einen Ton von sich zu geben, blieb sie wie versteinert stehen. Dann kippte sie langsam nach vorn über.

Andreas blickte zur Seite und sah Mirko neben sich stehen.

»Wenn das nochmal passiert, werde ich vielleicht nicht mehr schießen«, zischte dieser leise, seine Stimme klang ernst.

Er wollte gerade antworten, als sie weitere Geräusche hörten. Leises Stöhnen und wildes Knurren erklangen von irgendwoher.

»Oh Fuck!«, stieß Shakiel aus. »Ey, könnt ihr beiden eure Diskussion später fortsetzten? Ich glaube, wir bekommen gleich noch mehr Besuch!«

Noch immer war nicht zu erkennen, woher die Geräusche kamen. Doch sie schienen irgendwo aus den Trümmern zu kommen.

Mirko und Andreas standen nebeneinander und starrten in die Dunkelheit vor ihnen.

In diesem Augenblick wurde eine weitere Gestalt sichtbar. Und sie blieb nicht allein.

Mirko hob erneut die Waffe, doch diesmal reagierte Andreas und packte ihn an der Schulter.

Überrascht sah Mirko ihn an, dann wurde er ruckartig von ihm mitgezogen.

»Raus hier, und zwar schnell!«

Erst sah es so aus, als wolle sich Mirko losreißen. Andreas konnte das Funkeln in seinen Augen sehen. Er sah noch einmal zu den Kreaturen, dann wandte er sich jedoch auch ab und folgte ihnen.

So schnell sie konnten, rannten die drei um das Zelt und hasteten durch den Hinterausgang der Halle nach draußen. Auch das Quarantänezelt hatten sie schnell durchquert, dann eilten sie ins Freie.

Als ob es Andreas geahnt hätte, war die große Wiese vor dem Zelt nicht mehr so leer.

Es waren zwar nicht so viele wie vorher, doch ein paar der Kreaturen waren zurückgekommen. Und nahezu alle drehten sich gleichzeitig zu ihnen um.

»Mit euch wird's ja echt nicht langweilig …« Shakiel konnte den Kommentar nicht zurückhalten.

Andreas sah sich nervös um. Der Weg, über den sie gerade hierher gekommen waren, war ebenfalls blockiert. Sie mussten sich also schnell etwas anderes einfallen lassen.

»Der Parkplatz!« Mirko deutete in die entgegengesetzte Richtung.

Der Weg zum Parkplatz war frei. Ohne weitere Zeit zu vergeuden, liefen sie los.

Die ersten Kreaturen folgten ihnen und im Gegensatz zu denen aus der Halle, waren diese hier schneller, ihre Verletzungen nicht ganz so schlimm.

Die Wiese und der Parkplatz wurden von einigen Bäumen und Hecken voneinander getrennt.

Es gab zwar auch noch einen weiteren Weg, der direkt an der Halle entlangführte, doch dazu blieb nun keine Zeit mehr.

Mirko erreichte die Hecken als erster und blieb stehen. Er drehte sich um und hob seine Waffe.

Zwei Schüsse hallten durch die Stille des Nachmittags.

Nun erreichten auch Shakiel und Andreas die Hecken.

Mirko nickte den beiden zu, dann schob er sich durch das Gestrüpp in Richtung Parkplatz.

Andreas packte Shakiel an der Schulter und schob ihn hinterher. Dann drehte er sich um und hob die Waffe.

Eines der Wesen war ihnen bereits sehr dicht auf den Fersen gewesen. Ein Schuss fiel!

Die Kreatur wurde zurückgestoßen, als die Kugel in ihre Schulter einschlug. Andreas schluckte den Fluch runter und zielte erneut. Das Wesen war bereits wieder auf dem Weg.

Diesmal traf er aber genau die Stirn.

Er wartete nicht einmal mehr, was mit dem Ding passierte, sondern drehte sich eilig um und folgte den anderen beiden durch die Hecke.

Er zog sich ein paar leichte Kratzer zu, als er sich durch das Gestrüpp schob. Doch schließlich erreichte er den Parkplatz.

Hier standen drei große Bundeswehr-LKW, zwei Jeeps und ein Motorrad.

»Ihr nehmt einen Jeep!«, rief Mirko und eilte zu dem Motorrad.

»Hältst du das echt für eine gute Idee?« Andreas sah zweifelnd auf das Zweirad.

»Eigentlich nicht.« Mirko sah ihn an und der Anflug eines Grinsens lag in seinem Gesicht.

Dann schwang er sich auf das Motorrad.

Wie auch bei den anderen Fahrzeugen, steckte der Zündschlüssel im Schloss. Ganz, wie es der junge Soldat versprochen hatte.

Mit einem lauten Röhren startete Mirko das Motorrad und fuhr los.

Kopfschüttelnd sah Andreas ihm nach, dann schob er Shakiel zu dem Jeep, der ihnen am nächsten stand.

»Du fährst!«, wies er ihn an und schwang sich auf den Beifahrersitz.

»Was? Wieso ich?« Shakiel war blass geworden.

»Na, weil ich die Pistole habe!«

»Das ist ein Argument.«

»Wenn uns eines dieser Dinger in den Weg kommt, halt drauf und fahr es über den Haufen!«

Darauf antwortete Shakiel nicht mehr. Er startete den Motor und fuhr Mirko hinterher, der schon nicht mehr zu sehen war.

Andreas sah aus dem Fenster und blickte zurück zur ehemaligen Sicherheitszone, die nun fest in der Hand der Kreaturen war. Ein paar waren ihnen durch die Hecke gefolgt, doch die meisten waren auf der Wiese zurückgeblieben.

Dann hatten sie den Park hinter sich gelassen und Bäume und Hecken versperrten ihnen die Sicht auf die Anlage.

Eines stand fest. Sie würden nie wieder zurückkommen!

Über den Autor

Andreas Faber wurde 1980 in Iserlohn geboren. Er veröffentlichte bereits vier Bücher als Selfpublisher.

2020 erscheinen die Neuauflagen dieser vier Bücher.

Im Gegenstromschwimmerverlag hat er »Das blutige Schwert« und »Die blutigen Pfade« herausgebracht, Teil 1 und 2 einer Fantasy-Trilogie. In der Anthologie »Seelenwandel« veröffentlichte er zwei Kurzgeschichten. »Zug 23« und »Das Ende des Weges«.

Seine bevorzugten Genres sind Horror und Fantasy.

Weitere Informationen zum Autor und seinen Werken auf: https://www.facebook.com/AndreasFaber80/

Mehr von Andreas Faber:

Band 1 der Horazan-Reihe »Das blutige Schwert«

Einst war das Königreich Horazan friedlich, doch dann erhob sich die Dunkelheit im Herzen des Landes und veränderte die Seelen der Bewohner. Ein nicht enden wollender Krieg brach aus.

Als bei einer Schlacht im hohen Norden eine Priesterin der Dunkelheit vom Schlachtfeld flieht, schickt die Generalin ihre vier besten Krieger hinterher: die Zwerge Thargrim und Hogisch sowie die beiden Elfen Teleria und Alerian.

Doch schnell entpuppt sich diese Aufgabe als viel gefährlicher als anfangs gedacht und das Schicksal der ganzen Welt steht auf dem Spiel.

Nur gemeinsam kann es den Vieren gelingen, die Dunkelheit aufzuhalten.

Band 2 der Horazan-Reihe »Die blutigen Pfade«

Ein Jahr ist vergangen, seit die vier Helden in Horazans Auge gekämpft haben. Eigentlich sind Thargrim, Hogisch, Teleria und Alerian im Ruhestand. Doch als ein General getötet wird und eine Freundin als Hauptverdächtige im Kerker landet, greifen die vier wieder zu den Waffen.

Auf der Suche nach Antworten treffen sie auf alte Feinde und neue Gefährten. Schnell wird klar: Horazans Auge war nur der Anfang.

Denn tief im Herzen des Landes lauert ein dunkles Geheimnis.

Band 1 der Reihe »Der letzte Magier«

Hetzjagd

Als Alex Bolden im Krankenhaus aufwacht, weiß er nicht, wie er dorthin gekommen ist. Schlimmer noch, er kennt nicht einmal mehr seinen Namen.

Nach einem Anschlag auf sein Leben eskaliert die Lage völlig. Verfolgt von sonderbaren Kreaturen mit übermenschlichen Kräften, bleibt Alex nur noch die Flucht.

Er muss Antworten finden, wenn er diesen Albtraum überleben will.

Sie wollen mehr postapokalyptische Geschichten?

Band 1 der Goliath-Reihe, »Facing Goliath« von M. E. Pandura

Könntest du jemanden töten, damit du und deine Freunde überleben?

Was würde es ändern, wenn derjenige krank ist und euch als Beute betrachtet?

Als sich ein bisher unbekannter Erreger rund um die Welt verbreitet, findet sich Emilia mitten in der Apokalypse wieder. Denn gegen die mutierte Tollwut gibt es weder Impfung noch Heilung. Sie und ihre Freundin scheinen in der ganzen Region die einzigen Überlebenden zu sein, doch die Infizierten machen sich schon bald auf die Jagd.

Schnell geraten die beiden an ihre Grenzen. Da empfangen sie einen Hilferuf von zwei Männern, die von den Kannibalen in eine Falle gelockt wurden. Noch ahnen Emilia und Anna nicht, dass mit der Rettung von Mark und Sven der Kampf erst wirklich beginnt.

»Goliath Outbreak« - die Spin-Offs zur Reihe

als eBooks auf Amazon erhältlich!

Als der Ausbruch einer Seuche Claudia, Alexander und ihre Kinder Julian und Laura überrascht, schaffen sie es nur knapp aufs Land.

Ein abgelegener Hof scheint Sicherheit zu versprechen. Doch als die erkrankten Menschen, die zu Monstern geworden sind, die Familie belagern, wird ihr Versteck zu einer tödlichen Falle. Die Vorräte gehen zur Neige und die Hoffnung auf Hilfe schwindet.

Bald erkennen Claudia und Alex, dass sie Grenzen überschreiten müssen, um ihre Kinder zu beschützen. Die Bedrohung wächst und sie müssen sich fragen, welche Opfer sie wirklich bringen können.

Printed in Poland
by Amazon Fulfillment
Poland Sp. z o.o., Wrocław

81063354R00176